鬼の乙女は婚活の旅に出る

登場人物紹介
燈《ヒ》王《オウ》
迦乃栄の幼馴染《おさななじみ》。
穏やかな笑みを浮かべる
完璧超人だが、その実、迦乃栄と
ごく一部の人間にしか興味がない。
迦乃栄が里を出たと聞き、
急ぎ追いかけるが……
迦《カ》乃《ノ》栄《エ》
18歳の鬼人の少女。
とある出来事がきっかけで、
生まれ故郷である常磐《ときわ》の里を飛び出し、
婿探しの旅に出ることに。
真面目でポジティブ、行動力もあるが、
どこかズレている。
毛玉
両手ですっぽり
包めるくらいの大きさの、
ふわふわした白い不思議生物。
目も口もないが、なんとなく程度の
意思疎通は可能。

麗《レ》李《リ》亜《ア》
常磐の里の、里長の孫娘。幼い頃から迦乃栄を目の敵にしている。
迦乃栄の両親
迦乃栄を慈しみ、育ててくれた両親。ふたりが結婚するときには、なかなかの「ラブロマンス」があったらしい。
シンユィ
精悍で屈強な美丈夫にして、オネエ。「定めの半身」と呼ばれる運命の伴侶を探す旅の途中らしいが、縁あって迦乃栄の婚活を手伝ってくれることになった。
曹《ソウ》渡《ド》
迦乃栄が旅の途中で会った青年。学者 兼 冒険者とのことだが、なにやら謎めいた部分があって……
ブランディーヌ
隻眼美人の女魔法士。偶然迦乃栄と出会い、彼女の婚活を手助けしてくれることに。おもしろいことと面倒事が大好き。

第一章　鬼の乙女、家出する

――やって、しまった。

「グッ……」

どうする。どうしよう。どうすればいいのだ。

頭の中ではそんな言葉ばかりがぐるぐると回っているが、私の体は目の前に転がる――正確に言えば私が蹴倒した、ひとりの男の手を縛《しば》り上げていた。足も拘束《こうそく》し、ついでにそのあたりにあった布で口を塞《ふさ》ぐ。

男が完全に意識を失ったところで、私はようやく深い息をついた。

蝋燭《ろうそく》の灯《あか》りのみで照らされた、私の部屋。畳《たたみ》の上には机と座布団くらいしかないそこは、元から殺風景《さっぷうけい》だったが、この日のために整理をして綺麗に掃《は》き清めておいたことで、いっそう静けさが際立つ空間になっている。母と相談しながら活《い》けた花だけが、わずかに彩《いろど》りを添えていた。

……その静けさをぶち壊したのが、この闖入者《ちんにゅうしゃ》なのだが。

「どう、するか」

そう、本当にどうすればいいのかわからない。

我ながら鮮《あざ》やかに撃退したものだと感心するが、それがただの現実逃避《とうひ》だということもわかっている。

わが里の常識的にも掟《おきて》的にもあり得ないことを、私がしてしまったのは百も承知なのだ。

「ああ、こんなはずではなかったのだが……」

本来なら私、迦乃栄《カノエ》は、今夜花嫁になるかもしれなかったのだ。

今日はこの里——鬼人《きじん》の一部族たる常盤《ときわ》の里で、成人した男女が夫婦《めおと》になる『妻問《つまど》いの儀』が行われる日なのである。

常盤では年に一度、その年十八歳を迎える男女を集めて成人の儀を執《と》り行う。晴れて成人となった者は、同日の夜に開かれる妻問いの儀に参加することができるのだ。

妻問いの儀は、男が自身の妻にと望む女の家へ赴《おもむ》き、貢《みつ》ぎ物を渡すことで相手を娶《めと》る儀式だ。もちろん、いきなり家に乗り込んで『妻になれ』と迫るわけではなく、その前にはきちんと段階を踏んだ流れが存在する。

しかし私はその時点から流れに乗り遅れていたので、誰もわが家に来ることはないと思っていた。強制的に結婚させられるようなこのしきたり自体に疑問を抱《いだ》いていた身としては、それで構わないとすら考えていたのだ。

それなのに、こんなことになるなんて……

「あら、まぁまぁ～どうしたの、迦乃栄」

そっと襖《ふすま》が開かれ、ひとりの女性が顔を出した。

「そ、そっちこそ何をしているんだ、母よ」

間延びした声同様におっとりとした笑みを浮かべる彼女は、私の母だ。

母の話し方を聞くと、なぜ私の口調はこうも女性らしさに欠けた古めかしいものになってしまったのかと、首をひねりたくなる時がある。実際は父の影響であることが明らかだし、もう身に染みついてしまったものなので、今更直そうとも思わないが……

「ええと～……」

母は倒れた男と私の間で数度視線を往復させた後、なぜか大きく頷《うなず》いた。

「まず、入らせてもらうわね～」

妻問いの儀の最中は、未婚の娘を持つ男親は家から出て里の寄合場《よりあいば》へ行き、女親は家に籠《こ》もって娘の部屋には決して近づかない――のだが、その掟《おきて》を軽々《かるがる》と破り、母は私の部屋へ足を踏み入れた。

「母よ、掟《おきて》を破るのはまずいのではないか？」

「あらあら～そんなの、この無作法者に比べれば、全然まずくないわよ～」

言うや否《いな》や、足下に転がる男の背中を踏みつけて微笑む母。

普段は穏やかで優しいのだが、ひとたび怒りが爆発すると非常に怖いのだ。

「一体どういうことかしら～？　部屋に訪れたということは、夫候補よねぇ？　迦乃栄を娶《めと》りたいのに、『先の貢《みつ》ぎ物』も贈ってこない輩《やから》がいるなんて……何事？」

「ああ……」

男が妻問いの儀に参加するためには、本来、前段階として行っておくべきことがある。成人の儀のひと月前までに、自《みずか》ら狩った獲物の素材を『先の貢《みつ》ぎ物』として女の家に贈る必要があるのだ。里の年寄によって届けられる、贈り主の名を伏せた貢《みつ》ぎ物。女はその品を気に入れば装身具として仕立て、成人の儀の際に身に着ける。

それが、贈り主の妻になるのを了承するという意味だ。成人の儀のひと月前から未婚の男女は言葉を交わすことを禁じられるので、そこが女性側が自《みずか》らの考えを主張できる唯一の機会となる。

——母には伝えていなかったが、実のところ、先の貢《みつ》ぎ物は届いていたのだ。

あれはちょうどひと月前。早朝の散歩をした帰り、家の前に置かれているのを発見した。話に聞いていたように朱塗《しゅぬ》りの木箱に入れられていたので、間違いないだろう。

美しい鳥の羽、大きな狼《おおかみ》の爪、珍しい猪《いのしし》の牙……私と同じ年の娘達のもとには、狩りの腕を自慢するように男達の貢《みつ》ぎ物が届けられていた。

一方私への貢《みつ》ぎ物はというと……小鼠《こねずみ》の死骸《しがい》だったわけだが。

「そうだな。お、贈られてないな、うん。誰も、贈ってこなかった」

腐りかけの死骸《しがい》なんて、貢《みつ》ぎ物としてあり得ない。騒ぎ立てて事を大きくしたくなかった私は誰にも見られないよう、裏手の森に箱ごと埋めた。そのため両親は、先の貢《みつ》ぎ物が届いていたことは知らないはずだ。

「……そうなの〜?」

「ああ、ああ。オクラレテイナイ」

母は私をじっと見つめ、諦めたようにため息をつく。

我ながら棒読みになってしまった自覚はあるものの、とりあえず追及をかわせたことに安堵《あんど》した。

実は、色々な理由が重なり、私を含めたわが家は里の中で爪弾《つまはじ》き……とまではいかないが、遠巻きにされている。母もそれを気にしているから、私の怪しい態度に触れずにいてくれたようだ。

「ふぅ……そうね、先の貢《みつ》ぎ物は絶対に必要な物ではないものねぇ……まあ、普通はあるものだけど～」

返事をするとまた棒読みになりそうだったので、ただ頷《うなず》くことで同意しておく。

確かに、ある一定の条件下においては、先の貢《みつ》ぎ物を身につけていない女相手であっても妻問いに臨《のぞ》めるのだ。

貢《みつ》ぎ物を気に入らず、装身具に仕立てない女もいる。誰からも貢《みつ》ぎ物をもらえなかった女もいる。

独り身を選ぶため、あえて貢《みつ》ぎ物を拒絶する女もいる。

結婚は里の女の夢なので、そういった者はあまりいないのだが……その場合、誰が妻問いをしても構わないとされているのだ。ちなみに、複数の男が妻問いに訪れた場合、その中で最も力ある男が女を娶《めと》ると決められている。

男側に有利過ぎるしきたりだと改めて思うが……それはひとまず置いておく。

つまり、先の貢《みつ》ぎ物を身につけていない私のもとへこの男がやってくること自体は、掟破《おきて》りではないのだ。母が無作法だというのは、これ以外の点である。

「五千歩譲《ゆず》って、先の貢《みつ》ぎ物には目を瞑《つぶ》るとしても……他のことも、色々あり得ないわ～」

「ま、まぁ、それはそうなのだが」

先程より力を籠《こ》めて、母が男の背中を踏みにじる。男の意識は、未《いま》だ戻らなかった。

「まだ月が上がりきってないのよ？　どころか、合図の鐘《かね》も鳴ってないわ。それにこの貢《みつ》ぎ物！

私の娘を馬鹿にし過ぎじゃないかしらぁ～？」

里の女が夢見る妻問いは、こうだ。

月が一番高く上がり、妻問いの儀が開始される鐘《かね》の音が鳴り響く夜半《やはん》。堂々と名乗りを上げた男が、自《みずか》らの狩りの成果たる獲物の毛皮で仕立てた長羽織《ながばおり》――『妻問いの貢《みつ》ぎ物』を女に着せ、その手で花嫁衣装を完成させる。

だが、それは単なる理想である。現実は厳しい。

「……貢《みつ》ぎ物は、男の想いの強さを表すものだ。彼が私に向ける情なぞ、ないに等しいだろう」

今夜私がされたことといえば……月が中天にかかるよりかなり前。窓から勝手に部屋に乗り込んできた男に、無言で薄汚れた羽織――何かの毛皮を申し訳程度に片袖につけた、雑なこと極まりない作りのそれを被《かぶ》せられそうになった、という具合だ。

おそらく里の中で誰よりも妻問いに期待を寄せていなかった私だが、これはあんまりだと思う。

男が視界に入ってきた瞬間、思わず側頭部を蹴り上げて昏倒《こんとう》させてしまったくらい、ひどい。

何の感情も持たない相手から、こんな仕打ちを受けるなんて……

「そもそも、この方はどなたなの～？　こんな情けない姿じゃ、誰なのかわからないわ」

「私もよく顔を見ていないのだが……おそらく、いつも麗李亜《レリア》の周りにいる男衆《おとこしゅう》の誰かだと思う」

「ああ、あの子の取り巻きね」

心底軽蔑《けいべつ》したようにそう吐き捨てる。母がここまで嫌悪感《けんおかん》を表すのは滅多にないことなので、少し驚いた。

麗李亜は里長《さとおさ》の孫娘だ。鬼人として誇れる六本の角を有し、その美しさも相まって、同世代の中では常に輪の中心にいるような存在である。

鬼人の格は、頭上に持つ角の本数で決まる。鬼人の祖となったとされる鬼神《きしん》が大小合わせて十の角を有していたとの伝承があることから、角の数が多い者はそれだけ始祖《しそ》の血が濃く高い能力が備わっていると言われているのだ。

常磐は鬼人の中でも特に鬼神の血を濃く受け継ぐとされる部族で、ほとんどの者が三角以上を有している。里の外では一角から三角が普通で、四角以上は上位鬼人とみなされるらしいから、おそらくその話は事実なのだろう。

しかし、六角の鬼人は、常磐でも三人しかいない。里長と、麗李亜。それから……私だ。

本当は私の父も六角だったのだが、母を娶《めと》る際に色々あり――（それを母は『ラブロマンス』だと称しているが）今はひとつ角を折って、五角になっている。

母は里では脆弱《ぜいじゃく》だと言われる二角の鬼人。父は鬼人の誇りである角を自《みずか》ら折った傷物の鬼人。加えて里長の娘が昔、わが父に横恋慕《よこれんぼ》していたなどという話も小耳に挟んでいる。そんなふたりから六角の子どもが生まれたのが、里長の一家にとっては到底許容できないことらしい。

特に矜持《きょうじ》が高い麗李亜からすると、同じ六角持ちの私の存在はとても目障《めざわ》りなようで、幼い頃から色々と嫌味を言われたものだ。

一方、私の幼なじみで、里の歴史上最高位である八角の男に対しては、非常に友好的に接している。つまり麗李亜は、私が同性であることが癇《かん》に障るのだと思う。

それに、私の性格も気に入らないらしい。

――何を言われてもさして気にせず、ひとりでいることも苦ではなく、ぼうっとしていることを好む。

幼なじみの男は、私をそう称する。加えて、群れるのを好み、姦《かしま》しい麗李亜とでは絶望的に相性が悪いだろうとも言われた。麗李亜に合わせて性格を変えようとは思えないので、考えても詮《せん》ないことだが。

「……手に入らない女のいいなりになって、一生を棒に振るなんて。この男も馬鹿ねぇ」

母の言葉から妙に重みを感じる。やはり両親の妻問いの時も、何かあったのかもしれない。

「馬鹿、だな……」

この男も、この妻問いを仕組んだであろう麗李亜も、黙って今日まで耐えてきた私も。

みんな、みんな馬鹿だ。

「――母よ。私はもう怒った」

麗李亜が私を嫌っている。だからその取り巻き達も私を嫌う。

里長の一家が両親を遠ざける。だから里の大人も私達一家とよそよそしく接する。

物心ついた頃から、ずっとそういう環境の中で生きてきた。それでも私はあまり他者を気にしない性格だし、両親が私を目一杯愛してくれたから、里で浮くことにも、多少の嫌味や嫌がらせにも我慢できた。幼なじみも、たまに私の様子を見に来てくれるので、それ以上は望まなかった。

だというのに、いくらなんでもこれは非道過ぎないだろうか。

私は里の者達に人生を滅茶苦茶にされる程恨《うら》まれるようなことを、本当にしたのか？

「私はこんなことをするような輩《やから》の妻には、なりたくない。それにこの里にいても、他に大などできない」

掟《おきて》だのしきたりだのと言われても、やはり私はこの妻問いという仕組みそのものに承服しかねるのだ。

女側は、先の貢《みつ》ぎ物こそ拒否できても、妻問いの貢《みつ》ぎ物はほぼ拒否できない。結局は男だけが相手を選ぶことができ、女は好いた男に選ばれる幸運を祈るしかない。

掟《おきて》に従うのなら、私はこの屈辱《くつじょく》極まりない求婚を受け入れなければならないのだ。

おかしなしきたり。女をモノ扱いするかのような伝統。それでも真摯《しんし》に想ってくれる相手がいて、その男から妻問いを受ければ、今日という日も素敵な日だと思えたのかもしれない。

だが実際は、わけのわからない男から、こちらを馬鹿にしきった妻問いをされてしまった。いい加減、怒りの感情も湧《わ》くだろう。

「私を娶《めと》りたい者が誰もおらず、独りで生きていくことになるのなら、それも仕方ないと思っていた。そうなるだろうと覚悟もしていた。だが、これは受け入れられない」

いつか両親に迷惑をかけずに単身で大陸へ渡る方法を見つけようと、そんなことさえ考えていた私の覚悟を嘲笑《あざわら》うかのごとく、適当な夫をあてがおうとするなんて。

これが私の人生だと諦めてしまうのは、あまりにも空《むな》しくないか。

「あら？　おかしいわね、燈王《ヒオウ》さんはどうしたの〜？」

先程の暗い声が嘘のように、おっとりとした調子で母がひとりの男の名を口にする。

何がおかしいのか、と疑問に思いながら、私は頭の中に彼を思い浮かべた。

——燈王。八角の鬼人。五つ年上の、私の唯一の幼なじみ。

何の法則もなく、世界に生まれてくるという稀有《けう》な存在、鬼神の血をそのまま受け継いだかのごとく優《すぐ》れた力を持つ、鬼神の神祖《しんそ》返り——『鬼神の御子《みこ》』と呼ばれる人である。

彼は驚く程整った華やかな容姿に、柔らかな物腰の麗人《れいじん》だ。そして誰よりも強く、その圧倒的な存在感だけで他者を従える力を持つ。

里の男は彼に畏敬《いけい》の念を抱き、女は娶《めと》ってほしいと懇願《こんがん》する。そんな燈王は……なぜか私の前でだけ、口も態度もあまりよくなかった。麗《うるわ》しい顔立ちを皮肉げに歪《ゆが》めて笑うことばかりだったけれど、なんだかんだ言って、私に普通に接してくれた。ふらりと現れては、色んな話をしてくれる彼と過ごす時間は、いつだって楽しかった。

彼が本当は優しい人だと知っている。それくらい、私と燈王の付き合いは長い。だけど、彼は……

「燈王は麗李亜に先の貢《みつ》ぎ物を贈っていた。だからどうもこうもない」

「……あら？」

成人の儀までの期間中、男女が言葉を交わすことは禁じられているが、同性同士は問題ない。

儀式が行われる里外れの祭壇に辿《たど》り着いた直後、麗李亜は嬉々《きき》として何の装身具も身につけていない私に嫌味を言ってきた。そしてひとしきり言い終えて満足したらしい彼女は、女衆《おんなしゅう》全員に聞こえるよう、『燈王様から頂戴したのよ』と自《みずか》らの装身具を見せつけてきたのだ。

先の貢《みつ》ぎ物の贈り主は、女側には知らされないことになっている。それなのに麗李亜が知っていたのは、里長に頼んで聞き出したからに違いない。

麗李亜はずっと、燈王のことが好きだったのだ。常に燈王の傍《そば》にいようとしていたし、私にも何度も宣言していた。『燈王様は私を娶《めと》るの』と。

その夢が叶って嬉しくて仕方がなくて、皆に自慢したかったのだろう。

麗李亜が身につけていたのは、とても豪奢《ごうしゃ》な花簪《はなかんざし》だった。絹で作られた大ぶりな白い牡丹《ぼたん》の花弁《かべん》から金と銀の雫《しずく》が連なり落ち、花の中心には鮮《あざ》やかな猩々緋《しょうじょうひ》の珠《たま》が留《と》められている。

彼女の髪は薔薇色《ばらいろ》なので、珠《たま》の色と被《かぶ》らないようにと飾りに気を遣《つか》ったのだろう。あんなに目を惹《ひ》く簪《かんざし》は見たことがなかった。

麗李亜の自慢はまだ続いていたが、私の耳にはもう入ってこなかった——その装身具に使われている貢《みつ》ぎ物が、五年前、燈王が成人を迎えた際に見せてくれた珠《たま》だと気づいてしまったからだ。

彼は時々、里から姿を消す癖《くせ》がある。あの時も、しばらく顔を見ない日が続いたと思ったら、森の木の下でまどろんでいた私の前に彼はふらりと現れた。

『暇つぶしに大陸に出てみたが、それなりにおもしろかったぜ』

彼はいつも土産話《みやげばなし》がてら、私に色々なものを見せてくれた。その中のひとつが、あの珠《たま》だ。

私の瞳より大きな真円で、わずかに青と黒を混ぜたような色味の、深い赤の珠《たま》。それが猩々緋《しょうじょうひ》という色だと知っていたのは、父にもらった世界の色を集めた図鑑で見たことがあったからだ。

猩々緋は、燈王が纏《まと》う色である。

彼の髪はとても不思議で、根本から毛先に行くにつれて稲穂《いなほ》のような黄金《こがね》色から艶《つや》やかな猩々緋《しょうじょうひ》へと色が変わっていくのだ。当人に告げたことはないが……私はその髪を、彼以外持たないその色の移り変わりを、とてもとても気に入っている。

その色が好きな理由を知られるのは、なんだか恥ずかしかった。だから珠《たま》を見せられた私は『すごく綺麗だし、きっと貴重なものだろう。大事にしまっておいた方がいい』とだけ言った。

彼は『そうする』と返して、そのまますっさと隠してしまった。それから今日まで、二度と目にすることはなかったのだ。彼は時たま、狩りの成果を土産《みやげ》として私にくれることがあったのに、その珠《たま》だけはなぜか『物欲しそうにしてるからやるよ』とは言わなかった。

――あの綺麗な珠《たま》は、この日のために大事にしまわれていたのだ。

そう思った時、なんだか胸がざわりとした。彼が見せてくれた品の中で最も心惹《ひ》かれたあの珠《たま》が、麗李亜に贈られたのだと見せつけられるのは、どうしてか嫌だった。

そうして儀の間、私は白い花簪《はなかんざし》から目を逸《そ》らし続けた。

「……おそらく燈王はずっと、麗李亜のことを好いていたのだろう。あれ程女衆《おんなしゅう》から秋波《しゅうは》を送られていた彼が今年になるまで妻問いに参加しなかったのも、麗李亜の成人を待っていたからに違いない」

「あらら、そうかしら～？」

「そうだ」

なぜだか吐き捨てるような言い方になってしまった。母はもちろん、誰も悪くない。あの珠《たま》がほしいと、そう少しでも思ってしまった自分の心が幼いだけなのだ。

と、そこで、ガラァン、ガラァンと大きな鐘《かね》の音《ね》が鳴り響く。

これが妻問い開始の合図だ。女が家に籠《こ》もると同時に、里の中心にある広場に集まっていた男達が、ようやく目当ての相手のもとへ向かい始める。

……ちょうどいい。これを区切りにしようではないか。

「だから私は家を出るぞ」

「えっ？」

この機会を逃《のが》してはいけない。母には悪いが、私は今家を出た方がいいと直感したのだ。

私の家は里の端《はし》に位置している。これ以上私に妻問いに来る者などいないと思うが、すぐに出なければ見つかってしまうかもしれない。

「母よ、父にも伝えてくれないか。育ててもらった大恩《だいおん》は忘れない。私は必ず夫を見つけ、いつか父と母を私達の家に呼ぶ。そこで共に暮らそう」

「ちょ、ちょっと待って、迦乃栄～……本気？」

「本気だ。私は、やる」

常盤では里の者同士で結婚するのが常識だ。それでも、私はここを出る。里を出たい。

私だって行動する時はするのだ。こうなったら、絶対しあわせな結婚をしてみせる。

両親みたいに、『ラブロマンス』に溢《あふ》れたものでなくてもいい。父が買ってきてくれた絵本のような、王子様のお妃様になりたいわけでもない。

恋さえ未経験である。両親がたくさん与えてくれた本を読んで、想像するのみ。そうやって私は、自分の理想の結婚像を描《えが》いてきた。

――真剣に愛し愛される関係になった人と、共に穏やかな日々を過ごす。

ただそれだけが、私の望む結婚である。

×　×　×

『迦乃栄はここぞという時、すごぉく頑固だものね～、やっぱりお父さんに似たのかしら』

『すまない。私が里を抜けることで、もしかしたら迷惑をかけてしまうかもしれない』

『いいのよ～迷惑なんて考えなくて。迦乃栄こそ、私達のせいでずっと里に居づらかったでしょう。ごめんね』

『いや、それは母のせいではない。謝らないでくれ』

そう言った私に、母は少しだけ苦笑した。

『そうすると決めたなら、行ってらっしゃい。お父さんには私からちゃあんと話しておくから、大丈夫よ。でも……ああ、ちょっと待っててね～。荷造りが不要になる、とっておきのものがあるから』

どこかしんみりとした雰囲気を消し去り、部屋を出て行く母。

待つ間にしきたりとして着用していた花嫁衣装から普段着ている服に着替えていると、母はなぜか印籠《いんろう》を持って戻ってきた。丸くて小ぶりなそれは、腰に提《さ》げる根付《ねつけ》部分も花の形をしていてかわいい。

だがなぜ印籠《いんろう》？　荷造りと何か関係あるのか？　傷薬ぐらいしか入らないだろう。しかし私を含め、鬼人の体は頑丈で滅多に怪我をしないから、そんなものは必要ないし……

『母よ、それは何だ？』

『うふふ～。昔お父さんがくれた、魔法の印籠《いんろう》よ。見た目よりずうっと、色んなものが入るの。かわいいでしょう？　迦乃栄が成人したらあげる予定だったのよ～』

『そう、なのか』

『水に濡《ぬ》れてもちょっと焦《こ》げても大丈夫。私からの餞別《せんべつ》みたいなものだと思ってちょうだいね～、旅行することがあるかもって思って、色々なものを詰めておいたのが役に立つ日が来たわ』

『なぜ旅行？　――まぁ、ありがたくいただくが』

そうして母は、おっとり笑いながら私を送り出してくれた。

おおらかな母でよかったと、本当に思う。あの場にいたのが父だったら、こうもうまくはいかなかっただろう。父は無骨《ぶこつ》で頑固な性格だが、意外に心配性で過保護なのだ。

私が父に似ていると母は言うが、実際似ているのは口調くらいだ。私は自分に子どもができても、遊びに行く子どもの後をこっそり尾行したりはしない……父がそのようなことをしたのは、私が幼い頃の話だが。

「さっそく昔のことを思い出すなんて……これが『ホームシック』というやつか」

本で読んだ知識を思い出す。私が常磐を出てから、まださほど経《た》っていないのに、いくらなんでも早過ぎやしないか。

「まぁ、こんな場所を歩いていたら仕方がないか」

独り言でも言っていないとやっていられないくらい、森の中が静かなのだ。

いいや、こっそり里を出るのだから静かな方がいいとはわかっている。しかしそれにしても静か過ぎる。

家の裏手にある森からずっと、生き物の音がほとんどしない。私は夜目が利くため、周りに何かしらいることはわかるのだが、そのどれもが息を潜《ひそ》めているようだった。一体何だろうかと思いつつも、夜行性の生き物に邪魔されず進みやすいので、途中で気にするのをやめた。

「そろそろ海が見えるはずだが……」

常磐の里は、大陸から少し離れた島にある。ここから一番近い島までは船で半日、大陸までは丸二日程。大人の鬼人は時たま大陸へ渡り、島の物と大陸の物を売買してくるのだ。

成人前までは船の利用が許されていないので、私は大陸に行ったことがない。

……そう思うと、燈王は一体どうやって大陸に渡っていたのだろう。彼の話を聞く限り、どう考えても成人前から行き来をしていたはずなのだが。

まぁ、今考えてもわからない。いつか本人に聞いてみよう。

「……ここに帰ってくることがあるのか、帰ってきたところでまた話しかけられるのかすら、わからないが」

燈王が私と話すのを、彼の妻となった麗李亜が許すとは思えない。

それに燈王自身も里人の目があるところでは、決して私に話しかけなかった。私と彼が会うのはいつも、人が滅多に来ない、わが家の裏手の森だったのだ。

幼い頃に理由を聞いた時は、彼は『その方がいいから』と答えた気がする。

当時はそんなものかと深く考えずに頷《うなず》いたが、今思えば私が燈王と親しい様子を見せたら、麗李亜からの風当たりがもっと強くなっていたのではないかと思う。

燈王にはずいぶん助けてもらった。これからは、自分ひとりで頑張っていかなくてはいけない。

幸い、私を毛嫌いして会うたび色々言ってくるような人は、もう現れないだろう。私はただの迦乃栄として、夫探しの旅に出るのだから。

草をかき分ける音さえ立てないよう、慎重に森を走る。潮《しお》のにおいと波音が近い。もう海に出る——

「…………うん？」

確かに、海に出た。

出たのだが。

「……道を間違えたか？」

船に乗った経験はなくとも、つないである浜までは行ったことがある。確か白砂の広がる普通の浜だったはずだが……ここはどう見ても、崖だ。

「むぅ、どうするか」

かなり下の方で、崖に当たる波の飛沫《しぶき》が見えた。生まれ育った島のことだ、この崖ももちろん記憶にある。方角は間違っていないようだが、浜とはずいぶんずれてしまったらしい。

非常に残念なことだが、私はあまり方向感覚に優《すぐ》れていない。更に言うなら、道を覚えるのもさほど得意ではなかった。正直、この島内でも最短距離で目的地へ辿《たど》り着けないことがあるのだ。

今から正規の道である浜を探すのは難しい……というより面倒だ。

時間も惜《お》しい。私は今すぐ里を出たいのである。

「仕方がない」

今着ているのは、いつも通りの着物だ。両袖を落とし、裾《すそ》を膝より上で切って動きやすい形に仕上げてある。それに母いわく魔法の印籠《いんろう》を帯に提《さ》げ、歩きやすいよう足元に脚絆《きゃはん》を巻いているだけの、いわゆる軽装。

印籠《いんろう》は水に濡《ぬ》れても大丈夫と言っていたから、問題ないだろう。着物は駄目になってしまうかもしれないが、背に腹は替えられない。

夏が終わり秋へと向かう今の季節。海水は温かくはないだろうが、ことさら冷えるわけでもないはずだ。

軽く体をほぐして、ひとつ息をつき。

「よし」

私は勢いよく、崖から夜の海へ飛び込んだ。

×　×　×

泳ぎは得意だ。

もちろん走ることも、木登りも、崖下りも、同じくらい得手《えて》としている。

鬼人はとても頑丈で体力があり、体を動かすことが得意な種族。鬼人の特徴として、そう本に書かれていたことにも頷《うなず》ける。

そのうえ、私はこれでも六角の鬼人だ。夜とはいえ、凪《な》いでいるに等しい穏やかな海を泳ぐことなど、さして苦でもない。こんな風に夜の海を満喫《まんきつ》できる機会なんて、滅多になかったから、むしろ楽しいとすら思う。

ざばりと波をかき分けるたび、飛沫《しぶき》が月に照らされるのも美しい。

もっとゆっくり見たいと思ってしまうくらい、幻想的な光景が広がっている。

……結構な勢いで泳ぐ私自身を含めると、かなりへんてこな光景ができ上がってしまうのだが。

「っはぁ……」

一旦手を止め、立ち泳ぎをしながら空を見上げる。

月の位置から考えて、崖を飛び降りてから二時間は経《た》っただろうか。

道に迷ったら星の並びを見るといいと言われ、覚えておいたのが役に立った。

あまりにも方向感覚に優《すぐ》れない私を心配した父が、よく教えてくれたのだ。

「北の白く輝く星は動かず、赤い星が三つ並んだ先は東……」

薄赤い星が……縦に並んでいる先が東だろうか。少し光は弱いものの、より赤く見える星も近くに三つ並んでいるのだが。

「……うん、こちらだな」

直感に従って後者を選び、また泳ぎを再開する。

私が向かっているのは東。目下《もっか》の目標はカルシェルという国のペルシュという街だ。そこが一番近い船着場のある街だと父から聞いている。手漕《てこ》ぎの船で丸二日。速く進む船なら一日。泳ぎだと三時間かかるらしい。

父の言葉が正しければ、朝までには辿《たど》り着けるはず。まぁ、私と父では泳ぐ速度も違うだろうから、多少の誤差は仕方がない。

ざばり、ざばりと暗い海を進む。方向感覚が麻痺《まひ》しそうになるたび、空を見上げて星を確認する。

冷たい水に晒《さら》され続けていたせいか、なんだか怒りがすっかり冷めてしまっているのを感じた。

「………………」

――本当に勢いで飛び出してしまったな。

今思うと、少し、ほんのすこーーしばかり、早まったかもしれない。

だけどあのまま里で一晩明かしていれば、私は妻問いを私情で拒否した女との謗《そし》りを受けていただろう。私がそう言われるだけならまだしも、両親まで責められるのは我慢ならない。

こうして少し距離を置いて見ても、やはりひどく生きにくい環境にいたと思う。里自体は好きだったが、周りの里人がほとんど敵のような状態だった。だからこそ、私はひとりでいることを好み、他者を気にしない性格になったのかもしれない。

「……むぅ？」

だいぶ沖に来たからか、海の生き物の気配も活発になっているのを感じる。大半が水面よりずっと奥深くで動いているから、気にせず泳いでいたのだが……どうも、何かが近づいてきているような。

一旦泳ぎを中断して、その気配が浮上してくるのを待つと――

「グギャアアアアアアーー!!」

大きな飛沫《しぶき》を上げ、目の前に黒い何かが現れた。

「っ……」

激しく海面が揺れ、波が全身に叩きつけられる。

視界が利かない中、その『何か』が私に害意を向けていることはわかった。

「……何だ？」

生温かい呼気が、濡《ぬ》れた体にかかって気持ち悪い。

ぐいと顔を拭《ぬぐ》って見上げると、そこには……何とも奇妙な生き物がいた。

黒光りする甲羅《こうら》、私が両腕を回しても到底届きそうにない太く長い首、灰色の煙を吐き出す嘴《くちばし》。

魔力を感じることからして、おそらく亀の魔物なのだろう。これ程に大きなものははじめて見た。

「魔物か……」

動物でも植物でも人でもない、生き物。

それらは人が世界に生まれ落ちた頃には既に世界に在《あ》った、謎の存在だ。

起源には諸説あるが、古代の動植物が濃密な魔力を浴《あ》びて変化したものではないかという説が有力視されている。

魔力は神々が世界を管理するために使う力のひとつと言われており、人や魔物はその恩恵に与《あずか》って生きているのだという。

恩恵と一口に言っても、その使い方は両者で大きく異なる。

人は生まれ持った魔力を制御することで進化を遂《と》げた。世界の元素を操《あやつ》る『魔法』という奇跡を編み出し、文明の発展と共に魔力を籠《こ》めた便利な道具——魔道具を作り出してきたのだ。

魔物は魔力ともっと密接に関わっている。魔力自体が彼らの糧《かて》、つまり生存のために必要なのだ。

ゆえに彼らは魔力のある生き物を喰らう。魔物同士でも捕食関係は存在するが、人を襲う個体がほとんどだ。

だからこの魔物も……

「グギャァ……シャアァ……」

私を喰うつもり満々なのか、嘴《くちばし》から涎《よだれ》を垂らしている。垂れたそれが海面に落ちた途端、ジュワッと音と煙を立てているのは、警戒すべきなのだろうか。

いきなり襲いかかるでもなく、こちらの様子を窺《うかが》っている素振《そぶ》りからすると、多少の知性は持ち合わせている中級程度の魔物かもしれない。

魔物は内包《ないほう》する魔力によって上級・中級・下級と分類されており、私も中級魔物までならひとりで狩ったことがあった。

しかし……どうにも舐《な》められているように見えるのは、ここが奴の縄張り内だからだろうか。

「……まぁ、大丈夫か」

余程上手《うま》く力を隠しているのでもなければ、私でも狩れるはず。

そう判断して、私はぐっと右腕を上げ――海面へ振り下ろした。

ドォオオオオ、と轟音《ごうおん》を立てて海が割れる。できた波の勢いに乗って、大きく飛び上がり――

「ふっ！」

長く伸びたその首に、体のしなりを利用して蹴りを叩きこむ。

想像よりも手応《てごた》えが柔らかいと感じるのは、私の体の方が硬いからだろう。

びきびきと、筋《すじ》が限界まで張りつめるような感触が足先から伝わってきた。その程度で済んだのか。わりと力を入れたのに、これで首がもげないのは珍しい。

やはりそれなりに強い魔物だったのだなと思いながら、大きく斜《なな》めに傾《かし》いだ亀の甲羅《こうら》に降り立つ。

無防備なその首を今度こそねじ切ってやろうと手をかけた途端。

「ピ、ピュー、ピュー……」

空気を漏《も》らすような、哀《あわ》れな鳴き声がした。

こちらに首を巡《めぐ》らせた亀が、私に何かを訴えているようだ。

「……何だ。何を言いたいのか、よくわからないが」

私を喰おうとしたのだから、私に狩られるのも当然だろう。まさか反撃されるとは思わなかった、とでもいうのだろうか。

ひとり遊びを極《きわ》めた私を舐《な》めないでほしい。特に魔物を素手で狩るのは大得意。解体から調理までお手の物なのだ。いざという時にと、父に教え込まれた体術を狩りの場以外で使うことになるとは思っていなかったが……外の世界ではこういう事態もあるのだなと今更実感する。

「とにかく、お前は私の敵なのだろう」

だったら、やることは変わらない。

鳴き続ける亀の首に、両腕をぐっと回し――

「ちょいと待ちなよ。あんた、貴重なその亀をどうしようってんだい」

力を籠《こ》めたと同時、そんな台詞《せりふ》が頭上から降ってきた。どこか甘やかなその声は、まるでいけないことをした子どもをたしなめるかのような響きを持っている。

腕は下ろさず、顔だけ上げる。そこには、空中に留《とど》まるひとりの女性がいた。

杖を横に倒し、そこに座った彼女がだんだんと海面へ近づいてくる。気配が全く読めなかったことに思わず身構えるが、彼女から敵意や害意は感じられなかった。

「言っておくけど、あたしは怪しいモンじゃないよ。これでも晶級《しょうきゅう》冒険者でね。あたしの身元は冒険者ギルドが保証してくれるさ」

「しょうきゅう……？」

彼女はついに、私と同じように亀の甲羅《こうら》へ降り立った。

年の頃は三十前後だろうか。男なら思わず震いつきたくなるような色香に溢《あふ》れた美女だ。

その身を包む黒い衣装は豊満な胸を強調しつつも、長い裾《すそ》が風を受けるたびにふわりと広がり、見る者に何とも優雅な印象を与える。

隻眼《せきがん》なのか、片目を装飾的な眼帯《がんたい》で覆《おお》っているが、その美しさは損なわれていない。月光の下、尚はっきりと浮かぶ純白の髪はきつく巻かれていて、その豪奢《ごうしゃ》さが彼女に高貴な色を足していた。

その頭部に一対《いっつい》ある、山羊《やぎ》のような黒い巻角からして、魔人だろう。

世界には、世の果てにおわす神々――妖神《ようしん》・獣神《じゅうしん》・天神《てんじん》・魔神《まじん》・鬼神・竜神《りゅうじん》の六神を祖先とした、妖人・獣人・天人・魔人・鬼人・竜人のおおむね六種族の人が暮らしている。

常識として知ってはいたが、常磐の島には鬼人しかいないので、異種族を見るのははじめてだ。

角を持つ種族は赤い角を持つ鬼人と、黒い角を持つ魔人だけだから、間違いはないはずだが……

「まさか、晶級冒険者がどんなものかも知らないのかい。一体どこからこの海域に迷い込んで、亀の首なんかねじ切ろうとしてんだか……ふふふっ」

萌黄色《もえぎいろ》の隻眼《せきがん》を真っ直ぐ私へ向けつつ、魔人の女性はなぜか笑い出してしまった。

冒険者という職業自体は私も知っている。世界各国で何でも屋のような役割を担《にな》う彼らのことも、彼らが所属する冒険者ギルドのことも。

冒険者ギルドは、元はある目的のために立ち上げられた集団だ。大陸の向こう、海の果てにあるとされる、神がおわす六つの神殿。その『神殿に辿《たど》り着く』という途方もない夢を抱《いだ》いた者達の集まりが、冒険者ギルドのはじまりである。それが年月を経《へ》て色々な解釈がなされるようになり、夢の範囲が拡大され、今では『世界を巡《めぐ》り未知と出会う』という名目《めいもく》の何でも請《う》け負《お》う組合になっている……はずだ。

父も燈王も、どうしてか冒険者については、あまり詳しく教えてくれなかったのだ。

私が冒険者になると言い出したら困るとでも思ったのだろうか……確かにそういう職に就《つ》くのも楽しそうだとは考えていたが。

「ははっ……まぁ、冒険者の中じゃあ結構強いとでも思ってくれりゃあいいさ」

「そうか」

「そうかって……あはは、やめとくれよ。そんな平然と返されると笑っちまう」

既にわりと笑っている気がするが、今以上に笑いたくなるのだろうか。

指摘するのもなんだか違うかと思い、とりあえず頷《うなず》いておくとやはり笑われた。

「ああ、おかしい。まさかこんなクソみたいにつまらない依頼で、最高におもしろいことに出会うなんてねぇ」

「御仁《ごじん》はこの亀に何か用があったのか？」

「ご、御仁《ごじん》なんて、時代錯誤《さくご》な言葉使うね、あんた……あたしはこの岩海亀《いわうみがめ》がねぐらに帰ってるか確認しにきただけだよ」

彼女が言うには……

この岩海亀という中級魔物は、夜間にねぐらへ近づく者は全て喰らおうとするが、日中はさほど害のない魔物らしい。それどころか、泳ぐことで微弱な魔力を発生させ、海中の生き物を活性化させる能力を持つ特異な生き物だそうだ。そうして生息地の近海を豊かにしてくれるため、保護とまではいかないが、冒険者達が定期的にこうやってねぐらにいるか見回っているのだという。

襲われても応戦するなとは言わないが、積極的に狩るべきでない魔物のようだ。

「そうだったのか……すまないことをした」

私がねぐらに近づいてしまったのが、いけなかったのだな。

首に巡《めぐ》らせていた腕を下ろすと、亀は感謝すると言わんばかりにひとつ鳴いた。

私ではなく、わざわざ魔人の女性に視線を合わせながらそうしたところを見るに、思ったよりも知能が高いらしい。

「つうか……あんた、こんな海の真っ只中《ただなか》で、一体何やってたんだい？」

「泳いでいた」

「……どこから？」

「私の里がある島から」

「里……鬼人の里なんか、この辺にはないはずだけどねぇ」

先程より強い視線を受け、私はここまでの経緯《けいい》を簡単に説明することにした。

彼女からすれば、私はかなりの不審者だ。ギルドの依頼を受けてここに来たら、不審者が目的の亀を害そうとしているなんて……本来なら問答無用で捕《とら》えられてもおかしくない。

それなのに、彼女は私の言い分をきちんと聞いてくれようというのだ。この機を逃《のが》す手はない。

鬼人の成人の儀と妻問いの儀について、私の部屋に押し入った男の狼藉《ろうぜき》から家を出るまで、そして里を離れてここに至った流れを説明する。簡潔になるよう気をつけたが、誰かに対してこんなに長く話をする経験はあまりなかったので、少しわかりにくい点もあったかもしれない。

「――と、こんな感じで遠くから来たのだ。このあたりの勝手がわからず……改めて、申し訳ないことをした」

ぺこりと頭を下げる。謝罪の意味を籠《こ》めて、黙って甲羅《こうら》を貸してくれている亀の首を撫《な》でると、なぜか異様にびくっとされた。

その様子に逆に驚いていると、目の前の彼女の肩が震えていることに気づく。

何だろうか。あまりにも理不尽だと、私に共感して憤《いきどお》ってくれたのか？

「……ふっ、ふふ、あは……あはははは!!」

「え……」

「あり得ない！　あり得ないだろあんた！　求婚相手蹴り倒してふん縛《じば》って家出てきた？　親公認で？　あっはは！　し、しかも海泳いできたとか！　こんな場所泳ぐとか！」

そんなに、笑うか。

まるで、笑えない私の方こそ感覚がおかしいのではないかと思う程、彼女の爆笑は続いた。ついには腹を抱えてうずくまってしまった彼女は……そう言えばなんという名前なのだろうか。

現実逃避《とうひ》でもしないとやっていられないような妙な雰囲気になってしまった中、私はぼんやりとそう思った。

×××

「っはぁぁ……笑った笑った。こんなにおかしいのは久々だよ、ったく」

「そうか、それはよかった……のか？」

「ブッ！　や、やめとくれ、これ以上笑わせんのは……！」

だから、私は特に笑わせようとはしていない。

もう、そこらで魚が跳《は》ねるだけでも爆笑してしまうのではないか、という程笑っている彼女。

胸を押さえて息を整えながら、彼女はおもむろに杖で空中に何かを描《えが》き始める。そしてそのまま私に声をかけてきた。

「あまりにあり得なさすぎて、一周回って逆に納得しちまったわ。あんたを迷子だと仮定して、送ってってやるよ」

「いや、里には戻らないが」

「何言ってんだい。戻るなんてとんでもない！」

ほのかに輝く円の図形――魔法陣を描《えが》き終えた彼女が、大きく首を横に振る。

「せっかくこんなにおもしろ……いや、楽しい旅をはじめるって奴を、どうして帰らせようってんだい？　あたしはあんたを応援するよ」

「ああ、ありがとう」

「あはは、全然ありがたがってない響きだねぇ……ほら、できたよ。乗りな」

「うん？」

乗るとは、何に。首を傾《かし》げると、彼女はついと杖を振って私の足下へ魔法陣を動かした。

魔法とは、人が生まれつき持っている魔力を世界に漂《ただよ》う魔力と呼応《こおう》させることで起こす奇跡である。行使するにはいくつかの方法があり、中でも一般的なのが、声での詠唱や、図形を描《えが》く魔法陣だ。他には、歌や舞踊《ぶよう》、祈りなんてものもあるらしい。

魔人は魔力の扱いに長《た》けた種族らしいので、いとも簡単に魔法を操《あやつ》るが……鬼人は大して魔法を使えない種族だから、魔法陣を目にできただけでも感動物だ。それにこの陣は、本で見たどの形より美しい。

「すごいな……緻密《ちみつ》で、絵のようで、輝いていて、とても綺麗だ」

「そんなに感動されると、なんだか照れるねぇ」

「これは何をするためのものなんだ？」

「だから、あんたを乗せて運ぶためのものだよ。いつまでも亀の甲羅《こうら》の上にいてもしょうがないだろ？」

「もしかして、陸まで連れて行ってくれるのか」

「応援するっつっただろ。頑張れの一言で、海に放置してくと思ったかい？」

彼女はそう笑い飛ばし、そっと魔法陣に触れる私へ陣の説明をしてくれた。どうやらこれは飛行魔法の一種で、籠《こ》めた魔力に加え、空中の魔力を常時吸収して動く、少々珍しいものらしい。

おそらく、彼女は冒険者として『結構強い』のではなく『とても強い』部類なのだろう。魔法陣を空中に描《えが》けるのは、一流の魔法士だけだと本で読んだことがある。

そんな彼女に発見してもらった幸運に感謝して、私は輝く魔法陣に乗った。

同時に亀が『もう帰ってもよろしいでしょうか』とでも言わんばかりに彼女の方をそろそろと窺《うかが》う。すると彼女は、どこからか取り出した水薬《みずぐすり》――あれは傷を癒《いや》す回復薬だろうか、それを亀にかけ、軽く首を撫《な》でると、黒い翼をばさりと広げた。

そう言えば、巻角と同様に魔人の特徴である翼がないとは思っていたが、あれは出し入れ可能なものだったのか。彼女には杖の他にも、色々な飛行手段があるのだな。

彼女が羽ばたきはじめたのを見て、亀は私と彼女を交互に眺《なが》めてから、海の中へ帰っていった。

「あんたが首をねじ切る前でよかったよ、本当に」

「魔物は狩るものだと思っていたのだ、すまない」

「だからいいって……この近海も、年々岩海亀が減ってきてねぇ。数年前、国が把握《はあく》してる個体の一匹がどっかに行っちまってから、見回りが頻繁《ひんぱん》になったんだ」

面倒な話だよ、とため息をつきながら、彼女が杖をくるくると回す。

「それなりに急げば、まぁ朝方には街につけるだろ。あんた……ああ、そうだ。まだ名前を聞いてなかったたね？」

やっと名乗る機会を得られた。事情を説明するのに精一杯で、ずっと互いに名も知らないままだったのだ。

「迦乃栄、ただの迦乃栄だ」

鬼人に姓はないので、名前の先に里の名をつけるのが一般的だ。

だが私は里を出た身なので、それはふさわしくない。そう思って自分の名だけを告げると、数秒置いてから彼女が意味ありげに微笑んだ。

「ただのカノエか。いいねぇ、その名乗り。あたしもただのブランディーヌだ。巷《ちまた》ではブランって名で通ってる」

異種族だからか、呼ばれる私の名も何となく響きが変わって聞こえる。ただそれは、決して嫌なものではなく、むしろ新鮮さを感じた。

「ブラン殿、と呼べばいいか？」

「やめとくれよ！　どこのお堅いおっさんなんだい、あんたは」

「口調は父譲《ゆず》りなんだ」

「そうかい……」

どことなく疲れた声音《こわね》でそれだけ返してきたブランと共に、ゆっくりと空を飛ぶ。

だんだんと速度が出てきたが、思ったよりもずっと風が当たらない。これも魔法のおかげだろうか。

「ちょいとカノエ。あんた、体を乾かさないのかい？　鬼人でも無属性魔法くらい使えるだろ」

無属性魔法は、便利魔法とも呼ばれる生活用の術だ。ちょっとした飲み水を出したり、風を起こしたり、音を防いだり。魔力があれば誰でも使える、ささやかな魔法である。

世の魔法士達が使うような大がかりな魔法より、もっと身近なものと言えばいいか。

確かに鬼人でも、普通はそれくらいたしなんでいるが……

「私は、魔法の使い方があまり上手《うま》くないらしい」

「どれくらい？」

「服を乾かそうとすると、破れる」

「……は？」

「他には、湧《わ》き水の魔法を使うと飲み水が鉄砲水《てっぽうみず》になる。更に言うなら防音魔法を使ったはずなのに、聞こえる音が逆に爆音になってしまう」

燈王いわく、私は『死ぬ程魔法が下手』なのだという。下手という言葉はあまり使いたくないのだが、髪を乾かそうと起こした風で、彼の見事な長髪をぐちゃぐちゃに乱してしまった直後に言われたので、認めるしかなかった。

「ブラン。世の中には、生活術すらままならぬ鬼人もいると覚えておいてほしい」

「………………ブッ!!」

だから、どうしてすぐ笑うんだ。

笑いながら翼を動かして、ついでのように私を乾かす魔法を使ってくれるのはすごいと思うが、あまり感動できない。

「だ、駄目だ……あんた天才だよ、ぷっ……ほんっと、おかしい！」

「わりと普通だと思うのだが」

「はー……も、もうやめとくれよ、普通の女は家出方法に遠泳なんて選ばないっての。つうか、六角もある上位の鬼人なんて、それこそ普通とは言えないし」

さらりと言われたが、やはり里の外では六角は珍しいようだ。しかし彼女はそれ以上追及してこない。

黒い翼を優雅にしまい、ブランは私が立つ魔法陣に腰掛ける。

ひとり乗りではないのか。この魔法陣は優秀だな……

「……カノエ、今後のことはまだ何も決まってないんだろ？」

「ああ、そうだな。とりあえず理想の結婚ができそうな夫を探すことしか考えていない」

「だったら、その旅にあたしが付き合うってのはどうだい？」

いきなりの提案に、目を瞬《しばたた》かせてしまう。

ブランが私の旅に付き合ってくれるなら、大変助かる。勢いで里を飛び出してしまってこれからどうしようと思う気持ちは、実のところ多分にあるのだ。

それに彼女と話していると、とても楽しい。私を見下すわけでもなく、蔑《さげす》むわけでもない、そんな貴重な人とこうして話ができるのが、とにかく嬉しいのである。

出会ってすぐの他人を頼りにするのは、普通の感覚だったらおかしいのかもしれないが、私は長年対人関係に恵まれなかったという自覚があるので仕方がないと思う。それに今までの会話からして、ブランはかなりいい人だと思うし。

「い、いいのか？」

「応援するっつっただろ。世間知らずっぽいあんたを、ひとりで放り出すのも何だしね。あんたの婚活《こんかつ》、手伝ってやるよ」

「コンカツ？」

「あんたがやろうとしてることだよ。陸についたら話してやるさ」

ブランの言う通り、私は世情に疎《うと》い。彼女がいてくれたら、私の『コンカツ』とやらもきっと上手《うま》くいくのではないか、そんな気がしてきた。

頼もしい味方を得て大きく頷《うなず》いた私へ晴れやかな笑顔を向けて、ブランが口を開く。

「何よりね、あたしはおもしろいことと面倒ごとが大好きなのさ！」

……それは、私という存在がおもしろく面倒だと言っているようなものでは。

とは言えず、私は更に速度を増した魔法陣の上にただ立っていることしかできなかった。

幕間一　鬼神の御子《みこ》、激昂《げっこう》する

——あいつも俺も、まだ幼かった頃の話だ。

『燈王、私はしあわせな結婚がしたい』

『しあわせって、漠然《ばくぜん》としてんなぁ。どんなのだ？』

『本でよんだんだ。村のむすめが王子さまに恋して、お姫さまになる話』

『あぁ？』

その言葉が迦乃栄らしくないと感じ、聞き返すつもりが、まるで威圧《いあつ》するような声が出た。

いつもそうだった。俺――燈王は元から口が悪いが、迦乃栄の前だとなぜかどうしても優しい言葉を使えない。

取り繕《つくろ》うことはしたくないが、それでももう少し優しく話しかけてやりたい。そう思っているのに、素《そ》っ気《け》ない言い方しかできない自分がもどかしかった。

たった一言を訂正《ていせい》するのもおかしい気がして、俺はひとまず迦乃栄が何の話をしようとしているのか考える。体を動かす遊びも好きだが、本を読む方が好きなこいつの頭の中には、たくさんの物語が詰まっている。その中で今の話に当てはまるのは……

『……誘拐された女が、助け出してくれた貴族の養子になって、王子と結婚するやつか？』

『それだ。よく覚えているな、さすが燈王だ』

『まぁな……お前、ああいうのが好きなのかよ』

『ちがう。あのお姫さまの父と母みたいなのがいいんだ』

『あれ、普通の両親じゃねえか。どこにでもありそうな家庭だったろ』

『そう、ふつうの。村でむすめは楽しそうにしていて、親もいい人だった。きっとあのむすめの父と母はとても愛し合っている。私はそういう家族になれる人と、結婚して、のんびり暮らしたい』

そんな平凡な結婚でいいのかと、正直拍子抜けした。置かれた環境が異なるだけで、お前の両親も同じではないかと、そう言いそうになる。だが迦乃栄がそれを望む気持ちも充分わかり、結局俺は黙ったのだ。

どんな夢も、どんな贅沢《ぜいたく》も、願う限り叶えてやるつもりだった。ただ、本人が穏やかで慎《つつ》ましやかな生活を望むなら、それもいい。

『……単純だな、お前』

素直に『俺が望みを叶えてやる』と言えなくて、俺はそんなことを口走った気がする。あいつは怒ることもなく、当然だとでも言うように頷《うなず》いていた。

今でも覚えている。清夏《せいか》が続き、あいつの家の裏手にある森で休んでいた時の話。

俺はあいつを娶《めと》れるなら、本当に何でもする気だった。ずっと昔から、そう決めていた。

なぜならあいつは、迦乃栄は俺の世界で唯一、美しいものだから——

×　×　×

成人の儀。迦乃栄といくつか歳《とし》の離れている俺が、参加者であるあいつを見られるのは、儀式の終わる夕暮れだけだ。

祭壇から戻り、里をぐるりと一周するように練り歩く、男衆《おとこしゅう》と女衆《おんなしゅう》の列。

無言で歩く一同が身に纏《まと》っているのは、鬼神を表す色である、赤一色の晴着《はれぎ》だ。

成人の儀ではそれが正装とされているが、いつ見ても不気味な色だと思う。夕日に照らされいっそう異様な赤さになるそれが、どうにも好きになれない。だが、そう感じるのは俺だけのようだ。両親を早くに亡くした俺を育ててくれた爺《じじい》が言うには、普通ならこの光景に神聖さや清らかさを覚えるものらしい。

行列を見守るのは、常磐の里人全員だ。そこには大人も、幼子《おさなご》も、俺のように成人を迎えてもすぐ妻を娶《めと》らない男もいる。

まるで品定《しなさだ》めだな、と鼻で笑いそうになりながら、列が通っていくのをぼんやり見る。

さほど長くもない列の一番後ろ、ほんの少しだけ遅れて歩く女が目に留《と》まった。

視界に入れても認識できないような、そんなどうでもいい者ばかりの中で、その存在――迦乃栄だけが、はっとする程鮮烈《せんれつ》に映《うつ》る。

鬼人特有の、薄い煉瓦色《れんがいろ》の滑《なめ》らかな肌。いつも適当に三つ編みをしている白藍《しらあい》色の髪は、今日は綺麗に結い上げられていた。

深海を思わせる大きな濃藍《こいあい》色の瞳は、真っ直ぐ前だけを向いている。目尻に差された成人の証《あかし》である紅《べに》が、やけに艶《つや》めいて見えた。

滅多に感情を乗せないそのかんばせは、人形じみて整っている。里の女の中では華奢《きゃしゃ》なのも相まって、硝子細工《ガラスざいく》のような、どことなく人らしからぬ美しさと言えばいいか。

不気味に見えた赤い晴着《はれぎ》も、迦乃栄が身に纏《まと》うだけで神聖で美しく思えるなんて……俺も相当あいつに参っている。

迦乃栄がすぐ傍《そば》まで近づいてきた。いつも通り、あいつが周りに視線を向けることはない。代わりに、数名の男が舐《な》めるような目であいつを見ていることに気づいた。

当然だ。迦乃栄自身は自分の容姿に無頓着《むとんちゃく》だが、俺の贔屓目《ひいきめ》でなく美しい。両親の件で里で孤立《こりつ》していなければ、多少変わり者でも娶《めと》りたいという男は多かっただろう。

あいつはこの類《たぐ》いの視線には全くの不用心だが、まぁ、今夜の妻問いが終わればそれも変わる。

そう思いながらまた迦乃栄を見て……愕然《がくぜん》とした。

「……は？」

——迦乃栄が、何の装身具も、いや……俺の貢《みつ》ぎ物を身につけていない。

俺が成人した際、一度だけあいつに見せた、あの珠《たま》を。

「……ッ」

先の貢《みつ》ぎ物。妻問いの貢《みつ》ぎ物。それは男自《みずか》ら価値あると決めたものなら、動物でも植物でも魔物でもいいとされている。昔のことは知らないが、今はそのほとんどが魔物の素材だ。当然、俺も迦乃栄に見合う素材を探し、贈ったのだ。

あの珠《たま》は上級魔物の中でも滅多に現れない特異種の体内で、数百年かけて作られた血結晶《ちけっしょう》だ。売れば死ぬまで遊んで暮らせる程の代物《しろもの》で、あれをひとりで狩るのは苦労した。

その魔物を狩ったのは、俺が成人する年のこと。その数年前から、俺は時おり島を出ては、冒険者をやっていた。成人前に大陸へ渡るのは掟破《おきて》りだが、そんなことはどうでもいい。迦乃栄への貢《みつ》ぎ物を島内の品で済ませるつもりはなかったのだ。金稼《かせ》ぎも兼ねて貢《みつ》ぎ物を探しに、幾度となく常磐と外を往復していた事実は爺《じじい》以外知らない。

珠《たま》の他にも、あいつに似合いそうな色合いの羽や、枯れることのない水晶の花や、光り輝く鬣《たてがみ》なんてものもあった。珍しいもの、価値あるもの、美しいもの。少しでも迦乃栄の気を引けそうなものを見つければ、冒険者ギルドの奴らにどれだけ金を積まれても断り、里に持って帰った。

色んなものを見せてやって、迦乃栄が一番気に入ったのがあの珠《たま》だった、のに……

──あれは目立つ品だ。他の女から無用な妬《ねた》みを買わないよう、首飾りにでもして晴着《はれぎ》の下に隠しているのかもしれない。

迦乃栄は隠しごとが下手くそで、良くも悪くも素直だ。あいつがそんな器用なことを考えるはずもないのに、俺はそう言い訳をして自分を納得させようとする。

そうでもしないと、近くにいる奴らを嬲《なぶ》り殺《ごろ》しにしそうになるくらい、感情が荒ぶって仕方がなかった。

「燈王様、どうかなされたのですか……？」

俺はしばらく呆然《ぼうぜん》としていたらしい。近くにいた男に声をかけられるまで、迦乃栄の姿が見えなくなったことにすら気づかなかった。

「……ああ、何でもないよ。皆大きくなったものだと思っただけだ」

綺麗な笑みの仮面を被《かぶ》り、当たり障《さわ》りない感想を返しておく。

それだけで男はあっさりと納得し、俺の後ろへ控えるようにして口を噤《つぐ》んだ。

──いつでも微笑みを絶やさず、力を誇示《こじ》することもなく穏やかで、さりとて周りの羨望《せんぼう》を集められる強さも持ち合わせている、常磐最強の八角の鬼人。まさに鬼神の寵愛《ちょうあい》を受けるにふさわしい、鬼神の御子《みこ》。それが、周りの考える俺の印象らしい。

美化し過ぎじゃないかと思うこともあるが、奴らの想像する俺になぞ興味がないので、好きに思わせている。それに俺自身、そうなるように今まで振る舞ってきたんだから、受け入れるしかない。

俺だけなら、どう見られてもよかったんだ。心のままに、いっそ爺《じじい》いわく『超絶かわいくないクソガキ』のままいてもよかった。ただ、それだと俺の目的にとって都合が悪い。迦乃栄を娶《めと》るには、俺は里から一目《いちもく》おかれる男である必要があった。

里で権力を持てば、迦乃栄とその家族を守れる。俺のやることに口を出せる奴もいなくなる。だから十八年もの間、俺は『お優しい燈王様』の皮を被《かぶ》ってきた。

素《す》との落差があまりに激しいから、真実を知る爺《じじい》には未《いま》だに笑われるが、それが必要な措置《そち》だと思えば自分を偽《いつわ》ることくらい苦でもなかった。

その結果、男衆《おとこしゅう》は俺に一定の距離を取りつつ敬意を持つようになった。だが、女衆《おんなしゅう》は……対応が柔らかいせいで勘違いして近づいてくる奴がいてうざい。そこは少し失敗したと思う。

「月が昇るまでは、しばし時間があるようだね」

「ええ、今宵《こよい》は美しい望月《もちづき》になるでしょう。なんと言っても、燈王様が御結婚される日なのですから！」

俺に話しかけられて嬉しかったのか、男がやけにでかい声を上げる。

それに呼応《こおう》するようにして、少し離れた場所で様子を窺《うかが》っていた別の男達も近寄ってきた。

「今年は麗李亜様も成人されますし、御子《みこ》様も妻問いに参加される……いやはや、最高の年ですな」

「燈王様は、きっと素晴らしい貢《みつ》ぎ物をご用意されていらっしゃるのでしょうね」

「あなた様に娶《めと》られる花嫁は、本当にしあわせ者ですなぁ」

「この島一の毛皮といえば金魔猪《きんまちょ》のものですが、燈王様は大陸の方でご用意されたのでしょう？　明日が楽しみです」

「うちの弟など、自分の貢《みつ》ぎ物より御子《みこ》様の貢《みつ》ぎ物ばかりを気にしておりましたよ」

妻問いをした次の朝は、花嫁を家に連れ帰るために里の広場を通るのが慣習となっている。俺が迦乃栄と共に戻ってきた時、こいつらは本当に今と同じ言葉が言えるんだろうか。

なぜか俺と別の女を話題に絡《から》ませようとする、そんな茶番じみた雰囲気に吐き気がして、俺はことさら綺麗に微笑んでやった。

「確かに俺は大陸で狩った魔物の毛皮で仕立てたが……貢《みつ》ぎ物は男同士で競《きそ》ったり自慢したりするものではなく、妻にと望む者への想いを表すものだろう？　俺は彼女が満足してくれたら、それで充分だよ」

そうだ。貢《みつ》ぎ物は俺が満足するためのものじゃない。先の貢《みつ》ぎ物を身につけてもらえなかったと言っても、それは迦乃栄がその品を気に入らなかっただけ。あの珠《たま》も、あいつを飾るには足りなかったんだ。妻問いの貢《みつ》ぎ物は気に入ってもらえるといいが……

用意したのは、大陸の北方に生息する上級魔物の毛皮だ。毛の一本までもが煌《きら》めき、状態のいい毛皮なら国宝として飾られることもある美しい白銀の虎。滅多に目にすることのできない稀少《きしょう》な魔物だが、冒険者ギルドの依頼中に運良く見つけて狩った。

羽織に仕立てるには骨を折ったものの、迦乃栄も気に入るだろう出来映《できば》えのものが完成したと自負《じふ》している。あれを着せて、ずっと心に留《とど》めておいたことを言おうと決めているのだ。

――俺はあいつが成人するまで、この想いを伝えることはしなかった。

言えば我慢できなくなるからだ。口にした瞬間、俺は迦乃栄を閉じ込めて、あいつを虐《しいた》げる里になんて二度と顔を出させなかっただろう。

だが、迦乃栄の望む結婚は、穏やかなものだ。そこに瑕疵《かし》があってはいけない。

そのために極力、迦乃栄の立場が悪くならないよう表立っては接触しなかった。『お優しい燈王様』を作って敵を減らし、あいつが常磐を出たいと言った時のために、少し遠いが無人島を購入して住めるように環境を整えてある。本で見て気に入っていた場所への移住を希望する可能性も考えて、島の購入代以上の金を貯《た》め、冒険者としてそれなりの力も得た。

自分でもやり過ぎだとは思っている。正直、気持ち悪いくらいだろう。

まぁ、そんなことはとっくに自覚していた。つまりそれくらい、俺は待ったんだ。

「さぁ、行こうか。広場で鐘《かね》が鳴るのを待とう」

だから今夜――必ず迦乃栄を俺の妻にする。

× × ×

生まれた瞬間から、俺にははっきりと自我があった。

それが異常なことだと気づくのも早く、だが、うまく取り繕《つくろ》う術《すべ》は持っていなかった。子どもらしさの欠片《かけら》もない、不気味な存在だった俺を愛せずに、両親は死んだ。

俺を産んだ後体を壊した母親は、俺が二つの時に。妻の死で空虚《くうきょ》な目をするようになった父親は、俺が五つの時、狩りで負った怪我が原因で。

ふたりが死んだ時、俺は一粒《ひとつぶ》も涙を零《こぼ》さなかった。

幼さ故に泣けなかった、というわけじゃない。俺にはわかっていたんだ。『この人はもうすぐ死ぬ』ことを、俺だけに見える金色の炎が教えていた。

人には稀《まれ》に、神々の血が濃く現れた神祖《しんそ》返りが生まれることがある。神祖《しんそ》返りは他者にはない身体的特徴と特殊な力を持ち、種として優《すぐ》れた存在だと言われている。

俺は鬼神の神祖《しんそ》返り――鬼神の御子《みこ》として生まれた。そのせいでこの『目』を持ってしまった。

鬼神の御子《みこ》は、瞳に鬼火《おにび》を持つ。昔から、そう伝えられている。

だが、正確には違う。御子《みこ》の瞳に鬼火《おにび》があるのではなく、その目にだけ鬼火《おにび》が映《うつ》って見えるんだ。

鬼火《おにび》とは、魂《たましい》のことだ。鬼神が司《つかさど》るのは生と死。死した全ての魂《たましい》は鬼神のもとへ還《かえ》るため、鬼《おに》火《び》――金の炎となって世界を巡《めぐ》り、世界の元素に触れて生前の穢《けが》れを落とす。鬼神の御子《みこ》の目にはその、世界を巡《めぐ》るおびただしい数の死者の魂《たましい》が見えている。

それに俺は、鬼火《おにび》を見るだけでなく――多少であるが、それらと意思を通わせることもできる。

伝承から考えるに、これは俺特有の能力だ。

生まれた当初からそんな不気味な世界で生きていた俺は生と死の観念があいまいで、人の生き死にもどうでもいいことだと思っていた。

母譲《ゆず》りの紫紺色《しこんいろ》の瞳。そこにゆらめく、金の炎……父親はおそらく、愛する妻が死と引き換えのように産み落としたのが、こんな泣きも笑いもしない不気味なガキだったことを悲しんでいたんだろう。しかも妻の面影《おもかげ》が残るその瞳には、これまた不気味な光がゆらめいている。いくら鬼神の御子《みこ》だなんだと周囲にもてはやされても、そんな子どもに愛情を注《そそ》ぐのは難しかったはずだ。

それを証明するように、俺は父親に抱き上げられたことも、頭を撫《な》でられたこともない。虐《しいた》げられこそしなかったが、腫《は》れ物に触るように扱われるのが常《つね》だった。まぁ自分でも不気味な子どもだったと思うし、仕方のないことだ。……俺も俺で、父親が死んでも特に何も思わなかったしな。

父親が死んで、葬送《そうそう》の儀が行われた日。

俺は、体が葬《ほうむ》られるより先に世界へ飛び立っていった父親の魂《たましい》をぼんやりと見ていた。これから俺を引き取るという爺《じじい》は、なぜかそんな俺の頭を乱暴に撫《な》でてきたが、それもどうでもよかった。

葬送《そうそう》の最後には、常盤の主《おも》だった里人が訪れる。かつて親交があったという迦乃栄の両親も、そこにいたのだ。赤ん坊を葬送《そうそう》に連れてくるのは珍しかったから、俺は母親に抱かれている小さなその子を何の気なしに見た。

見て、そして――風が吹いた。

柔らかい風を受けて、赤ん坊が笑う。

生まれてきた世界の全てが楽しいとでも言わんばかりの、無邪気な笑顔。

まるでその子が、世界は明るいのだと、美しいのだと俺に教えてくれるようだった。生まれてはじめて、風が気持ちいいと、空は清々《すがすが》しいと感じる。

父親が死んだというのに、晴《は》れ晴《ば》れとした気分になるのはおかしい――そんな考えは頭になかった。

不気味な金の炎が舞うこの世界で、あの小さな存在だけが美しい。

ただ笑っただけなのに、その笑顔が何よりも尊《とうと》いと思った。あの美しいものが、どうしてもほしいと、他に何もいらないから俺の傍《そば》にいてほしいと、強く願う。

葬送《そうそう》の後、俺は爺《じじい》に言った。あの子どもを必ず俺の花嫁にすると。

爺《じじい》は変な顔をして笑うと、『ずっと死んだ目ぇしとった小僧が、いきなり色気づきおった。よきかなよきかな！』なんて、身内を悼《いた》むこともしない俺を逆に褒《ほ》めた。

おそらく爺《じじい》には、俺が生きながら死んでいるように見えたんだろう。事実俺は、その時までそういう状態だった。こんな世界で生きるなら、いっそ死んでも同じだと思っていたから。

今日まで俺を生かし続けているのは迦乃栄だ。あいつがいるからこそ、世界にはまだ美しいものがあると思えるし、金の炎も俺の心を殺さない。

だから、俺は迦乃栄がほしい。違う、ほしいとか、そんな欲にまみれた想いじゃない。ただ迦乃栄を……

――ガラァン、ガラァン。

「時間ですな、燈王様」

無粋《ぶすい》な鐘《かね》の音《ね》に邪魔をされ、思考が途切れる。いや、考えてる場合ではなかった。これからが本番なのだ。

ゆっくり立ち上がった俺に、なぜか男衆《おとこしゅう》の視線が集まる。

「……皆、相手の家に向かわないのか？」

暗に『見るんじゃねえよ邪魔だ』と伝えたつもりだが、妙に興奮しているらしい奴らはそれに気づかない。それどころか、途中まで俺について行こうと言い出す輩《やから》までいる。

まさかとは、思うが。

本当に俺が別の女――あの愚《おろ》かな里長の孫娘に妻問いをするつもりだと、信じているのだろうか。

あの女はいつも迦乃栄を虐《しいた》げていた。六角の女は自分だけでいいと言い、周りも巻き込んで迦乃栄につらく当たっていた。一方俺には猫なで声ですり寄り、自分に似合う男は俺しかいないとばかりにしつこく愛を囁《ささや》いてくる。苛立《いらだ》ちを通り越して哀《あわ》れとまで感じる、ただの馬鹿な女だ。

どうして俺があの女に愛を捧《ささ》げないといけないんだ。考えるだけで、反吐《へど》が出る。

「皆、落ち着け」

一声かける。それだけで、周りは静まった。

「俺は先の貢《みつ》ぎ物を受け取らなかった女を、妻にと乞《こ》うため行く。はっきり言っておくが、それは皆の思っている相手ではないよ」

「そんな……！」

「燈王様の貢《みつ》ぎ物を無下《むげ》にする女などどこに!?」

「では麗李亜様が身につけていた先の貢《みつ》ぎ物は、誰が……」

騒がしい。勝手な憶測《おくそく》で想像を膨《ふく》らませたのはお前達だろう。

それ以上言葉を重ねることもなく、俺は広場から出ていく。後を追う者は、当然いない。

妻問いの儀が始まれば、里を歩けるのは未婚の男のみ。誰にも邪魔されることなく、中心を抜けて里の外れへ向かう。

迦乃栄の家は森に半分入ったところにある。里の者から家族が危害を加えられないように、あいつの父御《ちちご》があえて里の外れに建てたと聞いた。

父御《ちちご》も母御《ははご》も、俺の気持ちを知っている。少しばかり年の離れた俺が迦乃栄に近づくためにはきちんと腹の内を話しておく必要があったし、彼らに反対されるような結婚はできないと思ったからだ。

いい両親だ。迦乃栄が歪《ゆが》まず素直に育ったのは、実直で家族愛に溢《あふ》れる父御《ちちご》と、穏やかな母御《ははご》がいたからだろう。

あのふたりに祝福され、結婚する。それは迦乃栄の望む『しあわせな結婚』にあてはまるはずだ。

「…………」

人家《じんか》が少なくなってきた。迦乃栄の家はもう近い。

歩きながら、帯に提《さ》げた煙草《たばこ》入れに手を添える。実際に煙草《たばこ》は入っていない。これは冒険者をしていた時に手に入れた空間魔道具を、持ちやすい形に作り替えたものだ。空間を拡大する魔法をかけてあるので、実際はざっと屋敷ひとつが入るくらいの容量がある。

それに触れながら取り出したいものを思い浮かべるだけでいい。瞬《また》きの間に、眼前に白銀の長羽織が現れた。

月光を受けて煌《きら》めくそれは、幾重《いくえ》にも守りのまじないをかけ、最高の職人によって仕立てさせたもの。たまたまこれを目にしたとある王族が、譲《ゆず》ってくれと頭まで下げてきた程の逸品《いっぴん》だ。俺自身、かなり満足のいく品に仕上がったと思う。

わずかに水色と金色が交《ま》ざった白銀の羽織。これはあの濃藍《こいあい》色の瞳に映《は》えるだろう。それにあいつは煌《きら》めくものや手触りのいいものが好きだから、きっと気に入ってくれるはずだ。

どんな顔でこれを受け取ってくれるだろうか。そう考えながら、俺は迦乃栄の家の前に立った。

と、そこで異変に気づく。

「……あぁ？」

家の中が、明るい。

成人を迎えた未婚の娘を持つ家は皆、娘の部屋以外の明かりを消しておく慣習だ。玄関でさえ、かがり火ひとつしか焚《た》かないのが普通だというのに、これはどう見ても迦乃栄の部屋以外も明るかった。

――嫌な予感がする。

どくりと跳《は》ねた胸を軽く叩き、羽織を片手に抱いて家へ足を踏み入れると。

「燈王さん、少し遅かったわね～」

おっとりとした口調で、母御《ははご》が顔を出した。

女親は部屋に籠《こ》もっていなければならないはずだ。本来、ここで男を出迎えるわけがない。加えて、母御《ははご》はいつも通り穏やかな笑顔だが、今日はその目だけが鋭《するど》かった。

「……母御《ははご》、何があった」

みっともなく、声が震えてしまった。それは動揺《どうよう》からなのか、それとも不測の事態への怒りからなのか、自分でもわからない。

「あら、とっても素敵な羽織ね。でも……先の貢《みつ》ぎ物は、受け取ってもらえたのかしら～？」

だが母御《ははご》は、俺の問いには答えなかった。

問うのはこちらの方だと、その瞳が語っている。

「目にすることはできなかった。気に入ってもらえなかったのは、俺の落ち度だ」

ごまかすこともなく、そう返す。

迦乃栄の両親の前では、爺《じじい》相手より素直に言葉を紡《つむ》げる。俺は長年ここに通い、彼らを信頼しているから。そして俺も、ふたりに認められているはずだ。母御《ははご》は俺の妻問いを誰よりも応援してくれていた。父御《ちちご》はだいぶ渋《しぶ》っていたが、それでも最後には、俺以外に迦乃栄を任せるなんて想像ができないと苦しそうに言ってくれたのだ。

だから、先の貢《みつ》ぎ物を拒否された状態で妻問いをしても嫌な顔はされない。そう思っていたのだが……

「……ごめんね、意地の悪いことを言ったわ。あなたが迦乃栄を裏切るはずがないものねぇ」

「当然だろう、母御《ははご》。俺がどれだけこの日を夢見ていたか」

「そうね～……私も夢だったのよ。私の妻問いの時のように、迦乃栄が素敵な殿方《とのがた》にもらわれるのが。燈王さんのことだから、掟《おきて》も慣習も全部振り切って、あの子を大陸に連れて行ってくれるんじゃないかと嬉しくて、つい仕度までしていたのに……」

嫌な予感が止まない。

跳《は》ねる心臓の音が、耳の奥で妙に響く。

「あなたの先の貢《みつ》ぎ物は、迦乃栄には届かなかったわ。それどころか、鐘《かね》が鳴るより早く部屋に押し入ってきた男に、無理矢理羽織を着せられるところだったのよ」

悲しげに微笑んだ母御《ははご》の言葉を、耳がうまく拾えない。

「迦乃栄はもういない。この里にはいられないと、家を出たの」

――俺の唯一が、汚《けが》された。

わかったのは、それだけだった。

×　×　×

『後を追う前に、先の貢《みつ》ぎ物だけは必ず取り返しておきなさいね。燈王さんが贈ったのは、濃い赤の珠《たま》でしょう？　別の子が身につけていたのを見たわ。口にはしなかったけどあの子、あれをもらえなくて拗《す》ねていたから』

そんな母御《ははご》の言葉で、俺は我に返った。迦乃栄を追わなくてはとばかり思っていたが、ふざけた真似をした輩《やから》に落とし前をつけるのが先のようだ。

本音を言えば、そんな些事《さじ》など放って常磐を出たい。しかし母御《ははご》の言うことは尤《もっと》もだ。

それに、迦乃栄が気に入っていた品を、誰かに奪われたままというのも気分が悪い。

母御《ははご》に暇《いとま》を告げ、俺は羽織をしまって来た道を戻っていく。

「俺に喧嘩《けんか》売る奴がいるなんてなぁ……」

息を吐いた瞬間、近くの木々が揺れる。見れば木の枝にしがみつき、気配を殺して震える小動物の姿があった。

怒気《どき》を抑え切れていないことに気づき、深く呼吸をして気持ちを鎮《しず》める。

せっかく今まで里の掟《おきて》に、くだらないしきたりに従ってきてやったのに。結婚に瑕疵《かし》があってはならないと、そうやって耐えてやったのに……それをぶち壊すなんてな。

「……掟《おきて》を守らなかったのは、お前らの方だぜ」

これで心置きなく、常磐を切り捨てることができる。

里の者が外に移住するためには、ふざけた掟《おきて》がある。結婚し、妻が子どもを産めなくなる程老《お》いてからでないと、里の外に居《きょ》を移せないのだ。この常磐の血脈を守るためとかいう、古くさいしきたりだ。

だがここまでコケにされて、掟《おきて》もクソもないだろう。父御《ちちご》も母御《ははご》も、ついでに本人が望むなら爺《じじい》も連れて里を出るのもいい。迦乃栄を虐《しいた》げてきた里の奴らに、もはや何の情も抱《いだ》かない。それに何より……

「燈王様っ！」

この腐りきった輩《やから》が支配する里から、一刻《いっこく》も早く立ち去りたい。

俺の名を呼ぶ、耳障《みみざわ》りな声。今一度深い呼吸をして、ゆっくり振り返る。視界に入ってきたのは数名の男と、そのうちのひとりに支えられるようにして近づいてきた、里長の孫娘だ。

そう言えばこの女は、行列の先頭でずっと俺へ視線を向けていた気がする。迦乃栄以外を全く見ていなかった自分も馬鹿だとは思うが、他の奴など本当にどうでもよくて、意識しないと視界に入ってこないのだ。

女が身に纏《まと》う真っ白な花嫁衣装。それは、娘自身が全て刺繍《ししゅう》を施《ほどこ》し仕立てるとされている。この日のために、迦乃栄はどのような着物を用意していたのだろうか。

成人の儀とは違い、慣習で簡素に結《ゆ》ったその女の赤薔薇色《ばらいろ》の髪を飾るのは——白い牡丹《ぼたん》を模《も》した造花と、真円の赤い珠《たま》。

「――何か、用かな」

なぜか、ひどく優しい声が口から零《こぼ》れる。微笑みを作る自分を、どこか冷静に見ているもうひとりの自分がいるような、そんな妙な錯覚《さっかく》に襲われた。

女がその身を支えていた男の手を振り払い、俺へと手を伸ばす。長い爪が体に触れる前に避《よ》け、俺は作り物の牡丹《ぼたん》にそっと触れた。

「燈王様、私、ずっとお待ちしておりましたのに……」

きつい薔薇《ばら》の香りが鼻をつく。

常磐の島では、薔薇《ばら》は咲かない。これは大陸の香《こう》かと、ぼんやりそう思う。

迦乃栄がいないと、世界はこんなにもどうでもいいものばかりで溢《あふ》れていて、ただただ金の炎が不気味にゆらめくだけだ。ああ、今も鬼火《おにび》が近くを通った。

「先の貢《みつ》ぎ物は、花簪《はなかんざし》にしたんだね」

「ええ！　いただいた珠《たま》が本当に見事なものでしたので、大陸の職人に細心《さいしん》の注意を払わせて作りましたの。この花弁《かべん》には大陸の絹を使い……」

「ひどいな。無理に髪色との調和を取ろうとしているせいで、花が滑稽《こっけい》な程浮いて見える。珠《たま》のよさが台無しだ」

簪《かんざし》を抜き取り、数歩離れる。

全く、ずいぶん無粋《ぶすい》な装身具にされてしまった。

迦乃栄の白藍《しらあい》色の髪に飾れば、それも違って見えるだろうか。いや、あいつはこんなにでかい花なんか身に着けない。銀細工か、水晶と合わせた簪《かんざし》なんかが似合いだ。

「……え？」

「似合わないと思わなかったのかな。これを持つべきは、君の色彩とは似ても似つかぬ女だ。自分には合わないと、全く引き立たないと、少しも考えなかった？」

腰を折って、薄く笑んでやる。髪と同じ薔薇色《ばらいろ》の瞳に走った怯《おび》えの色を見て、この件は里長の独断ではなく、この女も関わっていたのだとわかった。

他人が受け取るはずだった貢《みつ》ぎ物を、勝手に開けて自分のものとして仕立てるなんて。何が掟《おきて》だ。妻問いだ。里の長たる一家が我欲《がよく》で掟《おきて》を破るというのなら、俺もそうしてやるよ。

「ああ、本当に、心の底から腐りきっている」

ぶちり、と牡丹《ぼたん》から珠《たま》を毟《むし》り取る。

細心《さいしん》の注意を払わせたと言うだけあって、留《と》め方に気をつけたのだろう。真円には傷一つない。拗《す》ねなくても、これは元からあいつのものだ。綺麗に磨《みが》いて、改めて贈り直そう。

珠《たま》を取り戻せば、もう用はない。

簪《かんざし》の残骸を捨てれば、女はようやく事態を呑み込んだのか、甲高《かんだか》い悲鳴を上げた。半狂乱になりながらそれらをかき集める女。男共は置物のように動かず、それを見ていることしかできない。

「迦乃栄への妻問いを邪魔すれば、俺が君を迎えに行くと本気で思ったのかな。覚えておくといい。人は君の思い通りに動いたりしないし、世界は君のためにあるものではないと」

ぐちゃぐちゃの泣き声を背に、里の中心へ足を向ける。

哀《あわ》れな女。愚《おろ》かな女。俺を愛しているというのは、ただ優《すぐ》れた男を手に入れたいという虚栄心《きょえいしん》から来るものだと気づいていない。家族が迦乃栄達を虐《しいた》げることを是《ぜ》とするのは、ただ母親が自分を選ばなかった男を恨《うら》んでいるからだと気づかない。

吐き気がする。どいつもこいつも、自分以外を道具としてしか見ていない。

「……まぁ、俺に言われたくないか」

迦乃栄に関わるもの以外のほとんどを、どうでもいいとしか思っていない俺も、なかなかひどい奴だ。そんなことはとっくに自覚している。俺は迦乃栄がいないと生きることもできない、駄目な男なのだ。

袖口で拭《ぬぐ》った珠《たま》を懐紙《かいし》に包んで煙草《たばこ》入れにしまい、かがり火が焚《た》かれている家を避《さ》けて広場を横切る。かがり火は未婚の娘がいる家の証《あかし》だ。近づいて他人の妻問いを邪魔するつもりはない。用があるのは、既婚《きこん》の男衆《おとこしゅう》が集まる寄合場《よりあいば》だけだ。

里長の一際大きな家の隣にあるそこからは、賑《にぎ》やかな話し声が漏《も》れ聞こえてくる。酒盛《さかも》りでもしているのだろう。酒気《しゅき》が外まで漂《ただよ》うその戸を、声をかけることもなく引く。

ばきん、と音が鳴った。力加減がうまくいかず、壊してしまったようだ。

「邪魔をする」

いきなりの訪客《ほうきゃく》に、寄合場《よりあいば》は潮《しお》が引くかのごとく静まり返る。

気にすることなく、俺はぐるりと視線を一周させ、とある老人へと目を留《と》めた。

「今年の先の貢《みつ》ぎ物の届け人は、あなただったたな」

笑顔は保《たも》てているはずなのに、老人はみるみるうちに顔を青く染《そ》める。

言葉はなくても、それが答えだった。

「先の貢《みつ》ぎ物の届け先に誤《あやま》りがあったんだが。別の女のもとへ品が届くなんて、あり得《う》るのかな」

当然あり得ないだろう。今までそんな話は聞いたことがない。

俺が問うているのは、そんな非道を是《ぜ》とするのか、それだけだ。

「……ひ、燈王殿」

「謝罪も弁明も、聞くつもりはない」

求めるのは真実を詳《つまび》らかにすること。だが、老人がそれに答えられるはずがない。

老人へゆっくりと近づく俺に、寄合場《よりあいば》にいた者全ての視線が注がれる。その中には里長や爺《じい》、迦乃栄の父御《ちちご》も含まれていた。

それぞれに視線を返す。爺《じい》はいつも通り、何を考えているのかわからないにやけ顔。父御《ちちご》は口を引き結んだ厳《いか》めしい顔。里長は……まるで小鼠《こねずみ》のように落ち着きなく視線をさまよわせている。

「俺の貢《みつ》ぎ物は、猩々《しょうじょう》緋色の珠《たま》。受け取るはずだったのは、わが妻にと望んだ女、迦乃栄だ」

ざわりと、空気が揺れた。

今まで表立って交流をしてこなかったからか、ほとんどの奴は俺がその名を出すことを想像だにしなかったに違いない。

「あなたには伝えたはずだ。用意された朱塗《しゅぬ》りの箱に珠《たま》を入れ、これを迦乃栄へ贈ってくれと」

「あ……」

「その掟《おきて》破り、申し開きがあるなら聞こう。言えぬなら、それを口にできる者を指させ」

老人の着物の合わせを軽く掴《つか》み、ぐっと顔を近づける。

答えられないのは承知の上だ。里長の命令に逆らえずやったことだと想像もつく。

だが、許せるかと言われれば……顔の原型がなくなる程殴り倒しても到底許せない。

「待て、燈王」

着物を掴《つか》む手に力を籠《こ》めた瞬間、静かな声――迦乃栄の父御《ちちご》がそれを制した。

そのまま手を離せば、老人は息を切らしながら四つん這《ば》いになって奥へ逃げていく。

どうやらまた怒気《どき》が抑えられていなかったらしい。周囲が俺を避《よ》けるように距離を取っていた。

「わが娘への先の貢《みつ》ぎ物については、俺も一言物申《ものもう》したいことがある」

「どうぞ、父御《ちちご》」

常より更に表情を硬くした父御《ちちご》が、ゆっくりと立ち上がる。

鍛《きた》え上げられた体躯《たいく》も精悍《せいかん》な顔立ちも、容姿だけ見れば迦乃栄とは似ても似つかないが、その表情のつくりや真っ直ぐな濃藍《こいあい》色の瞳は、確かに血の繋《つな》がりを感じさせた。

「わが娘に届いた先の貢《みつ》ぎ物は、ひとつ」

――俺以外に、迦乃栄へ貢《みつ》ぎ物を贈った奴がいる。

動くのはかろうじて抑えたが、その事実に思わず眉を顰《ひそ》めてしまった。

「娘は隠していたが、様子がおかしかったので後に確認したのだ。朱塗《しゅぬ》りの箱に入っていたのは……腐りかけた、ただの小鼠《こねずみ》の死骸《しがい》だった」

ダン、と踏み出した俺の足が、その場の床板を砕《くだ》いた。

誰かの息を呑む音、小さな悲鳴、聞こえる音の全てが耳障《みみざわ》りだ。

ついに抑えきれなくなった、怒気《どき》を通り越した殺気《さっき》に、父御《ちちご》がちらりとこちらを見た。それでも止める声がかからないのは、父御《ちちご》も同じ気持ちだからだろう。

貢《みつ》ぎ物に、腐った動物の死骸《しがい》……？

どれだけ、どれだけ迦乃栄を貶《おとし》めれば気が済むのか。あの美しい存在を、俺の唯一を、何の権利があって汚《けが》そうというのか！

「俺が残した禍根《かこん》なら致し方なし。そう思い、俺と妻は今までの境遇を受け入れてきた。だが、わが娘に対するこの侮辱《ぶじょく》。決して許せぬ」

鋭《するど》い濃藍《こいあい》色の目が、里長を射抜《いぬ》く。すぐさま上座から逃げようとした六角の老人は、威厳《いげん》も何もなく、ただ見苦しい。その様《さま》を見て、俺の中で何かが完全に切れたのを感じた。

「し、知らぬ、儂《わし》は知らぬぞォ！　すり替えは、そッ、そこの奴が勝手にやったことじゃ！　ね、ね、鼠《ねずみ》のことも知らん！　お前の娘が、きッ、嫌われているだけじゃろう!!」

ああ、うるさい。

自分のやったことの始末すらつけられない屑《くず》が、偉そうに稚拙《ちせつ》なことばかり喋《しゃべ》りやがる。

「なぁ、屑《くず》。楽しかったか？」

取り繕《つくろ》う意味もなくなった、素《す》の口調で尋ねる。

俺がそれを発したと理解できなかったらしい呆《ほう》けたしわくちゃの屑《くず》へ、一歩一歩近づく。

歩くたび、異常な圧《あつ》がかかった床がみしりみしりと悲鳴を上げる。それ以外は無音の空間。

俺は笑ってしまった。あまりに、怒りが込み上げてきて。

「お前の娘を娶《めと》らなかった男を、その妻を、娘を、里人全員使って虐《しいた》げて。掠《かす》め取った貢《みつ》ぎ物を孫娘に与えて。迦乃栄を無理矢理、別の男のもとへ嫁がせようとして」

「ち、ちが、わわ、儂《わし》じゃ」

「はぁ？　何言ってんだ、声が小せえよ。俺はな、お前らがご立派に掲《かか》げる掟《おきて》を破って、俺の唯一を傷つけて、何食わぬ顔で酒飲むのは楽しかったかって、聞いてんだぜ」

『答えろ』と、唇だけで告げて屑《くず》の合わせを掴《つか》む。

今度は加減なく、片手で持ち上げた。

老《お》いても六角の鬼人。普通だったら相手の腕を折って逃げるくらいはできただろう。ただ、あいにく俺は八角だ。予想通り皺《しわ》だらけの両手が腕をひっかいたが、大した抵抗にはならない。

こんなちっぽけな存在のために、俺は今まで何を我慢していたんだと、空《むな》しさすら覚えた。

「オイ、燈王。殺《や》るんじゃねえぞ」

「うるせえな爺《じじい》」

ようやく重い腰を上げた爺《じじい》が、俺の肩を軽く叩く。

言われなくても殺すつもりはない。こんな屑《くず》を殺したところで、今までの時間も迦乃栄も戻ってこない。それにどうして俺が手を下す必要があるんだ。そんな価値すら皆無《かいむ》なのに。

弱々しい抵抗を続ける屑《くず》を放り投げる。とっさに受け止める者ひとりいないのは、俺への恐怖からだけでなく、この屑《くず》に人望《じんぼう》がないことを示していた。

「爺《じじい》。迦乃栄は里を出た。俺は後を追う」

「おうよ。儂《わし》ももうこの里に飽《あ》きた。お前もこんだけ立派なクソガキになったことだし、旅にでも出るわ」

誰も言葉を発しない。誰も動かない。

そんな中、いっそ場違いな程にきっぱりと、俺と爺《じじい》は里を捨てる宣言をした。

「それなら俺と妻も出ていきますぞ。元々迦乃栄が成人したら里を抜けようと、ふたりで話していたのだ。掟《おきて》など、これまでの仕打ちを考えれば、いつ破ってもよかったのだからな」

俺も以前、父御《ちちご》にそれとなく『里を出ようとは思わないか』と聞いたことがあった。

その時は渋《しぶ》い顔でただ首を横に振られただけだったが、何か理由があるのだろうとは感じていた。

だがまさか、俺にも相談せずそんなことを考えていたとは。

「幼い六角の娘を連れて誰も知らぬ大陸へ渡ることを、妻は恐れていた。庇護者《ひごしゃ》のひとりである自《みずか》らが脆弱《ぜいじゃく》な二角だからと」

常磐では周りの目は厳しいが、外敵に脅《おびや》かされる危険は少ない。

だが大陸は違う。里の外では稀有《けう》な存在になるだろう幼い六角の迦乃栄を、守り切れるかはわからない。迦乃栄を守るために、ふたりはあえて里に留《とど》まっていたのだ。

「しかし、娘はひとりで里を出た。俺達が娘の婿《むこ》にと望む男も後を追うと言う。それならもう憂《うれ》いはない。これからは大陸の静かな場所で、娘からの便りを待ちながら暮らしたい」

ちらりとこちらを見やった父御《ちちご》が、わずかに目を眇《すが》めた。俺も声に出さず、ただ頷《うなず》きで返す。

尚更、ここに戻る必要はなくなった。

「燈王。この通り、儂《わし》らのことは気にすんな。さっさと行って嫁さん捕まえてこい」

「言われなくても」

珠《たま》を取り返した。クソったれな里も切り捨てることができた。

これでようやく、里を出られる。迦乃栄を捜しに行ける。

俺の唯一、俺の花嫁。

お前を娶《めと》りたいと乞《こ》う男がいることに、お前は気づいているだろうか――

第二章　鬼の乙女、上陸する

『婚活』とは。

端的《たんてき》に言うと、そのまま結婚するための活動――特に結婚相手を見つけるための活動を意味する言葉らしい。

知人に異性を紹介してもらって面会したり、未婚男女を対象とした集会や食事会などへ赴《おもむ》いたり、結婚相手を探すための専用組合へ登録したり。広義では街中でこれだと思った異性に声をかけることも婚活と呼ぶようだ。

「さて、これからふたり旅ってわけだが……ちょいと聞いておこうか」

ブランの魔法で大陸へと至り、はじめて目にする新天地。だが、感動している暇はないらしい。

ひとまず到着したのが森だったので、そこから街へはしばらく歩く必要があるというのだ。

どうやら私が少し進路を間違えてしまったようで、一番近いはずの船着場のある街からずいぶん遠くへ来てしまったらしい。ブランはこの依頼が終わったら別の街へ移る予定だったそうだが、拾った私を連れて、ひとまず拠点にしている街に戻るとのこと。

何を聞かれるのか。歩きながら首を傾《かし》げると、ブランの隻眼《せきがん》がきらりと輝いたように見えた。

「カノエ。あんたはどんな男が好みなんだい？」

……もっと色々と、旅をする上で重要なことを聞かれるのかと思っていたのだが。いや、婚活をするなら、この質問もかなり重要か。しかし、どんなと言われても困るな。

「……好みがわかる程、男衆《おとこしゅう》と接してこなかったんだ」

「おっと、まさか軟禁《なんきん》でもされてたのかい」

「いや、そうではなくて……」

同世代の中であれだけ孤立《こりつ》し、家族自体も里から浮いていたのだ。冷たい他人ばかりだった里人を見て、好みなんて考えられるはずもない。

思い出せば思い出す程、理不尽な環境だった。つい遠い目をしてしまった私を見て、ブランはなぜか声を大きくしながら軽く手を振る。

「ま、まぁいいさ！　あんたはもう里を出たんだし、過去のことは忘れようじゃないか」

「……そうだな」

すぐには難しいだろうが、あまりよくない記憶は薄れていけばいいと思う。

「そうそう。これから楽しく男を見つけりゃいいんだよ。あんたは滅多に見ない別嬪《べっぴん》だし、きっとすぐいい相手も見つかるだろ」

「すぐに見つかる……？」

世界の夫婦の大多数は同種族婚だ。常磐でもそれが当然だったし、十八年間生きてきて異種族と接したことがない私も、結婚相手は鬼人という意識がある。だが鬼人は六種族の中で、竜人に次《つ》ぐ希少種とされているのだ。しかもこの二種族は国を持たず、ほとんどが常磐のように人里離れた場所に里を作って部族ごとに暮らしているらしい。

街を歩いていて、ふと出くわすような確率は低いのではないだろうか……

「鬼人と出会う機会は、あまりないだろう。見つけることも大変はなず」

「いつの時代の話してんだい。鬼人だって最近は街暮らしの奴も多いよ」

「むぅ、そうなのか？」

呆れたと言わんばかりにブランが片眉を上げた。

確かに私の情報は古い。それに偏《かたよ》りもあるだろう。たくさん与えてもらった本と、父が語る外の話、それと燈王がたまにしてくれる世間話くらいでしか外の世界を知らないのだから。

「あんたの里はずいぶん閉鎖的なんだねぇ。結構前から外に出てくる鬼人と竜人が増えてたんだけど、ここ数年はそれが顕著《けんちょ》なんだ。冒険者の繁栄期《はんえいき》ってやつでね、今は種族関係なく冒険者が増えて、故郷を出て辿《たど》り着いた街をそのまま拠点にしてる奴もいる。探せばどの街でも、独り身の鬼人くらい見つかるさ」

まさかそんなことになっていたとは、驚きだ。これからどうやって鬼人の独身者を探そうかと思っていたからありがたい。

ただ、少し疑問が残る。

「ブラン、どうして今更冒険者が人気なんだ？　前からあった職業だろう」

冒険者の仕事は多岐《たき》にわたる。その名にふさわしく冒険の末に世界の神秘に触れることも、危険ばかりの魔力地帯や未知の遺跡を見つけて探索することもある。その反面、便利屋よろしく街の飲食店の外壁修復や薬草探し、害獣退治なんて依頼もこなしたりするのだ。

つまり需要《じゅよう》は多い。そのため、将来の職業選択のひとつとして挙《あ》げられるくらい普遍的《ふへんてき》な職業……と、燈王に聞いたことがあるのだが。

首を傾《かし》げながら、かつて燈王に教えてもらった話をかいつまんでブランに聞かせる。数度頷《うなず》いた彼女は、私の知らない情報を補足してくれた。

「今は便利屋じゃなくて、本当の冒険者ってやつになりたいのが多いのさ」

「本当の、冒険者……」

「そう。数年前、六種族全員が揃《そろ》った滅法《めっぽう》強いパーティが、天神《てんじん》に縁深《えんぶか》い遺跡を発見してね。あの神経質な天人の祖先らしい、細かくて面倒な仕掛けだらけの遺跡をそのままそいつらが攻略したんだ。パーティにいた妖人の魔法士がその遺跡の踏破《とうは》までの経緯《けいい》を書いた本を出版したら、これがもう大当たり。演劇に歌に色々作られて、冒険者界隈《かいわい》は大盛況《だいせいきょう》ってわけだ」

「……そうか、皆そのパーティとやらに憧れて冒険者になるのだな」

「ああ、子どもだって知ってるド派手な冒険譚《たん》だしね。今はそのパーティも解散してるが、どっかしらの街に行けば吟遊詩人《ぎんゆうしじん》が歌ってんだろ。機会があれば見せてやるよ」

「それは楽しみだ」

やはり、父と燈王は冒険者というものがとても夢のある職業だということを、私に隠していたのだ。詳しく話を聞いていたら、私はその職に憧れていたに違いない。

今は婚活が優先だが、冒険者として未知を追う生活にも心惹《ひ》かれるものがある。

「って、話が逸《そ》れちまったね。あんたに合う男の話をするつもりだったのに」

「いや、私は楽しかったぞ」

「あんたを楽しませてどうすんだい。あたしが楽しむんだよ」

私の妻問いの儀の話であんなにも笑っていたのに、それは楽しんだうちに入らないのだろうか。

そう思わなくもなかったが、せっかく私の婚活を手伝ってくれるというのだから、ひとまず余計なことは言わないようにしておこう。このままだとなかなか話が進まない。

「まず、カノエには、気が長くて度量のある男が似合いだね」

「うん？　なぜだ」

「あんた、自分を周りに合わせるのとか苦手だろう？　そもそも合わせることをあんまり考えてないっていうか」

「ああ……」

母が私以上にのんびりとした人で、父もそれを苦にしない性格だったから、家族に指摘されたことはなかった。しかし同世代にまざって遊ぶことが全くなかったために、周りと足並みを揃《そろ》える経験が足りないのは自覚している。

「それに加えて、頭の回転は悪くなさそうなのに、会話のペースっつうかテンポが独特だ。色々考えてても、口から出るのはあっさり一言二言。短気な奴といたら、お互い半日でイライラするだろうさ」

確かに、麗李亜には事あるごとに『話をしようとするだけでイライラする』と言われていた。彼女だって常に一方的な嫌味しか投げてこなかったのに、とんだ言いがかりだ。

少しもやもやする感情を、近くにあった石ころにぶつける。蹴られた石が粉砕《ふんさい》したような気がするが、きっと見間違いだろう。

「ブランはすごい。大当たりだ」

「言われたことがあるのかい」

「そうだな」

「あんたの里での生活が心配だよ、ったく……。このテンポでも構わないって男を見つけるのは大変そうだねぇ。冒険者は総じて血気盛《けっきさか》んだし」

何かを呟《つぶや》いて頭を左右に振ったブランが、片手に持っていた杖を消した。

おそらく私が持っている印籠《いんろう》のような魔法の道具にしまったのだろう。どんな形の道具を身につけているのか気にする私を無視して、ブランが視線をついとどこかへ向けた。

「こんなところで駄弁《だべ》っててもしょうがないねぇ。このままだらだら歩いてちゃあ、朝飯に続いて昼飯まで食いっぱぐれちまう」

「先程のような魔法は使えないのか？」

「この森はちょいと特殊でね。基本的に魔法の使用は禁止なんだよ」

常磐の外には色んなところがあるのだなと感心しながら、彼女が徒歩で移動を始めた理由が腑《ふ》に落ちて数度頷《うなず》く。

「急ぐのなら、私が担《かつ》いで行くが」

「は？　……ああ、鬼人の膂力《りょりょく》なら人ひとり抱えるくらい余裕か。いつか機会があったらね。今は遠慮しとくよ」

たしなめるように断られて、とりあえずまた頷《うなず》く。

ブランを抱えて一日走る程度、私でも普通にできる。だがそこまで急ぐ必要がないなら、もう少し話をしながら歩きたい。

街に出て、すぐ婚活とはいかないだろう。彼女に色々聞いておかないと、どう考えても情報が不足している。ろくな準備もなく飛び出してきてしまったから、路銀《ろぎん》もどれ程あるのかわからない。今後どうやって活動していくか、その点も含めて相談したいのだが……

「ブラン、少し聞きたいことがあるのだが」

「なんだい、向かう街の名前かい？　今更だけど、あんたが予定してた土地からはズレてるかもねぇ」

「いや、最寄りの街がペルシュという名前なのは知っている」

「は？」

先導していたブランの足がぴたりと止まる。

ペルシュは里と交流がある街で、とりあえずの目的地にしていた場所である。そこから路銀《ろぎん》をどうにかして、すぐ別の街へ……と、これまた勢いばかりの計画しかなかったのだが。もしや街の名が違っていたのかもしれない。それとも私の進路がかなりずれていて、違う街に近づいてしまったのか？

なぜか焦《あせ》ったような、呆れたような、よくわからない表情でブランが私を見て、ため息をつく。

「……カノエ、この大陸の名前はわかるかい？」

「レウンだろう」

世界三大陸のうち、私の里から辿《たど》り着けるのはレウンだけだ。他の二大陸は船を使わないと到底行けない距離にあるらしい。

燈王は転移魔法という特殊な魔法を仕込んだ魔道具で、他大陸にも渡ったことがあると言っていたな。

「そうだね。で、この国の名は？」

「カルシェル。私の島から行けるのはここだけだ」

「…………あー……」

何だろうか、その、先程にも増して形容しがたい表情は。

「カノエ、あんたさ」

「どうかしたのか」

「国、違うよ」

「え？」

「ここはエスタフィ。カルシェルは隣の国さ」

「……なんと」

どうやら私は、とんでもない遠泳をしてしてしまったらしい。

×　×　×

エスタフィ——確か鬼神への祈りの祠《ほこら》があることで有名な国だ。

祈りの祠《ほこら》は、六神がおわすそれぞれの神殿に一番近い土地に建てられた小さな遺跡で、世界に六箇所ある。神に仕える巫《かんなぎ》が日夜祈りを捧《ささ》げ、巡礼《じゅんれい》の旅をする人々が訪れるのだ。

私もいつかは訪れてみたいと思っていたが……まさか、こんなに早く機会が巡《めぐ》ってくるとは。

「ブラン、これから行くところは結局何という街なんだ？　祈りの祠《ほこら》はここから遠いのか？」

「ふっ……い、いやっ……あはは、ちょ、待って……」

どうやら私の言動が、じわじわとツボにはまったらしい。先導はしてくれるものの、ブランはずっと笑い続けている。

ようやく街らしきものが見えてきた。さすがに街の門前まで笑い続けていると、不審な目を向けられるのではと思うのだが……彼女はまだ笑い足りないらしい。

しばし待っていると、ブランはなんとか呼吸を整えたようだ。

「っはぁ……あー笑える。つうか、あんたもっと慌てなって。うっかり別の国に来て、何平然としてるんだい」

「慌てても間違えた事実は覆《くつがえ》らない。おかげでブランにも会えたんだからいいだろう」

自分が方向感覚に優《すぐ》れていないのは自覚している。それに加え、夜の海なんて道ですらない場所を泳いできたのだ。いくら星の並びを見ていたといっても、多少目的地がずれるのも仕方がないだろう。

今思えば、あの時いつまで泳いでも里から一番近いはずの島が見えなかったのは、すでに進路が逸《そ》れていたからだったのだな……

「……あんたに振り回されても楽しめる男ってのも、条件に追加だね」

「ん、何だ？」

「何でもないさ。で、街の名前かい？　ここは恵みの街シレーヴァだ。結構有名なんだけど」

「……すまない。知らない」

鬼人の里と竜人の里は、そのほとんどが世界に国が興《おこ》るより前から各地に点在しているため、特定の国に属していない。一番近い国と協力関係を結んでいるとは聞いたことがあるものの、詳しくはわからなかった。

カルシェルも私の島から一番近い国というだけで、自国ではないのだ。更にその隣国なんて祠《ほこら》があることくらいしか覚えておらず、街の名に至っては王都くらいしか知らない。

素直にそう告げると、ブランは丁寧に説明してくれた。

「今いるのはカルシェルとエスタフィの国境近くだよ。祈りの祠《ほこら》は国の中心、王都方面の街にあるから、ここからじゃ遠いねぇ。まぁ、エスタフィは結構小さい国だから、国の端《はし》から端《はし》まで行っても馬車で十五日もあれば充分ってとこか」

「そうなのか……いつか行きたいから、後で詳しく教えてほしい。時に、『恵みの街』とはどういう意味なんだ？」

「ああ、『恵みの街』ってのはこの森に由来してるんだ。エスタフィは海に面した地が多いからね。ここは魔法研究の過程で作られた、そのまま森の恵みを得るための食料庫なんだよ。で、森を管理運用してるのがシレーヴァってわけ。普通は許可をとらないと入れないんだが、あたしは別で受けてた依頼の関係でいつでも入れるんだ」

「海辺で森の恵みが……不思議だな。この国には森が少ないのか？」

「少ないどころか、ほとんどないよ。どこに行っても海ばっか見えるし、王都すら海に面してるくらいさ。興国《こうこく》からずっと、海の恵み頼りで生きてきたようなもんだしね。カルシェルと比べたら遺跡も少ない。ただ大陸一の海中遺跡は見物《みもの》かねぇ」

「ほう……それはおもしろそうだ」

魔力と神秘に包まれた別世界と呼ばれる遺跡。常磐の近くにはなかったものなので、一度は入ってみたいと思っていたのだ。

目を細めた私を見て、ブランはわざとらしくため息をついた。

「あんた、目的忘れんじゃないよ？　祈りの祠《ほこら》も海中遺跡も、婚活が終わるまでは駄目だからね」

「それは……大変だな。頑張ろう」

「ぜんっぜん頑張るような声音《こわね》じゃないだろ……！」

そんなことを言われても……。家族にすらどうにも声に抑揚《よくよう》がないと指摘されていたのだが、私からすれば、声に感情を乗せる方が難しい。

「………まぁ、いい。もう街に着くけど、カノエは身分証とか持ってるかい？」

確かに、里の人がカルシェルに入る際は、通行証のようなものを見せると父に聞いたことがあった。

ただ私はほぼ普段着のままで……ああ、そういえば。

「もしかしたら、何かあるかもしれない」

腰につけていた印籠《いんろう》に触れる。色々なものを詰めてあると母が言っていたから、中には何か役立つものもあるだろう。必要なものを思い浮かべて、それが入っていれば目の前に現れるのだったか。

なんとも不思議な使い方だ。

「ああ、さすがに手ぶらじゃあなかったんだねぇ。空間魔道具を持ってたのかい」

正式にはそんな名前の道具だったのか。魔法の印籠《いんろう》なんて言わなくてよかった。

こっそり安堵《あんど》しながら、目の前に現れた小さな札に目をやる。そこには私の名前と生まれた日、里の名が書かれていた。

これで用が足りるかとブランに渡すと、彼女はしげしげとそれを眺《なが》めて表面を撫《な》でる。

「これは……出生証明書だね。島から来たって話だけど、あんた、やっぱあのトキワの出身かい」

「知っているのか。常磐は私の里だ」

「これでも物知りな部類だと自負《じふ》してるからね。でも、あんな場所からから遠泳……ふふっ」

また笑い出しそうになったブランだが、咳払いをして、大きく頷《うなず》いた。

「これなら充分身分証明になるよ。鬼人の王族とも言える、鬼神の血が最も濃い部族だ。そこの出の者を粗雑《そざつ》に扱う輩《やから》なんかいやしないさ」

「そうなのか」

「そうなのかって……またあっさりと」

呆れ半分で札を返してきたブランが、少し考える素振《そぶ》りを見せる。

「ただ、これだと目立ちそうだねぇ。真実は伏せて、身分証を落として困ってたところをあたしが保護したってことにした方が、大事《おおごと》にならないかも」

「おおごと、とは？」

「婚活する暇もなく、強い鬼人の嫁にされちまうかもしれないってことさ。あんたの血は、里の外ではそれくらい価値があるんだよ」

そうなのか、と今度こそ簡単に言うことはできなかった。

常磐の里人がほぼ里の中だけで婚姻を繰り返していたのは、濃い血筋を保つためと……もしかしたら、過去にそういった外からの干渉を受けたせいかもしれない。そんなことを考えてしまったから。

私という個人ではなく、この血筋だけで人生が決められるなんて――ひどく恐ろしい。

「それに……カノエには悪いけど、角の数もまずい。六角なんて、血が濃い何よりの証明じゃないか」

「つ、角もか？」

角は鬼人の誇りだ。触れさせていいのは家族だけだと、私もきつく言い含められている。その家族だって、気軽に触れるような部位ではない。それに……鬼人の本能なのか、誰に言われずとも触れられたくないのだ。これをどうにかしようというのは、承服しかねるぞ。

思わず身構えてしまった私を見て、ブランが慌てて首を横に振る。

「違う違う。あんたの角をいじったりはしないさ。それが鬼人のプライドに障《さわ》るのは知ってる。ただ、幻術《げんじゅつ》をかけて、角の数を減らして見せるのもまずいかい？」

「幻術《げんじゅつ》……？」

「あたしは幻術《げんじゅつ》が大得意でね。たとえ国境の関所にある幻術《げんじゅつ》破りの魔道具を使おうと、見破られることはないよ」

幻術《げんじゅつ》は確か、虚像《きょぞう》を作り出したり、そこにあるものを見えなくしたり、五感を惑《まど》わせて人に錯覚《さっかく》を起こさせる類《たぐ》いの魔法の俗称だ。

「さすがに、『直感の混血者《こんけつ》』はごまかせないだろうけど……そんなのあたしですら滅多に見かけたことがないし、平気さ」

「直感の……？　聞いたことがないな」

混血者《こんけつ》とは、異種族間で生まれる子どもの総称である。

同種族婚が多数派のこの世界で、異種族間の結婚は禁忌《きんき》とまではいかないが、あまり歓迎されていない。

異種族間では、なぜか非常に子が生まれにくいのだ。また、生まれた混血者《こんけつ》も同様に子が生まれにくく、更に混血者《こんけつ》同士では子を産むことができない。

それに、人の寿命は種族ごとに違う。種族が稀少《きしょう》であればある程、寿命が長い傾向《けいこう》にあるのだ。

世界人口の七割を占《し》めると言われる妖人と獣人の寿命は約百年だが、人口の二割以上にあたる天人と魔人は二百年、鬼人は四百年で、一番の希少種である竜人は五百年程と、大きな隔《へだ》たりがある。

そして寿命が長い程、全盛期の肉体を維持できる時期が長く、老《お》いも緩《ゆる》やかなものになる。

そのように様々な障害を越えて尚、異種族婚を選ぶ者は多くない。ゆえに混血者《こんけつ》自体が非常に稀《け》有《う》な存在だとある本で読んだ。

「混血者《こんけつ》の中でも、極々稀《ごくごくまれ》にそういうのがいるんだよ。魔法でもないのに、未来まで察知できそうな絶対的な直感力を持ってるんだと」

「ほう……」

「神が与えた、生きにくい命への慈悲《じひ》かねぇ……まぁ、出くわす確率なんて奇跡に近いモンさ。とりあえずそれは置いといて、どうなんだい？　幻術《げんじゅつ》も不可かい」

気遣わしげに尋ねてくるブラン。私の身を案じてくれているのだとよくわかる。

本当は角の数を偽《いつわ》るのも、あまり好ましい気持ちではない。だが、彼女は真実私のためを思って提案してくれているのだ。恩人である彼女の厚意を断るのは、なしだろう。

「……わかった。手間をかけさせてしまうが、ブランの言う通りにしてくれ」

「よしきた。腕によりをかけて隠してやるさ。あんたの存在自体がちょいと怪しくても、あたしはシレーヴァじゃあわりと顔が利くし大丈夫だろ。つうか手間なんて、あんたを拾ってからずっとかけられてるって。まだ出会って間もないってのに」

「そうだな。それはすまない」

自覚があったので素直に謝ると、彼女は首を振っておどけたように笑った。

同時に幻術《げんじゅつ》をかけたのか、片手を私へと向け、魔法陣を飛ばしてくる。

「いや、おもしろいことと面倒ごとが大好きだって言っただろ？　長いこと生きてると刺激が必要でね――ほら、できたよ」

「ありがとう――長いこと、と言ってもブランはまだ若いようだが」

「女に歳《とし》を聞くのは、たとえ同性だろうとタブーだよ。覚えときな」

「あ、ああ」

なぜかそれ以上は言わせないとばかりの圧力を感じた気がしたので、黙り込む。もう街の門も目前だから、余計なことを言って疑われないよう、尚のこと口を噤《つぐ》んでおいた方がいいだろう。

ここはわりと大きな街なのだろうか、門の隣に詰め所らしきものがあって、鎧《よろい》を身につけた門番が対《つい》を成すように立っている。はじめて見る光景に足を止めた私を気にすることなく、ブランは軽い足取りで門番達へ近づいていく。

話の中で、私は『海の浅瀬で身分証を落とし、それを捜していたところをブランに拾われた迷子』ということになった。

顔見知りらしい門番達は、ブランが『おもしろいことと面倒ごとが大好き』という性格なのも知っているようだ。人を拾ってきたと言われてさすがに不審そうな顔をしたが、どうにか身分証を発行してくれる流れに持ち込めた。話をつけたのはブランで、私は黙っていただけだが。

「こんな浮世離《うきよばな》れした四角の鬼人のお嬢さんなんて、きっと誰か捜しにくると思いますけど……」

「そんなの知らないねぇ。こうしていても誰も捜しに来ていないし。いいからさっさと通しとくれ」

「わかりましたよ！」

なぜかやけくそになったような門番のひとりが、ちらりと私を見てから頭を掻《か》く。

そう、私はブランの幻術《げんじゅつ》により角を二角隠して四角を装《よそお》っているのだ。大陸では一角から三角が普通だと聞いてはいたが……ブランが私の矜持《きょうじ》に配慮して、ぎりぎり街を歩いていてもおかしくない角の数にしてくれたのかもしれない。

「ま、この子が何者だろうと、シレーヴァにとって面倒になることは起こさないさ。安心しなよ。あたしが好む面倒ごとってのは、あくまであたしひとりで片を付けられる規模のことだからねぇ」

「その言葉、きっちり上に伝えますからね！」

「ああ、いいさ。この子の後見《こうけん》はあたし、ブランがしっかり務める」

そう言い切り、ブランは白い巻き髪をばさりと後ろに払って笑う。

なんとも頼もしいその姿に、彼女に会えたのは本当に幸運だったと改めて思った。

私の、その……方向感覚に優《すぐ》れていない点も、役に立つ時があるらしい。

普通、他人にここまでよくしてくれないだろう。自分が突拍子《とっぴょうし》もない存在だというのは自覚している。それに目を瞑《つぶ》り、私の目的に付き合うだけでなく、更に私の身の保証までしてくれるなんて。

お礼というわけではないけれど、これからも精一杯彼女を楽しませないといけないな、うん。

そのまま手続きに向かうブランと門番達を視界に入れながら、ぼうっと考えてしまう。

私はこれから、夫を見つける。

ブランには『気が長くて度量のある男』が似合いだと言われた。私もなんとなく、そういう人となら気が合いそうだと思う。ただ、短気な男とはほとんど接したことがないため、絶対に合わないかはわからない。

それより私は、騒がしいのはあまり好まない。黙っていても苦痛に感じない雰囲気が好きなのだ。

そういえば燈王も、元々静かな時間を好む人だった。里ではあの華やかな容姿に似合う笑みを浮かべ、色んな人達に囲まれていたが、私の前では無言でいることも多かった。他の里人と話す時よりずいぶん雑な対応だったが。彼の声音《こわね》はとても穏やかで、その澄んだ声は耳に優しかった。

彼との時間では、小言《こごと》らしきものをもらうことも多々あった。『髪はきちんと結え』などと言って結い方を教えてくれたり、『ぼーっとしてんなら本でも見ろ』と大陸で手に入れたという本を譲《ゆず》ってくれたり。思い返せば、それらは私のためになることばかりだった。

燈王こそ、優しくて度量のある男と言える存在だったと思う。私と普通に付き合える程気が長い彼のことだ。きっとあの気性の荒い麗李亜ともうまくやっていけるのだろう――

「カノエ、行くよ」

「あ、ああ」

唐突に思考の海から引き上げられ、声がうわずってしまう。そんな私に片眉を上げたブランだが、どうやら気にしないことにしたらしい。私の手を掴《つか》んで門を潜《くぐ》る。

「手続きが終わったら、とりあえずどっかの店に入って作戦会議といくかねぇ」

「わかった」

「いい男を捕まえようじゃないか、ん？」

そうだ。私は世界に飛び出したのだ。

理想の男なんてわからないが、私が愛せる夫を見つける。そのためにここまで来たのだから。

「ああ、必ず婚活を成功させてみせる」

そう固く誓い、私はゆっくり頷《うなず》いたのだった。

×××

まず、私の婚活条件をまとめよう。

第一に、鬼人であること。

私が同種族を望む理由は、最初からその選択肢しか考えていなかったこともあるが……やはり寿命の関係だ。鬼人は世界で二番目に寿命が長い。これから人生を共にするのなら、同じ速度で老《お》いていきたいと思うのは自然なことだろう。

第二に、一緒に穏やかな日々を過ごせる相手であること。

これはまぁ、幼い頃からの夢だ。お互いに信頼し合い、子どもをきちんと育てることができる相手と家庭を築《きず》くのだ。日々を大切に、自《みずか》らの家族を慈《いつく》しむ人であってほしい。

第三に、ブランの言っていた『気が長くて度量のある男』であること。

確かに、いちいち急《せ》かされたり苛々《いらいら》されたりしたら私も落ち着けない。元からのんびりした性格の男か、独特だと言われる私のテンポを笑って許容できるような男が望ましいと思う。ゆったりした時間を共有できる相手とは、きっとずっと付き合っていける。そんな気がする。

そして最後に、私を好きになってくれて、私が好きになれる相手であること。

これについては言うまでもない。結婚相手に愛情を求めず何を求めるというのだ。

「――と、このような感じかと思うのだが」

ブランを後見人《こうけんにん》とした身分証の発行が完了し、私はついにシレーヴァに入ることができた。手続き中に詰め所を抜けて冒険者ギルドへ報告に行っていたブランと落ち合い、こうして作戦会議を兼《か》ねた昼食となったわけだ。

活気のある街だと観察しながら連れられてきた店の半個室で、私はブランと向き合っていた。喫茶店、というやつなのだろうか。品書きには軽食とお茶類が多くある。

常磐にももちろん飲食店はあったが……あまりにも人の目を集めてしまうので、私は入ったことがない。今回はブランが適当に注文してしまったけど、時間があれば色々と頼みたいものだ。

「一応、ちゃんと考えてんだねぇ。偉い偉い」

「ブランは私のことをいくつだと思っているんだ？　昨日成人は迎えたぞ」

「成人って、たった十八歳だろ？　あたしから見たらまだまだひよっこだね」

鼻で笑うようにして、ブランがティーカップに口をつける。

歳《とし》を聞くなというからには、おそらく私の想像より年齢を重ねているのだろう。彼女にひよっこ扱いされるのは、なぜだか自然な気がするのだ。

昼食が遅くなってしまうと急いでいたわりに、ブランが注文したのは紅茶とサンドイッチのみ。

一方、私が食べているのは『魚介もりだくさん特盛りパスタ』だ。パン類は米に比べて腹持ちが悪い気がするのであまり好まない。ただ、ここは米類を置いていないという。仕方なく、とにかく量が多くておいしいものをブランに教えてもらった末の注文だったが、『チャレンジメニュー』とは一体何のことだろうか。

「……鬼人には大食漢《たいしょくかん》が多いって聞いてたけど、あんたもかなり食うねぇ」

「そうか？　私はわりと小食だと言われるが。体も里の中では小さい方だったしな」

「んー？　確かに鬼人にしちゃあ小柄かね。あたしと同じくらいの背か」

正確には、おそらくブランの方が高いだろう。彼女はかかとの高い靴を履《は》いているけど、それを抜いても百七十センチメートルはあるはずだ。

余談だが、物の単位や通貨の単位、言語などは万国共通である。神々と契《ちぎ》って我ら人を生み出したとされる、異なる世界から神が連れてきた『星の民』が持っていた知識が、世界のそこここに生きているのだ。世界共通でないものといえば各種族独自の古代文字などだが、使われるのは地名や人名、あとは古語としてくらいか。

国や種族が違ってもきちんと意思疎通《そつう》ができることに、今更ながらありがたみを感じる。こうしておいしい料理を食べられるのも、ブランと意思疎通《そつう》できた結果なのだな。

……それにしても、サンドイッチだけでは空腹は満たせないのではないか？

「ブランは逆に小食過ぎるのでは？　肉を食べないと体に悪い。魚でも獣《けもの》でも、肉はいいぞ」

「フッ！」

あやうく紅茶を噴《ふ》き出しかけたブランが、通りかかった店員から布巾《ふきん》をもらって手を拭《ぬぐ》う。

今のはおかしくなかっただろう。肉は至高《しこう》の栄養だと言っただけなのに、どうして笑う。

「だ、駄目だ……あんたいちいちおかしい。話が進まないじゃないか！」

「わかった、気をつけよう。それで、婚活の条件についてだが」

仕切り直すつもりで口元を布巾《ふきん》で拭《ぬぐ》い、きりりと顔を引き締める。そもそも話を脱線させたのはブランであって、私ではないのだが……まぁ、彼女に大変世話になっているので言わないでおく。

なぜだかまた笑いそうになっているブランだが、ひとまず発作に耐えたらしい。白い巻き髪をばさりと払って、席から少し身を乗り出してくる。

「まず、条件はそんだけでいいのかい？」

「むぅ？　そんなに簡単な条件なのか」

少なくとも常磐にはいない人物像だったのだけれど。いや、あれは里独特の環境のせい、なのか？

「誠実で、子どもをちゃんと育てられて、気の合う性格で、相思相愛《そうしそうあい》になれる同種族の男。それって大抵の女が望む結婚相手じゃないか。聞くからに『いい父親になりそうな男』だ」

「ああ。そういう相手と家庭を築《きず》きたいんだ」

「何だかねぇ、どうにも安定し過ぎて夢がない」

ばっさりと切り捨てられ、目をしばたたかせてしまう。

「結婚が最終目的だから、確かにそういう相手は最適解《さいてきかい》だよ。ただ、その前段階として相手に対する願望っつうか……もっと即物的《そくぶつてき》な考えもあっていいだろ？」

「即物的《そくぶつてき》、とは……」

「っと、悪い。言い方がよくなかったねぇ。つまり相手に求める容姿とか、収入とか、そういう話さ。あんたは自分の好みがわからないって言ってたね。周りにひとりくらい、親しく接してきた男はいなかったのかい」

そう尋ねられて、思い浮かべられたのはひとりだけだった。

「いたが。彼が何か」

「まず、手近にいた男を参考にしようじゃないか。あんたと関わりがあったそいつは、当然悪い奴じゃないんだろ？」

「……ああ」

確かに燈王は悪い人ではなくむしろその逆なのだが……彼を参考にするのは、いくらなんでも無理がある気がする。彼は態度こそ尊大だが、本当にすごい男なのだ。

「おそらく参考にならない。彼のような人はなかなかいないから」

「へーぇ？　そんっなにいい男なのかい」

隻眼《せきがん》をまるで三日月《みかづき》みたいに細めたブランが問う。

いい男。今までそのように考えたことはなかったが、確かに燈王はいい男だ。そうでないと、いくら八角かつ鬼神の御子《みこ》と言っても、あそこまで人に囲まれないだろう。

「彼は里で最も人気のある男だ。彼に見つめられると失神する女もいるし、声をかけられるとたまに男ですら頬を染《そ》める」

「……何だいそりゃあ。物語の王子かってての」

「事実だ。見目麗《みめうるわ》しく、それにとても強い。私が幼い頃、森で遊んでいた際に遭遇《そうぐう》した魔物を、腕の一振りで倒してくれた」

「完っ全に、物語から飛び出てきた奴じゃないか！」

うさんくさいと言わんばかりにため息をつくブランだが、本当なのだから仕方がない。

あれは私が十歳くらいの頃だったろうか。裏手の森で石を拾っていた時、島内でもかなり手強いと言われる金魔猪《きんまちょ》がいきなり突進してきたのだ。

身をこわばらせるしかなかった私の前に颯爽《さっそう》と燈王が現れ、指一本で突進を止めたあげく、そのまま片手で軽く払いのけた。猪《いのしし》は奇声を上げ木々を巻き込んで吹き飛ばされたのだが……私もあれは何かの劇かと見間違うくらい、非常識な光景だったと思っている。

「まぁ、あんたが事実ってんならそうなんだろうさ。で、その滅法《めっぽう》強くて笑える程モテる男は、結婚相手には当てはまらなかったのかい？」

「彼には妻にと望んだ相手がいる」

「ふぅん？　どんな女なんだい」

「里長の孫娘だ。彼女も幼い頃から彼のことが好きだったようだ」

「……なんだ、あんたが話してた嫌なクソ女か。美人なんだろ？」

「ああ、華やか過ぎるくらいの美人だ。周りにはいつも数人の男を従えていたな。あと胸が非常に大きい。ブランよりある」

「巨乳通り越して爆乳《ばくにゅう》じゃあないか……ったく、結局は顔と体かい。何ともつまらない結末だねぇ」

先程まで見せていた興味を一気に薄れさせて、彼女がそう吐き捨てた。本人が自覚しているだけあって、ブランは非常に肉感的というか、豊満でめりはりのある体つきをしている。

食べ終わった『魚介もりだくさん特盛りパスタ』の皿をどけ、ちらりと自分の胸を見てみると……胸と称せるものはあるが、さして目立つものではない。やはり豊満な方が、婚活に有利となるのだろうか。

「見た目は気にしなくてもいいだろ、あんたに限って」

「そうか？　まぁ、ブランが言うなら……」

「そうだよ。ともかく、参考にならない男のことは置いといて……もう少し詰めていこうか。あたしが言った即物的《そくぶつてき》なものってのは、相手の表面的な部分を指してると思っとくれ。当然、そればっかり気にして実《じつ》のない男を選べってんじゃあない。大まかな指針《ししん》がほしいんだよ」

「指針《ししん》……それは『いい父親になりそうな男』を探すために、ある程度相手の傾向《けいこう》を絞《しぼ》れということか？」

「まぁ、そういうこった。鬼人の男全員の性格を推《お》し量《はか》ってたらきりがないからね。こういう容姿が好ましいとか、年中宿《やど》暮らしは困るとか、酒好きはいいけど賭《か》け事に手を出す奴は駄目とか、色々あるだろ？」

「なるほど……少し待ってくれ」

一声かけてから、しばし考える。その間ブランは珈琲《コーヒー》を注文するようで、店員を呼び止めていた。

彼女に言われてはじめて、そういう条件もあるのだと思い至った。それは即物的《そくぶつてき》というより、現実的な条件なのではないだろうか。きっと内面に辿《たど》り着く前提とも言えるものだ。

私の考えは漠然《ばくぜん》とし過ぎていたのかもしれない。本当にブランがいてくれてよかったな……

「……容姿は、どうしても無理だという外見以外では、極端に筋骨隆々《きんこつりゅうりゅう》でない方が好ましい。着物をゆったり着こなせる人が粋《いき》だと思う」

「あんたも着てる、鬼人の伝統衣装だね」

「私の着物は動きやすいよう、袖も裾《すそ》も切ってあるんだ。元はもっと長くて……」

「ああ、街で結婚した鬼人の花嫁衣装を見たことがある。趣《おもむき》があってあたしも好きだよ。それに、筋肉があり過ぎない男ねぇ……鬼人は総じて大柄でいかにも筋肉って感じの奴が多いんだけど」

「そう、なのか？」

この店に入るまでに見かけた鬼人はふたり程いたが、確かに、どちらもずいぶんと大柄だった。なんというか、ひとりは女性だったのに、筋肉に筋肉を上乗せしているような、筋肉で太って見えるような。

常磐にも筋骨隆々《きんこつりゅうりゅう》な人はわりといるが、あそこまで筋肉に覆《おお》われてはいない。

「昔なじみに五角持ちの鬼人がいてね。角が多い上位鬼人は大抵が、細身に見えて筋肉の密度が半《はん》端《ぱ》ない特殊な体なんだって聞いたよ。カノエもその口だからそこらの鬼人よか細っこいのかね。で、他は？」

「他……賭《か》け事にはまるのは、いけない。多分」

たくさん読んだ物語のひとつに、賭《か》け事をやめられず家まで売り払った男の話があった。ああいうのはいただけない。たしなむ程度ならまだいいが、家族を顧《かえり》みないまでに溺《おぼ》れてしまうのはよくないだろう。

「他は？」

「え、ええと……読書が好きとか、狩りが上手、とか？」

「狩りはわかるけど、読書家の鬼人ねぇ。まぁ、いなくはないか。もっとわかりやすい好みはないかい」

次から次へ問いかけられるが、本当に好みと言えるものはあまりないのだ。

きらきらしたものが好きだとか、ふわっとした手触りのものが好きだとか、肉が好きだとか、薄荷《ハッカ》のようにすーっとするものが好きだとか。そういう物に対する好みしか考えたことがない。

他に何かあったか、頭の中で必死に考え——ひとつ、思い至った。

「他には……長髪の人がいい」

「へぇ？　珍しいね。男の長髪は、今日びあんまり流行らないけど」

「だが好きなんだ。長い髪が」

「そうかい。別に否定はしないさ。逆に相手が絞《しぼ》りやすくなっていいじゃないか」

稲穂《いなほ》のような黄金《こがね》色と、艶《つや》やかな猩々緋《しょうじょうひ》。間の色は図鑑にも載っていない、美しい混色《こんしょく》。そんな髪を思い浮かべて、すぐに打ち消す。

彼の髪があんなに美しいせいで、私はすっかり長髪が好きになってしまったのだ。色だって、あそこまで素晴らしいものは望めなくても、きっと目に留《と》まる色合いをしている人もいるはずだ。

「他はないのかい？」

「も、もうさすがに出ない」

「そうかい。んんと……生理的嫌悪感《けんおかん》がない顔立ちで、筋肉筋肉してなくて、長髪で、できれば着物を着てる。で、賭博《とばく》をしないで、読書家かつ狩りもできる男か。微妙に少数派なとこついてるねぇ。もしかしたら逆に見つけにくくなったかも」

「……ブラン」

「あははっ、大丈夫だって。鬼人っつったら、同じく肉体派の獣人よか落ち着いた性格の奴も多いし。きっといるさ、あんたの好みに合う奴も」

「――だったら、俺はどーぉ？」

急に割って入ってきた声が、ブランの笑顔を固まらせた。

今座っているのは四人掛けの半個室である。三方に壁と仕切りがあり、通路側は開《あ》いているので外からは丸見えだ。ブランは、ここは一番奥だから、わざわざこちらの席まで来る人はいないと言っていたが……。

この男性は何だろうか。実は先程から視線には気づいていたものの、害意を感じなかったので放置していたのだけれど。

「あれ、俺お呼びじゃなかったー？　でもおねーさんの言う、その子の好みって俺のことじゃね？」

視線を上げれば、そこには着流しをさらりと着こなした三角の鬼人がいた。

街で見かけた鬼人よりだいぶ細身で、顔立ちは整っている方だと思う。薄い煉瓦色《れんがいろ》の肌に溶け込む栗色の長髪を、肩に流すようにして結っている。

当たり前だが、全く知り合いではない。物言いからして、ブランの知人でもないようだ。

「好みかどうかは、話してみないことにはねぇ？」

だが、ブランはなぜか親しげに笑みを浮かべて席を立つ。

様子を窺《うかが》っていると、彼女は私が座っている隣の椅子へ移動した。

どういう展開なのかわからず視線をさまよわせる私の耳元へ、ブランが囁《ささや》く。

「婚活の前に練習といこうじゃないか。ちょうどいい具合に、頭の軽そうなナンパ男。こういう手合いで少し男に慣れな」

なんと、いきなりの実践《じっせん》か。

そんなわけで、したり顔で真正面の席についた男性の笑みに、私は魔物を狩るよりずっと神経を集中させることになったのだ。

×　×　×

「迦乃栄ちゃんってーの？　名前までかわいいね」

「ああ、ありがとう」

「いきなり声かけて驚かせちゃったかなー？　ごめんねー？　シレーヴァで普段見かけたい美少女がいたから、声かけずにいられなくてさ」

「そ、そうか……」

——ブラン、ブランディーヌ女史《じょし》。会話とは一体、どうすればいいんだ。

「あのねー、俺、びょーきなんだよ」

「そうか……えっ？　大丈夫なのか？」

「今は平気ー！　かわいい女の子とお話ししてないと息できない病気なの。だから今はちょーげんき。あっはは」

い、今のは私も一緒に笑うところなんだな、うん。ブランも肩で笑っているし。

「ほんっとイイねー迦乃栄ちゃん。顔も最高だけど、慣れてないって感じがたまらないっつーか」

「それは……ええと、すまない」

「なぁに謝っちゃってんのー？　おっきなおめめ伏せてちゃもったいないよー、こんなにきらきらでかわいいのに！」

「……ッッ」

ブラン、もう笑っていい。そんなに無理して抑えると苦しいだろう。私はもう笑っていいのか、心を無にすべきなのかわからない。

きらきらなんて絶対にしていないだろう私の目を覗《のぞ》き込むようにして、男が満面の笑みを浮かべる。

どうしてそこで笑えるんだ。私は多分ひどい顔をしているぞ。あなたの精神力は強靭《きょうじん》過ぎないか？　それとも私の顔の変化に全く気づいていないのか？　よく表情の変化に乏《とぼ》しいと言われるが、今は頬が引きつっているだろうことが自分でもわかるぞ。

「あれー、言われたことない？　水精霊のダンスみたいにきらっきらで、誘惑《ゆうわく》されちゃいそうなくらい綺麗だよー」

「ア、アリガトウ。イワレタコトハナイ」

とりあえず会話はしないと。そんな一心で言葉を紡《つむ》ぐ。

そもそも精霊が見えるのは、妖神《ようしん》を祖先に持つ妖人だけだ。魔人や天人も気配くらいは感じ取れるらしいが……鬼人は精霊に全く近しくない。お互い見えないものに例《たと》えられて、どうしろと。

「迦乃栄ちゃんって里っ子でしょー？　里育ちの男って街育ちより美的センスねー奴ばっかかじゃん？　迦乃栄ちゃんのかわいさをうまく表現できなかったのかもねー、もったいなーい」

「……いや、里では別に」

美的感覚もきちんとあるし、そんなおかしな文句を思いつく奴がいないだけ。

まるで里で育ったのが悪いことだとでも言いたげな台詞《せりふ》に、眉を顰《ひそ》めて反論しようとしたが、大げさな手振りでさえぎられる。

「あーっ、迦乃栄ちゃんいい子！　今絶対、里の人は悪くないって言おうとしたっしょ!?　ごめんねー？　俺も言い方よくなかった。里には迦乃栄ちゃんがかわい過ぎて声かけらんない奴しかいなかっただけなんだね！」

……………もう、それでいい。更に言うなら、どうでもいい。

「失礼な発言しちゃったし、ちょっとおわびさせて？　ねー？」

「いや、謝ってもらったのでそんな必要は……」

「そーれーにー！　迦乃栄ちゃんは俺を元気にしてくれた大事なお薬さんだから！　わりましでイ

イモノあげちゃう」

「だから、いらな……」

「ちょーっと待っててね。俺のいない間に帰っちゃヤだよ？　俺、息できなくなっちゃうから！」

そう言って男はへらりと笑い、席を立つ。やや距離がとれたのを確認して、私は大きく息をつき……ひとり笑い続けるブランをじっと睨《にら》んだ。

「ブラン……これは、本当に、練習になるのか」

「ぶっは！　あ、あはは……ひー……まさか、こんな陽気なナンパが実際にあるなんてね、ふふふっ、ブッ、くく……」

「全然身にならなそうだぞ、ひどい！」

男がおかしなことばかり言うから、まさかこれは大道芸の一種なのではと思いはじめてすらいたのに。

笑いが噴出《ふんしゅつ》して止まらないブランを横目に、皿を片付けられて飲み物しか残っていないテーブルへ両肘《りょうひじ》をついてうなだれてしまう。

これが婚活だというなら、私はとんでもないものに踏み込もうとしているのかもしれない。

確かに、私は話し上手とは言えない。会話を広げるのが得手《えて》ではないとも自覚している。だからこう、話題を振ってくれる人はありがたいと思うのだが、これは何か違う。言葉は通じているのに、会話として全く成り立っていない。それは私の返答のせいもあるが、向こうが私のことを何ひとつ気にせず話を進めている点が大きいと思う。

「これはさすがに、おかしいだろう」

「っふふ、はぁ……ああ、おかしいね、色んな意味で」

「ブラン」

「悪かったよ。悪質じゃあないにしろ、これは疲れるだけのナンパだねぇ。この街であたしの顔を知らないなんて、シレーヴァの外から来た奴に違いないし」

ひとまず落ち着いたらしいブランが、冷めた珈琲《コーヒー》に手を伸ばす。

男の言い様《よう》からして、シレーヴァに居《きょ》を構えているような感じだったが……ブランが違うと言うからには違うのだろう。

「更に言うなら流れの冒険者でもない。武器を扱う手をしてなかったからね。鬼人には無手《むて》の武闘士《ぶとうし》も多いけど、体運びからしても違う。あの能天気さと、かなりの顔のよさから考えると……」

「うん？　そんなに顔がよかったか……？」

普通に整っているとは思ったが、『かなり』とつける程だったろうか。

男なら震いつきたくなるような美女であるブランが、そこまで褒《ほ》めるのは違和感がある。

「……カノエ、自分の顔を基準にしてないかい？」

「いや、私は女だし、きちんと性別の違いを含めて考えているぞ」

「…………じゃあさっき参考にした男は？　『見目麗《みめうるわ》しい』ってのは、どんくらいのレベルだい」

「そうだな……ブランは羞花閉月《しゅうかへいげつ》という言葉を知っているか？　竜人の古語なんだが」

あまりの美しさに花も恥じらい月も隠れる、という意味だ。

竜神《りゅうじん》の伴侶《はんりょ》になった星の民が伝えた言葉だとされる。四つの古代文字に長い意味を込めるのは、鬼人の文学観にも通ずるところがあっておもしろく、色々覚えているのだ。

「ああ、知ってるさ……あたしもそれなりに読書家でね」

「よかった。おそらく彼はそう形容しても大抵の者が同意する程度だ」

実際に燈王をそう表現した女がいたのだ。あまり男性に使う表現でもないので彼は穏やかに微笑んで流していたが、それを聞いていた者の大半が納得したことだろう。

しばしの無言が生じる。ブランが半《なか》ばやけくそのように、珈琲《コーヒー》をぐいっとあおった。

「あんたが顔を重視してなくてよかったよ……ただ麗《うるわ》しいじゃなくて尋常《じんじょう》じゃない美形って言っとくれ、そういうのは」

「すまない。異性では彼以外に麗《うるわ》しいと思った人がいなくて」

「ある意味美的センスが崩壊してるんじゃないかい、カノエ」

それはどういう意味か問おうと口を開いたとき、店内にガシャァンと激しい音が響いた。次いで、騒然《そうぜん》とする周囲。

なんだ、皿をまとめて落としでもしたのだろうか。それにしては、言い争うような声も……

「あなた達、わたしの彼とどういう関係なのよ!?」

「あら、そちらこそ！　彼は私の大切な婚約者ですのよ？　どうして彼に触れようとするのか、聞きたいのは私の方ですわ」

「はぁ？　あんたら何言っちゃってんのぉ？　あたしのカレに絡《から》んでんじゃねぇよ、オバサンたち」

「何ですってぇ⁉」

こ、この光景は知っているぞ。母がこっそり貸してくれた大衆小説に、今と同じ場面があったはずだ。ひとりの男を巡《めぐ》って火花を散らす女達の争い……

「さすがに、笑えないねぇ……」

ブランがぽそりと呟《つぶや》いたそれに、全力で同意する。

店の入り口付近で固まる、一人の男と三人の女性。男は先程の鬼人、女性は妖人・鬼人・魔人と様々だ。あり得ないことに、女性全員があの鬼人の男と交際をしているらしい。

「ただのナンパ男じゃなくて、もっと面倒な屑《くず》だったか……カノエ、巻き込まれると厄介だ。裏から出るよ」

「ああ、食事代が前払いでよかった」

「後払いでも、後であたしへ請求させるから構わないさ」

揃《そろ》って静かに立ち上がる。荷物はお互い空間魔道具に入れてあるので、身軽なものだ。

熾烈《しれつ》な女の争いを聞き流すように、わざとどうでもいい会話をしながら意識を逸《そ》らす。私達は、全くの他人だ。あの集団の誰とも関わりなんてない。ないと言ったらないのだ。

「あっ！　迦乃栄ちゃーん、俺の大事なお薬ちゃーん！」

なぜ私を呼んだ。

なぜ、今。

「…………」

店に静寂《せいじゃく》が訪れ、周囲の意識が一斉にこちらへと向く。私に声をかけた鬼人の男……いやただの馬鹿者はもちろんのこと、それを囲んでいた三人の女性の意識も、しっかりと私の方へ。

「先に言っておくけど、この子はさっき一度声をかけられただけだ。あんたらの仲間内に入ったりしない、全くの無関係……」

「えぇー!? おねーさん、俺が声かけなかったからってスネちゃったの? ごめんねー、俺、おっぱいでかい美人って好みじゃないんだよね。それに年増《としま》よか若い子のがいいし」

「……ああ、全く拗《す》ねてないから気にしないどくれ」

すごいなあの馬鹿者。ブランがこめかみに青筋を立てているところなんて、はじめて見たぞ。

全然感心できることでもないのにそう思ってしまうのも、現実逃避《とうひ》の一種なのだろうか。

三人の女性が、ものすごい形相《ぎょうそう》で私を睨《にら》んでいる。疑問なのだが、その馬鹿者に怒りの矛先《ほこさき》が向かないのはなぜなのだろうか。この状況で馬鹿者が本当に自分の恋人だと、全員が心の底から思っているなど……まぁ、もしかしたらあるのかもしれない。

このままいけば私も巻き込まれることは必至だ。ある意味心を決め、唾を呑み込んだ――その時。

「ちょっとぉ～、なぁにこれ。どこの三流小説の場面再現しちゃってんのよぅ」

低音の美声が、非常に独特な口調で店の空気を割った。

この場に現れた救いに喜ぼうとしたが、色々と主張が強過ぎるそれに意識を持っていかれる。

「アタシ、ちょっと遅めのランチしにきたんだけどぉ。どこのおバカがお店に迷惑かけてんのオ〜？」

言っていることはとてもまともなのに、うまく頭に入ってこない。

店の入り口に立っているのは、ひとりの竜人だった。

竜人とは大柄な体格と首元に逆鱗《げきりん》と呼ばれる宝石のような鱗《うろこ》をひとつ持つ、世界で最も強く稀少《きしょう》な種族である。その竜人はと言えば、見た目は二十代後半くらいの年齢に思える青年だ。飴色《あめいろ》の目を眇《すが》めたその顔立ちは燈王とは部類こそ違うが非常に整っていると、私でもはっきりわかる程。

ただその深い躑躅《つつじ》色の髪をゆったりと、ええと……なんというか、優雅に結い上げて紐《ひも》や簪《かんざし》で飾っているのだ。

筋骨隆々《きんこつりゅうりゅう》まではいかずとも、その立派な体躯《たいく》は男性的な肉体美を思わせる。身に纏《まと》っているのは一応旅装のようだが、動きやすさ重視で体の線をことさら強調することもなく、強い色彩ながら華やかさや柔らかさを感じさせる衣装だ。おそらくあれは竜人の伝統衣装の一種である……女性用の。

そう、彼……と言っていいのかわからないが、その竜人は大層精悍《せいかん》で屈強《くっきょう》な美丈夫《びじょうぶ》であるのに、同時に大変女性的なのだ。衣服も髪も顔の化粧も口調も、女性らしい。元々の造形《ぞうけい》が整っているのと、とても優雅に装《よそお》いをこらしているので奇跡的に似合っている。だがそれでも完全に、どう見ても男性だ。

そういった人ははじめて目にした。一体どういう経緯《けいい》でその格好をしているのか、全くわからず、混乱してしまう。

「なっ、何なのよあなた!!」

「邪魔すんな、このオカマ！」

「失礼ねェ～！　アタシはオカマじゃなくてオネエ！　侮辱《ぶじょく》しないでちょうだいッ！　このおブス共!!」

「何ですって……？　侮辱《ぶじょく》しているのはそちらではなくて!?　この腐った雌《めす》共は別として、私の美しさが目に入らないのかしら!?」

事態は収拾《しゅうしゅう》されるどころか更に迷走していく。

だが、私はどうやら蚊帳《かや》の外にはじき出されたようだ。その一点だけは非常に助かった。

「脱出するなら今のうちだねぇ」

「あ、ああ……」

「店主、裏を通るよ。警備兵は呼ぶかい？」

「い、いえ……なんとかなると思います。申し訳ないです、ブランさん」

「いいさ。落ち着いたら、そのうち食いに来るよ」

忍《しの》び寄ってきた店主らしき男性にそう告げ、ブランがそっと裏口へと向かう。

私も彼女に続かんと踵《きびす》を返しかけ……そこで視線を感じた。

振り返ってみると、私に目を向けていたのはひとりだけだった。

「……ありがとう」

呟《つぶや》いて小さく頭を下げると、飴色《あめいろ》の瞳が気にするなとばかりに眇《すが》められる。

先程と違って柔らかな光を宿《やど》したそれは、彼だか彼女だかわからないその人の優しい心根を表している気がした。

――初対面の者を助けて、面倒ごとを引き受けてくれるなんて。あの人は何という名なのだろう。改めてお礼を言えたらいいのだが……

「カノエ、早くしな」

「ああ、すまない」

どうやらそんな暇はないようだ。あの人の厚意に甘えたままなのは申し訳ないが、今回ばかりは仕方がない。

ブランに急《せ》かされ店を後にする。裏口から出た道は狭いが、走るのにさして問題はない。

全力で走ると確実にブランを置いていってしまいそうなので、彼女に合わせて早歩きを続ける。

しばし無言でいくつかの角を曲がると、街に入ってきた時とは違う門が見えてきた。

「予定が狂っちまったけど、こうなったらとっととシレーヴァを出るよ。あんな場に巻き込まれた四角の鬼人なんてわかりやすい特徴つけられちゃあ、ここで婚活なんてできやしない」

「そ、それもそうだな……」

「元々どっか別の街に移るところだったって言ったろ？　ここのギルドには伝えてあるから、問題ないよ。時期がちょいと早まっただけだから、そんな落ち込まなくていいさ」

申し訳なさが表情に出ていたのか、ブランが私に微笑んで門番へ声をかける。

確かに、彼女の言う通りだ。変な先入観を持たれつつ婚活するのは、弁が立つとは言えない私にはいささか無理がある。

来たばかりなのに、こんなに慌《あわ》ただしく出発しないといけないとは……恵みの街ならば海の幸《さち》も森の幸《さち》もふんだんにあるに違いない。せっかくなら、色々な食事処《どころ》を回ってみたかった。

ブランに言ったら呆れられるか笑われるか。そんな婚活と一切関係ないことを考えていた私に、門番との話を切り上げた彼女から声がかかる。

「行くよ、カノエ」

「ああ……」

門を出てすぐ、少し振り返る。

「先程の人には、申し訳ないことをしてしまった」

「ああ、あの竜人かい？ あいつ自身、結構楽しんで首突っ込んでただろ。あんたが気にし過ぎることじゃあないさ。あたしですらあんな渦中《かちゅう》に巻き込まれたくないってのに……色んな意味で肝《きも》が据わってるよ」

「いやぁ～ん！ 肝《きも》が据わってるなんて、かわいくない言い方しないでちょうだい！ アタシは乙女の味方なだけよぉ」

「……………うん？」

陽気な色を帯《お》びた、低音の美声。

こんなに特徴的な声の持ち主を、私はひとりしか知らない。

体ごと思い切り振り返る。そこには、なぜか。

「はァ～い、『光芒《こうぼう》の魔女』サンと鬼の乙女チャン。ちょっとお話があるんだけど、いいかしらァ～？」

女性ものの伝統衣装を身に纏《まと》う、優雅で大柄な竜人が、いた。

「ハイ、これ乙女チャンがもらい忘れたチャレンジメニューの賞金。それとこっちがおブス共の王子サマが、乙女チャンにプレゼントしようとしてたポエム。どうやら売れない詩人みたいね、あのダメ王子」

「……は？」

「それと魔女サン、さっき『婚活』って言ったわよねェ～？　奇遇なことに、アタシも婚活中なのよぉ。しかもせっかくシレーヴァに来たばっかりだっていうのに、居づらくなってこれからオサラバしようってトコ。ンもぉ～、超奇遇過ぎない？　ってことで、アタシもご一緒するわぁ！」

「………は？」

なぜだか、旅の仲間が勝手に増えそうだ。というかもう決定事項のような言い方である。

ええと、これからの計画はどうしよう。笑い崩れている場合ではないぞ、ブラン。あなたが笑い出して足を止めると、せっかく稼《かせ》いだ距離が無駄になってしまうではないか。

そんな風に半《なか》ば現実逃避《とうひ》をしながら、私は門を潜《くぐ》る様《さま》すら優雅な竜人を見つめるばかりだった。

幕間二　鬼神の御子《みこ》、宣言する

「チッ……もうすぐ昼じゃねえか」

舌打ちしながら、今まで乗っていた『乗り物』の尻尾に触れる。それを合図にして、乗り物は一《いち》目散《もくさん》に海へと潜《もぐ》っていった。

体表から甲羅《こうら》まで全身黒い、馬鹿でかい亀。数年前に隣国の海中遺跡へ行く途中で、間抜けにも俺に襲いかかってきた魔物だ。返り討《う》ちにしてから乗り物として使っているが、船より速いし泳ぐ煩《わずら》わしさを解消できるしで、それなりに重宝《ちょうほう》している。

亀に相当急がせたのにもかかわらず、太陽はもう真上に近い。

旅支度の邪魔をする輩《やから》はおらず、雑事で時間を取られもしなかったが……迦乃栄がどこかの孤島にいないか、近海全てを回っていたら時間がかかってしまった。

「さて……ペルシュか、隣の街か、それとももっと突拍子《とっぴょうし》もない土地か」

夜の海を遠泳するなんて、馬鹿じゃねえかとは思う。だがそれを素でやってのけるのが迦乃栄だ。あいつのいざという時の行動力には驚嘆《きょうたん》するしかない。

ただ……とんでもなく方向音痴《おんち》なあいつが、真っ直ぐ最寄りの街へ行けるとは到底思えない。かと言って、上陸する前に海で遭難《そうなん》するとも考えにくい。

鬼人は種族柄、身体能力も持久力も高い。他の鬼人は知らないが、常磐の中じゃあ一日中泳いでいてもへばるような奴は滅多にいないだろう。もし目的地が見つからずとも、あいつなら右往左往《うおうさおう》せずどこかの岸に着くまで淡々《たんたん》と泳ぎ続けるはずだ。

それに迦乃栄は六角、上位鬼人だ。華奢《きゃしゃ》に見えても強靭《きょうじん》な肉体を持ち、父御《ちちご》仕込みの体術を使う。この近海に生息するのは中級魔物くらいが関の山だから、万一襲われたとしても、基本的に迦乃栄が倒せないということはない。

「……まずペルシュだな」

迦乃栄がいれば何も問題はないが……もしいなくても、大抵の街にある冒険者ギルドには足を踏み入れるはずだ。あいつが街に出て職探しを始めるとは思わないし、路銀《ろぎん》のことなどを考えると、おそらく金を稼《かせ》ぐために冒険者登録をするだろう。

ペルシュにはわりとでかい冒険者ギルドがある。俺が冒険者登録してからずっと拠点にしていたギルドで今でも顔が利くから、そこに伝言を頼んでおけば、迦乃栄が他のギルド支部に立ち寄った時に、その場で引き留《と》めることができるはずだ。

煙草《たばこ》入れから冒険者証を取り出す。手のひらに収まる大きさのカードは、左上に小さな玉が埋め込まれている他は、名前と登録ギルドしか表示されていない。今は冒険者としての活動を休止している俺は、黒字の記載のうち名前だけが灰色になっている。

これを手に入れたのは、十二歳の頃だった。未成人は後見人《こうけんにん》がいないと登録できないのを知らず、少し揉《も》めたものの、見知らぬ女冒険者に後見《こうけん》を頼んで登録したんだったたか。

「懐かしい、が……どうでもいいか」

昔を思い出しかけて、すぐにやめた。冒険者証を懐《ふところ》にしまい、外套《がいとう》の裾《すそ》を払って森へと足を踏み入れる。

ここにいる動物や魔物は、俺の進路を塞《ふさ》がない。今そこを通れば死ぬと、本能で感じ取れるのだろう。確かに、こんな森にいる生き物なんぞ、通りがけに足で踏み潰《つぶ》せば息絶える。

ただ、不必要な殺生《せっしょう》はしない。いたずらに殺せば、俺の目に映《うつ》る金の炎が増えるだけだ。

依頼の他に俺が手を出すのは、俺の邪魔をする敵と、糧《かて》になる獲物と、迦乃栄に貢《みつ》ぐための素材、それのみだ。将来のための資金についても、邪魔する敵を倒していれば勝手に貯《た》まっていたので問題なかった。

今更冒険者に戻ることに必要性は感じない。豪遊《ごうゆう》しなければ俺どころか、俺の子や孫が死ぬまで暮らせるだけの財産はある。

ただ、冒険者ギルドの繋《つな》がりは役に立つ。伝言を使うためには復帰しないとならない。

知らせを待つだけじゃなく、もちろん自分の足でも捜す。できればあいつが街で困る前に見つけてやりたいが……迦乃栄の方向音痴《おんち》は奇跡の域だ。そう簡単にはいかないと思った方がいい。

「……すぐ見つかるだろうけどな、あの見た目じゃあ」

六角の上位鬼人で、人形のような特上の容姿を持つ女。しかも浮世離《うきよばな》れした雰囲気で、かなりの変わり者だ。あんなのがひとりで街をうろついていて、噂にならない方がおかしい。

気安く声をかける奴がいるとも思えないが、俺の捜し人だと早めに宣言しておいた方が守りやすい。それに……

『迦乃栄ったらね、おかしなこと言ってたのよ～、「必ず夫を見つけ、いつか父と母を私達の家に呼ぶ」ですって』

『……そう、か。そこで俺の名を口にしないとは、俺が想いをうまく隠せてきたということか』

『あら、やだわ燈王さん。まっっったく隠せてないわよ～？　見てるこっちが恥ずかしくなるくらい、迦乃栄を想ってくれてありがとうね？　でもあの子、誰に似たんだかお鈍《にぶ》ちゃんだから～』

色んな意味でめまいがしたが、お互い里を捨てる準備で忙しく、それ以上の話はしなかった。転居が落ち着いたら、父御《ちちご》がギルドに俺宛の伝言を残しておいてくれるらしい。うちの爺《じじい》はひとりで旅に出ると言ってたからもう知らん。

それより、迦乃栄だ。

夫を見つける？　何言ってんだ。お前の夫には俺がなる予定なんだよ。まずこっちに妻問い、いや求婚させろ。他の里人と明らかに態度が違うんだから、自分が俺から特別に想われてることくらい感じ取れよ……俺の態度が悪いのは反省するところだが、あいつもあれだけ家に通われて土産《みやげ》渡されて世話焼かれてんのに。

……いや、きっと全く意識されてないわけじゃないはずだ。

成人の儀の時、あのクソ女が掠《かす》め取った貢《みつ》ぎ物をもらえなくて、拗《す》ねていたと聞いた。それは俺が昔見せた珠《たま》を覚えていて、それが貢《みつ》ぎ物になっていると認識して、その上でほしいと思ったということ。

迦乃栄は俺からの貢《みつ》ぎ物が、ほしかったんだ。たとえ無自覚だとしても構わない。あいつがそう思ったのなら、脈は充分にある。

「くっ、ははは……」

ああ、かわいらしい。何だってあいつは、そんなに素直なくせに、変なところでひねてるんだ。目の前にいたらすぐさま抱き寄せて攫《さら》っていただろう。本当に、俺の唯一はいつだって俺の感情を揺さぶってくる。

血結晶《ちけっしょう》だって、白銀の羽織だって、何だってやるよ。全部お前のものだ。俺がお前をもらうための、貢《みつ》ぎ物なんだから。

ひとり笑いながら走っていると、もうとっくに森を抜けて街道近くにいることに気づいた。今の俺はかなり不気味だろう。迦乃栄のことを考えると、どうしても顔がにやけてしまう。

ただ、ペルシュが近くなってきたからか、さすがに人が増えてきた。ゆっくり速度を落として、散歩しているような気軽さで街道に入る。

ここからは『お優しい燈王様』にならなければ。この外面《そとづら》は色々と具合がいい。冒険者をしている間も、ひたすら微笑んでいれば不利益を被《こうむ》ることは少なかった。

周りの冒険者は勝手に有益な情報を流してくるし、ギルドは俺に優先的にいい依頼を回す。おかげで資金も素材も手に入りやすい。だから活動を休止するまで、俺は組んでいたパーティメンバーにすらほとんど本来の自分を晒《さら》すことはなかったのだ。

休止してから数年は、迦乃栄への貢《みつ》ぎ物を仕立てるために他国を回っていただけだったが、それでも俺を覚えている奴は多いだろう。このやたら目立つ容姿が注目されるのはわかっている。

「ちょ、ちょっと……何あの神がかった美形」

「いやそんなことより、めっちゃ強そう……」

「新顔かぁ？　って、え……？」

「う、嘘だろ、八角の鬼人って言えば、あの」

どうでもいい冒険者のパーティを追い越して、見えてきた門へ真っ直ぐ向かう。

ペルシュはカルシェルでも五指に入る規模のでかい街だ。近くに大型の遺跡があることも含めて冒険者の需要《じゅよう》が高く、街道を歩いているのは旅人や商人よりも冒険者の方が多い。その誰もが、俺が通りすがると足を止め、小さく声を上げる。その囁《ささや》きが波及《はきゅう》するように、前にいた奴も振り返り――

……うざい。おとなしく足だけ動かしてろよ。内心ため息をつきつつも、ペースは崩さない。

まだ昼前なのに、門の前はそれなりに混んでいる。確かこの時期だと、早朝のみ遺跡に現れる稀少《きしょう》な魔物がいたはず。それ程強くもなく、見習いを抜けた冒険者でも狩れる魔物だ。この混み具合からして、おそらくその魔物狙いの奴らが帰ってきたのにぶち当たったんだろう。

冒険者には、階級がある。見習いの石級《せききゅう》から銅級・銀級・金級・晶級へと上がり、一般的に晶級が冒険者の頂点と言われている。

だが実際は、晶級冒険者が特定の条件を満たすと、更に上の階級へ上がれるのだ。誰もが知っている事実だが、あまりに難しい条件なので、目指そうとして目指せるものじゃない。

「つ、次の方……！」

急いでいても、列があるなら並ぶ。ここで無理に前に出ようとしても面倒かつ見苦しいだけし、揉《も》めごとを起こせばギルドに行くのが遅れるしで一切利《り》がない。

それなのに、ほとんどの奴が俺に先を譲《ゆず》ってくる。譲《ゆず》るというか、俺の挙動《きょどう》を見るために先へ行かせるというべきか。暇な奴らだと、思いながらも微笑みは絶やさない。

常盤にいるのは屑《くず》とそれに追従《ついじゅう》する奴らばかりだったが、外の世界は多様な存在で溢れている。迦乃栄に比べれば、どれもとるに足らない存在なのは当然。ただ、ごく一部だが有益な話ができる者や、肩を並べて戦える者もいた。それを思うと、里の外の方が俺も多少過ごしやすい。

「み、身分証の、ご提示を……」

ふたりの門番のうち、ひとりがそうやって声をかけてくる。

俺の顔を覚えていたようだ。頷《うなず》いて、懐《ふところ》に入れておいた冒険者証を差し出す。

「お勤めご苦労様。久しぶりだが、これで構わないかな」

以前と同じように声をかけると、門番はその文句にすら聞き覚えがあったらしい。目を潤《うる》ませながら、震える手で冒険者証を受け取った。

活動休止中とはいえ、資格を剥奪《はくだつ》されない限り、このカードは身分証として成り立つ。

小さな魔道具で本物かどうかを確認される。ややあってから門番が丁寧な手つきでカードを返してきたので、今度は煙草《たばこ》入れにしまっておいた。

「ご、ご自身のお名前と所属……それから、か、階級を、お願い、いたします」

「ああ」

身分証で確認しただろうに、いつもながら面倒な手続きだ。だからこんなに混むんだろうな……

「名は燈王。所属は冒険者ギルド。階級は宝級《ほうきゅう》だ」

告げた瞬間——わっと、周りが沸《わ》き立った。

×××

宝級冒険者は晶級の上、ほんの一握りの冒険者だけが名乗ることを許される階級だ。

社会的な地位と名声を得るだけではない。それは冒険者の誰もが一度は夢見る、誉《ほま》れの頂《いただき》。

過去に何やかんやあって俺とパーティメンバーのもうひとりが宝級になったが、俺はその後ひとつふたつ依頼をこなして活動を休止したので、あまり実感はない。

「お帰りなさいませ、ヒオウ様」

金級・晶級の頃からすでに目立つ功績はいくつもあった。宝級になったのは、十九の時に隠されていた遺跡を発見し踏《とう》破《は》した直後だったことは今でも覚えている。

数年しか経《た》っていないのに、懐かしい日々だ。

「引退ではなく休止ということでしたので、いつかこの日が来ると思っておりました」

昔を思い出していた意識を、現在へ引き戻す。

この馬鹿丁寧で腰の低いギルド長も、頭の禿《は》げ具合が進んだくらいで変わらない。

「久しぶりだね、ギルド長」

「ええ。ヒオウ様が活動休止されてから、四年程経《た》ちましたでしょうか……この度は復帰される、ということでよろしいでしょうか？」

ペルシュの冒険者ギルドは、ひとつのフロアで冒険者や依頼者の用が足りるように、一階にやたら広い空間がある。常なら喧噪《けんそう》にまみれているそこは、今は奇妙な程静まり返っていた。

確実に俺のせいなのはわかっているが、どうでもいい。ギルド長に苦笑を返す。復帰は復帰だが、冒険者として精力的に活動するつもりは全くない。

「以前のように、というわけではないんだ。ギルドには伝言を頼みたくてね。捜し人がいるから、彼女を捜しながらでも可能な依頼なら受けるよ」

迦乃栄はやはりペルシュにいなかった。騒然《そうぜん》となった門を潜《くぐ》るのには少し時間がかかったので、その間に門番に尋ねたのだ。門番がそういったことを部外者に漏《も》らすのは本来禁じられているが……俺は宝級で、かつ素行《そこう》のいい模範的な冒険者だったので、特別に教えてくれた。

「ほう……ご伝言、ですか。ヒオウ様がそのシステムを使われるのははじめてですね。お捜しの方宛でしょうか」

長年ペルシュのギルド長を務める彼は、俺が片手間にしか依頼を受けないと言っているにもかかわらず動じなかった。俺が冒険者として復帰したことは、すぐに他のギルド支部にも伝わるし、おそらく俺への指名依頼も馬鹿みたいに舞い込むはずなのに、全く食い下がってこない。

彼のこういうところが気に入って、俺は拠点ギルドの登録をここから動かさなかったんだ。

「ああ。俺の捜し人を見つけたら、ギルド経由で俺に教えてくれ。伝言料はいくらだったかな」

「いいえ、結構です。他ならぬヒオウ様の頼みですから、無料で過不足なくお伝えしましょう。範囲はカルシェル全域でよろしいでしょうか」

「そうだね……」

冒険者ギルドは世界の三大陸全土にある。金を積めば世界中への伝言が可能だ。

金は惜《お》しくないが、迦乃栄の情報を無駄に他国に伝える必要はない。そう判断して、俺はギルド長の提案に頷《うなず》いた。俺とギルド長の会話を聞き取ろうと、遠巻きにしていた奴らがじわりじわりと近づいてきている。うざいことこの上ないが、伝言の方がはるかに重要だ。

「お伝えしたい方の、ご容姿をお伺いできますか」

「構わない。俺と同じ鬼人で、角の数は六角。髪はごく淡《あわ》い水色に近く、目は濃紺に似た色をした女性だ。年の頃は十八だが、鬼人の平均より小柄だから、もしかしたら成人前に見えるかもしれない。容貌は……すれ違えばしばらく忘れられない程には美しいよ」

本当はもっと細かく色々と説明したかったが、できるだけ客観的に、かつ一般的にわかりやすい表現で伝える。

周りがだんだんとうるさくなってきて、うざさが増してきた。早く本題を伝えてしまおう。

「伝言は――『お前を煩《わずら》わせていたものは片付けた。もう逃げる必要はないから、俺のもとに戻っておいで』と」

途端、複数の悲鳴が聞こえた。自分の容姿がやたらと優《すぐ》れているのは、嫌という程自覚している。

容姿がいいと得もあるが損も多い。どうでもいい輩《やから》に言い寄られるのは面倒だし、階級が低かった時には容姿が原因で、八角の意味をよく知らない馬鹿に絡《から》まれていた。

だが、迦乃栄を娶《めと》るには釣り合いがとれていてよかったと心底思う。両親共に見目麗《みめうるわ》しかったのにも、感謝している。

「もしや、ヒオウ様がいつも持ち帰られていた貴重素材の……」

「ギルド長。今それは関係あるのかな」

「っ、失礼いたしました」

冒険者時代、俺はギルドに乞われても複数の貴重素材を手放さなかった。せめて理由だけでもと聞かれて、毎回『大切な女性のために』と返していたのはそれなりに知られた話だ。

さっき悲鳴を上げたのは、俺がいなくなった後で冒険者になった者達だろうか。

勝手に衝撃を受けられても、知ったことじゃない。人に夢見てんじゃねぇよとは思うが。

「六角の鬼人の女性でしたら、おそらくすぐに見つかるかと。お名前も頂戴できれば、よりわかりやすいのではと思いますが……」

「いや、その容姿の女性に俺の名を出せば、気づくからいい。できるだけ速く他のギルドにも伝えてくれ。彼女は目を離すと、どんどん知らない場所へ……」

「はっ!! 何だよ、だっせぇなぁ！ 八角の鬼人が女に逃げられてやがる！」

なんだ、虫の羽音《はおと》がうるさいな。

「……知らない場所へ行ってしまうから心配なんだ。伝言料に追加が必要なら、いくらでも構わない。頼めるね、ギルド長？」

「かしこまりました。ただ、そうすると……第九王女殿下が」

「王女殿下？　俺は国王陛下と第三王子殿下以外に面識はなかったはずだが」

「はい、その通りなのですが……第九王女殿下は件《くだん》の冒険譚《たん》を耳にしてからというもの、『鬼人の武闘士《ぶとうし》を婿《むこ》にする！』と公言しておられて」

「庶民ならまだしも、天人の姫が鬼人を婿《むこ》にするなどあり得ないだろう。聞かなかったことにしておくよ」

「ええ、はい……私も失言でした」

「無視とはいい度胸じゃねえか、鬼神の御子《みこ》サンよォ!?」

……だから、うるせえよ、羽虫が。

さすがにこのまま放置すると、かえって面倒なことになりそうだ。仕方なく振り向けば、そこには父御《ちちご》より遥《はる》かに厳《いか》つく、縦にも横にもでかい鬼人がいた。だがもちろん、知り合いでも、顔見知りでもない。

「今はギルド長と話をしているんだが、君の用は火急《かきゅう》のものなのかな」

「はぁア？　何いい子ぶっちゃってんだ、鳥肌立つんだよ！」

隣にいる獣人が、必死にそいつの服を引いて止めようとしている。逆隣《ぎゃくどなり》の妖人は青ざめた顔で首を横に振っていた。数年の休止期間は、俺を舐《な》めてかかる馬鹿が増えた期間でもあったらしい。

……どうでもいい相手でも、あからさまにふざけた真似をされれば、当然苛《いら》つく。

常磐ではそんな態度を取られたことは一度もなかったし、もしあっても『お優しい燈王様』像に罅《ひび》を入れないために手を上げることはなかっただろうが、ここは冒険者ギルドだ。依頼の妨害《ぼうがい》行為や暴行を受けた時、それと著《いちじる》しい侮辱《ぶじょく》を受けた場合は、私闘が許可されている。

ギルドに頼みごとをした手前、ここのルールは遵守《じゅんしゅ》する。だから、これ以上……

「女追っかけて冒険者復帰とか、マジお遊びじゃねえかよ。恥ずかしくねえのか、あ？」

「特に恥など感じない。冒険者がどのように依頼を受けようが、その資格を維持できる範囲内なら、非常時を除き個人の自由だ。君から謗《そし》りを受ける謂《いわ》れはないな」

「涼《すず》しい顔しやがって！　宝級だからって調子こいてんじゃねえよ！　……あーあ、がっかりだ。あの冒険譚《たん》に語られる鬼神の御子《みこ》がこんな腑《ふ》抜《ぬ》けなんてなぁ！　あんたみてえに冒険者ナメたクソ男、女に逃げられて当然だろ」

どれだけ模範的な冒険者を心がけていようとも、こういう手合いは一定数いるもんだ。

俺の人生に必要ない、どうでもいい奴が勝手に俺に期待して、勝手に失望する。自分の中の『燈王』と、実際の『燈王』の乖離《かいり》を許せない、迷惑な奴ら。苛立《いらだ》ちを通り越して、吐き気がするくらい不快だ。

「ああ、そうだ、その女もきっと見つかるわけねえ！　欲目で言ったんだろうけど、どうせ筋肉ダルマの二目《ふため》と見れねえ醜女《しこめ》……ッア!?」

顔面を割らないよう掴《つか》むのに、だいぶ苦労した。

ミシミシと音を立てて、俺の指が虫の頬に食い込んでいく。気を抜くと、このまま頭蓋《ずがい》ごと砕《くだ》いてしまいそうだ。

――もう、一言も喋《しゃべ》るな。呼吸すらするな。

「それ以上の侮辱《ぶじょく》は、死と引き換えだと思え」

「あ、ガ……ッッ⁉」

「俺への侮辱《ぶじょく》はまだ許そう。ただ、わが妻になる女への侮辱《ぶじょく》は決して許さない」

俺の唯一を汚《けが》す輩《やから》は、この世界にいらない。一片も残らず消さなければ。

消してしまわないと、俺が安心できないのだ。迦乃栄のしあわせのためにもならん。

「今すぐ地に手をついて撤回と謝罪を。できないのなら……」

この虫は、ここがギルドであったことを、生涯幸運に思うべきだ。ルールのある場所だからこそ、問答無用で殺されずに済むのだから。

理性的に、血の一筋《ひとすじ》さえ流させないよう爪も立てていないのに、虫が口から泡を吹く。

どうした、早く謝罪しろ。ああ、俺が掴《つか》んでいるから地に手をつけないのか。

そう思って手を離すと、虫は床にくずおれ、痙攣《けいれん》したまま動かなくなった。止めようとしていた獣人が泣きながらそいつの傍《そば》にかがみ、呼吸を見る。浅くだが息のあることを確認して、その男はそろそろと俺を見上げた。

……自分でも、よく堪《こら》えたと思う。その決死の配慮のおかげで、虫は死んでいない。

「も、申し訳ございませんっ‼　俺らは、最近ペルシュに来たばっかりで……その、ひどい侮辱《ぶじょく》を、本当に、申し訳……」

深く息を吸って、怒気《どき》を抑える。

「……いい。君の謝罪を、そこの男の代わりとしよう。ただ、今後俺に関わらないでくれ。二度はない。わかるね？」

「はっ、はいッ！　ありがとうございます……！　必ず、必ず、言い聞かせますので！」

虫の仲間だろう男達が、失神した巨体を引きずって出て行く。

先程より更に、フロア全体が痛い程の沈黙に包まれる。ひとまず始末だけはつけておくか。

「すまない、取り乱してしまった。皆にも迷惑をかけたね」

ここではじめて、遠巻きにしていた周囲へ声をかける。気にしていないと首を横に振る奴、今のは当然だという顔をする奴……少数だが、あからさまにびくりと震えた奴もいる。

だから、人に勝手に夢見てんじゃねえって。俺が復帰したことで、また冒険譚《たん》が始まると思ってるなら、大間違いなんだよ。

大体さっきの奴といい、鬼人にとっては伴侶《はんりょ》の侮辱《ぶじょく》が決闘沙汰に繋《つな》がることを知らないのか。街育ちの奴のことまではよくわからんが、鬼人の里ではほとんどの男は、自分のものにした妻を宝のように大切にする。他者に蔑《さげす》まれるのも、謗《そし》られるのも決して許さない。

竜人なんて更にその上をいく。奴らは『定《さだ》めの半身』とかいう生涯ひとりの相手しか愛せないから、伴侶《はんりょ》のことに対しては鬼人より過敏《かびん》だ。

他の種族が伴侶《はんりょ》をないがしろにしているわけはないが、鬼人と竜人は、群を抜いて伴侶《はんりょ》への執着《しゅうちゃく》心が強いのだ。だから二種族の伴侶《はんりょ》に対しては重々気をつけるように、俺も爺《じじい》にしつこく教えられた。

「彼女は俺のとても大切な存在だから、侮辱《ぶじょく》されたり傷つけられたりするのは我慢ならないんだ」

――だから見つけたら、必ず無傷で俺のところに連れてこい。俺を従わせるために利用することは、絶対に許さない。

そう言葉に籠《こ》めた意味をきちんと受け取ったギルド長が、額《ひたい》に流れる汗を拭《ぬぐ》って苦笑する。

「未来の奥方様が早く戻ってこられるよう、急いで伝達しましょう。ええ、ええ。ヒオウ様もさぞ心配でしょう」

「ああ。彼女は本当に美しいから、俺がいない間に変な男に言い寄られていないといいが」

「その美貌で名高いヒオウ様がそこまでおっしゃるとは、きっと大変お美しい方なのでしょうね」

「そうだね。俺がこの顔でなかったら、到底彼女と釣り合いがとれないよ」

目を瞬《しばた》かせて相槌《あいづち》を打つギルド長に職員の女が近づき、何か耳打ちした。

「ヒオウ様、冒険者証の修正が終わりましたので、これに」

「ああ、ありがとう。では、今日はこれで失礼するよ」

受け取ったらもうここに用はない。この後はペルシュ周辺も一通り回って、迦乃栄が迷っていないか一応確認してこよう。

少しずつ戻ってきたざわめきを聞き流しながら、俺はあいつの行《ゆ》く先を思う。

――早く見つかってくれ。いや、できれば俺がお前を見つけてやりたい。

お前に言いたいことが、たくさんあるんだ。

第三章　鬼の乙女、婚活する

『アタシは星雨《シンユィ》。絶賛半身探し中の、年齢非公開な乙女よぉ〜！』

そう言って睫毛《まつげ》から音が鳴りそうな程激しくウィンクをかましたのは、自称乙女な竜人。

性自認は一応男性だが、のっぴきならない事情から女装をしたら、ハマって抜け出せなくなったそうだ。今では言葉も仕草も徹底し、自分の『オネエ道』を探求しているとのこと。

彼……いや、ここは本人の申告通り彼女でいこう。彼女は竜人だけが持つ結婚観というか、習性のために、かれこれ五十年程伴侶《はんりょ》探しをしているらしい。

竜人は皆『定《さだ》めの半身』という、生まれる前から運命づけられた伴侶《はんりょ》がいるそうだ。それは竜人独特の感覚なので鬼人の私にはわからないが、自我が芽生《めば》えた瞬間に、半身が世界のどこかにいると感じ取れるのだという。大抵の半身は互いに惹《ひ》かれ合うようにして近くに生まれるらしいが、例外もあるようで、シンユィは成人を迎えても半身が見つからなかった。だからこうして生まれた里の外に出て、いつか出会える定《さだ》めの半身を探している。

それを婚活と括《くく》っていいのかは謎だが……何にせよ、私より難易度の高い婚活をしている先達《せんだつ》だ。

唐突な婚活参加の申し入れに笑い崩れたブランは、シンユィを旅の仲間として歓迎した。そして私も、彼女を好ましいと思ったのでそれに頷《うなず》いた。

きっとこの旅は更に楽しく、意義のある婚活になるだろうと想像しながら――

「カノエ～、そっちはどうかしらァ～？」

少し離れた場所から、間延びしたシンユィの声が聞こえた。

言葉を返す前に、私は対峙《たいじ》する魔物の懐《ふところ》へ潜《もぐ》り込み、貫手《ぬきて》を喉元《のどもと》へ突き出した。人型に近い魔物だから、その急所も似たようなものだ。

「ギュッ!?」

妙な声を漏《も》らした魔物の脇腹へ、追撃の蹴りを放つ。

土煙を上げ、吹き飛んでいく魔物。仕留めようと走り出す直前の私に、気だるげな声がかかった。

「カノエ、あっちはでかい崖だから追わなくていい」

言われて目を凝《こ》らすと、土煙の向こうにはもう魔物の姿はなかった。

ここからだと小高い丘に見えていたが、丘の向こうはブランの言う通り崖になっていたようだ。

「そうか……仕留め損なったな」

「別にいいじゃない、自分で始末つけてくれるんなら。ていうか、カノエが思ったより強くてびっくりしたわぁ～」

「父から一通りの体術を教えられているんだ」

「じゃあ旅の間も安全ね～！　まぁ、この辺は、出てもさっきみたいに弱めな中級魔物しかいないけどぉ」

長い下衣の裾《すそ》を優雅に捌《さば》きながら、衣服に乱れひとつないシンユィが戻ってきた。あまり激しい動きをするのには向かない格好だろうに、魔物を片付けるのは私よりずっと速い。

私達は今、とある街へ向かっている途中である。

シレーヴァを出てどこへ行こうかとなった時、なんとシンユィが『紹介できる独身の鬼人がいる』と言ってくれたのだ。何でも、昔なじみで今でも交流があり、この近くを拠点にしていると以前連絡をもらったことがあるとか。四つ程離れた街は、歩いて充分行ける距離らしい。

と、どこからか白い塊《かたまり》が足下に転がってきた。何だろう、この毛玉は。

「ブランも、休憩は終わりよォ？」

「わかったよ。あー……足がおかしくなりそうだ、ったく」

毛玉を拾い上げてついていると、座り込んでいたブランが髪を掻《か》き上げながら立ち上がった。

「大体、歩いて充分行ける距離ってのがおかしい。四つ先の街だよ？　村じゃなくて街！　あんたらが普通に『行ける』って言うから、ついのせられちまったけど……どう考えてもあり得ない距離だろ！　脳筋《のうきん》なのかいあんたらは！」

「ちょっとしたおちゃめじゃなぁ～い！　怒っちゃやあよ」

そうだったのか。誰でも歩ける距離だと思っていたのに。

余程笑えないのか、いつも不敵な笑みを浮かべている、もしくは爆笑をしているブランの顔には、疲れの色が見てとれた。ここはまだ一つ目の街と二つ目の街の間くらいらしいが、彼女はもう限界のようだ。

身体能力の高い竜人と鬼人の移動速度に、どちらかと言うと頭脳系の魔人がついていけるわけがない、というのが彼女の言《げん》だ。冒険者としてそれなりに鍛《きた》えているといっても、さすがにずっと走り続けるのはつらいらしい。

休憩を挟んだ後は、ブランははじめて会った時のように杖で飛んでいくことになっていた。体力が削《けず》られた今、翼で飛ぶより魔力を使った方がずっと楽とのことである。

「『光芒の魔女』は、いかにも頭脳派って感じだものねぇ～」

「その呼び名はやめとくれよ。こっちも『戦羽扇《いくさうせん》』って呼んでやろうか？」

「やァだ～！　その名前、かわいくないから駄目よぅ！」

先程教えてもらったのだが、ふたりが呼び合っている別称は、名のある冒険者につけられる二つ名だという。

定めの半身を探しがてら、片手間に冒険者の依頼をこなしていたシンユィは、晶級のひとつ下の位である金級冒険者なのだと言っていた。

その話を聞いて、私も冒険者登録をした方がいいのかもしれないと思ったが……見習い冒険者には講習などの義務があるため、登録した街でしばし拘束《こうそく》されてしまうらしい。ブラン達との話し合いの結果、それより婚活を優先させようということになったので、冒険者になるのは一日保留だ。

母が印籠《いんろう》の中に路銀《ろぎん》と、私が幼い頃から趣味で集めていた鉱石《こうせき》などを入れておいてくれたおかげで、しばらくは無理に金策を練らなくても大丈夫なのだ。身分証もあるし、旅をするのに何の支障もない。

「今までついてこれたのが奇跡だよ、ったく……。あんたらの中じゃあ、歩くこと＝《イコール》走ることなのかい？」

「すまないブラン。早歩きを続けていたら、いつの間にか走っていた」

「カノエったら超マイペースなんだものぉ。アタシもつい、遅れないように熱くなっちゃったわ～」

「これだから体力無尽蔵《むじんぞう》種族は……」

話しながらついた毛玉が、なぜか胸の高さまで浮き上がる。

風は吹いていないのに、ずいぶんと軽いのだな……

「あら？　カノエ、それはなぁに？」

「毛玉だ」

「プッ……ちょ、やめとくれよ。疲れてんのに笑わせてくるのは」

いや、本当に毛玉なんだが。

他にどう形容していいかわからない、真っ白でふわふわの毛玉。大きさは両手ですっぽり包めるくらいだろうか。試しに包んでみると、まるで嫌がるようにふわふわの毛を揺らしてくる。

「キュウウゥ～」

手の中から鳴き声がして、思わず手に力が入った。

「……何と。生きているぞ、この毛玉」

「ブハッ」

「ちょっとブラン、大丈夫ゥ？　カノエはとりあえず、その不思議生物を解放してあげなさいな～」

両手を開いてやれば、毛玉はふよふよと浮き上がって私の周りを回る。先程は風のせいかと思ったが、どうやら自力で動いていたようだ。

動物か？　魔物か？　目も口もないただの毛玉なのに、どこから声を出しているんだ？

常磐では見たことがないし、五十年も旅をしているシンユィが知らないのだ。やはりよくわからない生き物なのだろう。

「よく似た愛玩《あいがん》用の魔物は知ってるけど、あれは白くもなけりゃ鳴くこともないし……何つうか、精霊に近い気配がするよ、こいつ」

「うっそォ～この毛玉が？　妖人以外に見える精霊なんて、あり得ないわよぉ」

「近いだけで別の生き物なんだろ、多分。それか精霊の気まぐれで力を得た動物とか」

精霊は、世界の元素と魔力を司《つかさど》る妖神《ようしん》が生み出した『命なき命』とされている。元素の調整役だとか、元素自体が意思を持ったものだとか色々言われているが、未《いま》だに結論は出ていない。

本で読んだ限り、精霊はひどく気まぐれで、気に入ればどんな生き物にでも自《みずか》らの力を分け与える習性があるらしい。だからこの毛玉生物が精霊の気配を纏《まと》っているのも、あり得ないことではないのだ。

「ではひとまず、この毛玉は動物ということでいいか」

「どうでもいいだろ。カノエ、まさかそいつを連れて行くわけじゃあないだろうね？」

「連れてはいかない。世話をできる環境ではないし、私は生き物の飼育があまり得意ではないんだ」

昔、飼っていた犬やら鼠《ねずみ》やらに逃げられたことがあるのだ。きちんと育てようと散歩に連れて行き過ぎたり、餌《えさ》をやり過ぎたり、風呂に入れ過ぎたり、構い過ぎたりで。

それから両親に動物の飼育を禁止されたのだが、生き物は好きなので、本音を言えばこの毛玉も連れていきたいところだ。浮いているからいくら散歩しても平気そうだし、もし疲れるようなら私が掴《つか》んでいけばいいし。

「……ずっと思ってたけど、あんた意地でも下手とか苦手とかって直接的な言葉を自分に使わないね」

「言うと今以上に得意でなくなる気がするので、使わないようにしている」

「そういうの好きよぉ！　ポジティブでいいじゃな〜い。それにぃ〜この毛玉チャン、何だかカノエに懐《なつ》いてるみたいよぉ」

「懐《なつ》いてても駄目だ。わけわかんない生き物だし、エサも不明だし。その辺に投げときな、カノエ」

「キュッ!?」

さらりと捨てろ宣言をしたブランに反応したのか、毛玉がまるで非難するかのような声を上げる。

続いて私の頭上をくるくる回り、捨てられてたまるかとばかりに頭に張り付いた。

「……ブラン、これはどうすべきだ？」

「『捨てないでェ〜！』って体全体で訴えてるわよ、このコ」

「………………これ以上意味不明な一行になるのかい、あたしらは」

鬼人の小娘に魔人の美女、そして竜人のオネエとよくわからない毛玉。

またしても、旅の仲間が増えることになるらしい。

×　×　×

そしてようやくやってきた、水滴《すいてき》の街ネブラ。頻繁《ひんぱん》に夕立《ゆうだち》が起こることから付けられた名称で、雨上がりの夕暮れがひどく美しいと有名らしい。

ここに、シンユィの紹介する独り身の鬼人がいるのだという。街に入り、さっそくシンユィの先導で大通りを歩く。

「ここはシレーヴァより栄《さか》えている雰囲気だな」

「シレーヴァは産業の街だけど、ネブラは観光の街なのよぉ～。だから賑《にぎ》わい方が違うのかしらァ？」

「ああ。ネブラは七色の街アリュイースと並んで、エスタフィの観光名所だからね。祈りの祠《ほこら》があるヒイロも結構な人出があるが、観光目的での逗留《とうりゅう》ならこのふたつの街がおすすめだよ」

「アリュイースには、魔石と宝石でできた塔があるのよぉ。きらきらですっごく綺麗なの～」

魔石とは、魔力が豊富な土地で採れる鉱石《こうせき》のことだ。見た目は宝石に似ているが、魔石はそれに加えて魔力を含んでおり、実用性があるのが特徴だ。どちらも光にかざすだけで色んな顔を見せてくれるし、個々《ここ》の色合いや輝きの違いも目に楽しい。

常磐も魔力が多い土地なので、森や山には魔石や魔力と相性がいいと言われている水晶などがたくさん落ちていたのだ。私はよくそれを拾い集めていた。それを知った燈王がくれた、小指の爪くらいの大きさのさざれ魔石を詰めた瓶は、きらきらとしていて、とても綺麗で……急いでいたとはいえ、あれは持ってくれればよかったと後悔している。

「それは気になるな……」

そんな夢のような建物があるなんて……婚活しがてら見物に行ってもいいだろうか。

ちらりとブランを見ると、私の考えがわかったのか、仕方がないという風に頷《うなず》かれた。

よかった。私だけではきっと辿《たど》り着けないからな。

「ブランもシンユィも詳しいな。ふたりともエスタフィ出身ではないと言っていたのに」

色んな場所を旅して、色んなものをたくさん見てきたのだろう。彼女達の何気ない説明全てが、私にとっては新鮮だ。

肩あたりをふよふよ漂《ただよ》う毛玉を撫《な》でながら、遠くまで続く大通りを見やる。彼女達なら国や街の特色だけでなく、私が通りを歩いていて思いついた程度の質問全てに答えられてしまうのではないか？

「アタシはとにかく色んな土地に行くのが目的だものぉ。自然と、ね。ブランは気ままな旅って感じ？」

「そうだねぇ……あたしはあてのない旅さ。夫を看取《みと》ってから国を出て、色んな所をふらついて……あげく、大陸まで渡ってきちまったからね」

「え」

別大陸出身とか、夫と死別したとか、初耳な話だらけだが。

詳しく聞いていいのか迷いながら口を開きかけたところで、唇に水滴《すいてき》が当たった。次いで鼻の頭、頬へと降ってくる、大粒の水滴《すいてき》……いや、これは雨か。

「降ってきちまったねぇ……」

「いや〜んッ！　宿《やど》探ししたかったのにぃ」

「数分もすりゃあ、すっかり上がるだろうけど……しょうがないね、ひとまずどっかの店に入って茶でも飲むかい」

「あ、ああ……そうしよう」

会話を再開するどころではなくなってしまった。

通りを歩いていた人々も、突然の夕立《ゆうだち》に様々な反応をしている。私達のように慌てて足を速めたり、これが有名な光景の前兆かと空を見上げたり、用意していた傘《かさ》をさっと差したり、はたまた雨除《よ》けのための魔法を展開したり。

私はふわふわの毛玉が濡《ぬ》れないよう、片手でかばう。そうしながら近くの飲食店を探そうと体を反転させたところで、誰かと肩がぶつかってしまった。

「っと、すまない」

「いいえ、こちらも失礼……」

その人も急いでいたのだろう、お互いとっさに謝罪の言葉を呟き、頭を下げる。

相手はそのまま立ち去るかと思いきや、視線の先にある靴は留《とど》まったまま動かない。

首を傾《かし》げながら顔を上げると、そこには二角を持つ鬼人の男性がいた。胡桃色《くるみいろ》の髪を顎《あご》のあたりで切り揃《そろ》え、眼鏡をかけたその姿は、街で見かけた鬼人より細身である。

……見覚えのない人だが、私に何か用だろうか。

「もしや、肩でも痛めたのか？」

「い、いえ」

違うのだったら、どうして私をじいっと見つめているのか。

顔より上に目線を感じるので、おそらく四角に偽装した角を見られているのだとは思うのだが……なぜか背筋がざわざわする。眼鏡の奥、細く眇《すが》めた灰色の目がやけに鋭《するど》いせいか落ち着かない。

だが、元からそういう目つきの人もいる。失礼なことを考えてしまったのを悟《さと》られまいと、私はひとまず口を開いた。

「すまない、どうやら私の体は硬いらしい」

「ブッ！　カノエ、初対面の奴に変なこと言うのはやめなって」

「だが事実だ」

ブランにたしなめられたが、実際私は幼い頃から父にそう言われていたのだ。『母に甘えるのはいい。だが、触れる時は優しく。六角と二角では体の硬さも力の強さも違うから』と。

どうやら父は結婚前、母を抱きしめた時に怪我をさせそうになったことがあるらしい。だからこそ、同じ六角である私にはきちんと力加減を覚えさせようと、幼い頃から指導をしてくれていた。

おかげで今の私は母や弱い動物に触れる時も、意識せず力加減ができるようになっている。

だが今は全く気にしていなかった。そこまで強い接触ではなかったが、あれから成長し、加減をしていない私の体はさぞ硬かっただろう――そう思って謝ったのだが。

「大丈夫ですよ。鬼人の体は、緊張状態でないとそこまで硬化《こうか》しないので」

なんだ、そうなのか。では父はそんなに緊張しながら母に抱きついたということか。

他人との接触はほとんどなかったから、知らなかった。ブランの言う通り、変なことを言ってしまったかもしれないが……もう後の祭りだ。

「そ、そうか。ならいいんだ」

「ええ。それに僕はともかく、上位鬼人の姫にお怪我がなくて何よりです」

糸目を更に線のように細めて、眼鏡の鬼人が微笑む。そこには先程の鋭《するど》い雰囲気など微塵《みじん》もない。

それにしても、姫とはずいぶん大仰《おおぎょう》な呼び方だ。里によっては未婚の上位鬼人を『姫』や『若』と呼ぶと父から聞いたことがあるが、常磐にはない慣習なので耳慣れない。もしやこの男性も、シレーヴァのナンパ男と同様に即興詩《そっきょうし》をたしなんでいるのだろうか……

「カノエ～、ブラン～！　そこのお店、空いてるらしいわよぉ。『雨宿《あまやど》りにどうぞ』って張り紙があったわ～」

考えている間に、シンユィが店を見つけてくれたらしい。返答しようと口を開いた私より早く、男性が声をかけてきた。

「お引き留《と》めしてしまい、申し訳ありませんでした。僕はこれで」

「ああ」

「連れがすまなかったねぇ」

「いいえ、眼福《がんぷく》でした――よき旅を」

雨で濡《ぬ》れた上にぶつかられたのにもかかわらず、男性は微笑むばかり。おそらく彼は笑顔が標準装備なのだろう。無表情だと言われる私とは正反対だ。

そのまま去って行く男性をちらりと見てから、シンユィのもとへ向かう。

「よき旅を、なんて最近の奴はとんと言わなくなったねぇ」

「古きよき習慣よねぇ～……って、それはそうと、カノエ、今の彼はどうなのよぉ～？『眼福《がんぷく》』なんて言うくらいカノエに見惚《みと》れてたっぽいし、二角だけど本人の顔もそう悪くはないし……それに、いかにも文学たしなんでますって感じじゃな～い？」

にんまりと笑ったシンユィがそう聞いてくるが……何がどうなのだろうか。

「どう、とは……まさか婚活相手としてか？」

「そうに決まってるじゃないッ！」

「……考えていなかった」

「ンもぉ～！」

婚活相手に求める条件としては、確かにそれなりに当てはまっている。そして性格にも特に問題がありそうには見えなかったが……なぜだか彼を夫にする想像がつかない。いきなり過ぎたからだろうか。

首を傾《かし》げながら店の軒先《のきさき》まで来ると、ブランが指を振って魔法を使い、私の体を乾かしてくれた——ついでに毛玉も。

「ありがとう。ブランは本当に魔法が上手だな」

「どういたしまして。あんたに比べりゃほとんどの奴がそうだろうさ」

「なァに？　カノエって魔法下手なの～？」

「へ、下手ではない。あまり上手《うま》くないだけだ」

「うふふっ、かわいい～ッ！　大丈夫よぉ～アタシも昔は……」

「あ？　オイ、そこのオカマ‼」

話しながら店に入った途端、なんとも失礼な声が投げかけられた。

申し訳ないことに私自身はよく理解できていないのだが、シンユィの中ではオカマとオネエは別物らしい。だからシレーヴァでは侮辱《ぶじょく》されたとあんなに怒っていたのだ。

とっさに抗議しようとした私の前で、シンユィが大きく両手を上げ……

「やっだァ～！　エンジじゃなぁいッ！　あんた元気ぃ？　ちょっと老けたんじゃな～い？」

と叫びながら、ものすごく溌剌《はつらつ》と、声の発生源へ突撃した。

「ちょ、ヤメロ筋肉オカマ！　べたべたくっついてくんじゃねえ！　つうか五十年近く経《た》ってんだから、顔くれえ変わるに決まってんじゃねえか！」

「あら～？　昔底なし沼にハマってギャン泣きしてた鬼人チャンが強気なこと言ってるわァ～？　アタシの聞き間違いかしらァ～？」

入った店はだいぶ狭かったが、これも喫茶店なのだろうか。客は私達の他には、ひとりしかいなかった。そのカウンターに座っていた唯一の客が、どうやらシンユィの知己《ちき》らしい。

シンユィに叫び返している四角の鬼人は、外見年齢は彼女より少しばかり上に見える。屈強《くっきょう》なシンユィにもみくちゃにされているためよくわからないが、街の鬼人より細身のようだ。

「もしや、シンユィが紹介してくれると言っていたのはあの男性か？」

「だろうねぇ。ただ……」

何かを言いかけたブランが、思い直したように首を横に振る。

「まぁ、話を聞いてからだね――シンユィ！　じゃれるのは後にしとくれよ、あたしらが置いてけぼりじゃあないか」

「あっ、ごめんねェ～？　ちょっとお兄さぁん、紅茶とコーヒーと、あと緑茶があったら、ひとつずつちょうだいな」

「か、かしこまりました……」

勢いに押されたらしい店員の男性が、何とか声を絞《しぼ》り出す。彼がかわいそうなので静かに四人掛けの席へ座り、シンユィが引きずるように連れてくる鬼人の男性を観察する。

シレーヴァのナンパ男を『かなり顔がいい』というのなら、彼も整っている方なのだと思う。きつい顔立ちで、やや人相が悪く見えるがこれは元からなのかもしれない。背はシンユィより低く、燈王と同じくらいか。街でよく見かける簡素な服を着て、灰色の髪を短く刈《か》り込んでいる。

「で、何なんだ？　どうして俺はひっさびさの再会で襲われてんだ？　つうかシンユィ、こんな綺麗どころばっか集めて何してやがんだ。完全にオカマが浮き立って道化《どうけ》じゃねえか」

私が見ていたのと同じように、彼もこちらを観察していたらしい。

道化《どうけ》とは失礼な言い草だが、きっとそんな悪態をつけるくらいの仲なのだろう。その証拠に、彼女は不快そうにしておらず、むしろ笑っている。

……いや、首根っこを掴《つか》む手つきがかなり乱暴になってはいるが。色々な友情の形があるのだな。

ぽいっと椅子に彼を放り、その隣にシンユィが座る。私とブランとは、対面の席だ。

「はじめまして、の前にひとつ確認させとくれ。シンユィ、件《くだん》の鬼人はこの人で合ってるかい？」

「は？」

「そうなんだけどぉ～……」

やはり、紹介できる鬼人の独身者とは彼のことらしい。

ひとまず自己紹介でも、ということでお互いに名前を告げ、ついでに旅の目的も伝えておく。彼、エンジ殿は私達三人が旅をするに至った――といっても今日の話だが、それを聞いて目を剥《む》いた。

「はぁ？　婚活？　この嬢ちゃんはともかく、お前は絶対違うだろ」

「うるさいわよ～？　そんなにアタシに抱きしめられたいのォ？」

「うげぇ勘弁しろ！　胸板《むないた》に埋もれる趣味はねえ！」

本当に仲がいいな。息がぴったりだ。

感心してしまう私とは裏腹に、隣にいるブランの視線は険《けわ》しい。

「シンユィ。いくら独身者っつっても、条件に全く合ってないじゃないか。これじゃあ話も切り出せないよ」

彼女の知己《ちき》という目線でしか見ていなかったが……確かに。私の挙《あ》げた条件と合致するところが少ない。それはあくまでも指針《ししん》のようなものだし、内面が重要なのもわかっているが、それでも結婚相手としてエンジ殿を思い浮かべることができなかった。おそらく私の経験値が足りないため、うまく想像ができないのだろう。まだ正式に紹介されていないわけだし、仕方ないことだ。

「それに年もずいぶん離れてそうだねぇ。家同士の見合いでもあるまいし」

「仲人《なこうど》オバサンみたくなってるわよ、ブラン。でも……そうねぇ。髪もこんなに短くなってるし、着物じゃないし……エンジ、アンタ今いくつになるの～？　七十歳手前くらいだったかしらァ？」

「違《ちげ》えよ。とっくに八十は超えてる。つうか、話が見えねえ。魔人の姉さんよ、一体俺はこいつにどうやって紹介される予定なんだ？」

「この、カノエの婚活の相手としてシンユィに紹介されたんだよ」

そう言った瞬間、エンジ殿の顔がなんとも珍妙な表情に変わった。

「は、はぁ……？　この、どう見ても俺より数十歳若い、美形度宝級って感じの嬢ちゃんを？　俺に紹介？　は？」

「独身男に超良縁をって思ったんだけど、駄目ね。記憶の中でエンジが美化されてたのかしらァ？こんな人相も口も悪い男に美少女を紹介しようって方が間違ってたわぁ……」

額《ひたい》を押さえるようにして、シンユィがうなだれる。

「カノエ、ごめんなさいね。五十歳違いくらいだったら、アタシ的に余裕でイケると思ってたけど、一般的な感覚としておかしかったわねぇ」

シンユィは五十年、伴侶《はんりょ》を探している。おそらく相手が生まれたばかりの子どもでも、もしくは動けない程の老人になっていても、彼女は伴侶《はんりょ》を愛するのだろう。

その感覚は鬼人の私にはわからないが……年の差を気にしない彼女が、悪気があって私にエンジ殿を勧めたわけではないことは明らかだ。

寿命が四百年と言われる鬼人の中にも、年がかなり離れた夫婦はいるだろう。ただ、私はできるだけ同じ年のとり方をしたい。そういう相手を探したいのだ。

「いや、シンユィは悪くない。道中に詳しい話を聞くことも可能だったのに、それを怠《おこた》った私がいけないんだ」

「あたしもどんな男が出てくるのか、知らない方が楽しいかと思ってたしねぇ」

「ありがとう、ふたりとも……アタシ、今度は間違えないわぁ！」

「…………何で俺、こんなに駄目出しされたあげく、告白してもねえのに振られる気持ちにならなきゃなんねえんだ？」

そうだった。エンジ殿にも大変失礼なことをしてしまった。

いきなりオネエに襲われた上に初対面の女ふたりにじろじろ見られ、色々文句を言われたのだ……とばっちりとはまさにこのことだろう。

「エンジ殿。男の矜持《きょうじ》を踏みにじるような言動をとってしまい、大変失礼をした。ブランとシンユィは私のためにここまで付き合ってくれただけだから、責《せき》は私に……」

「あーあー！　やめてくれよ！　別に言う程気にしちゃねえし、嬢ちゃんを責めるつもりもねえ。それに、こんな若い娘に頭下げさせたのがかみさんに知られたら、メッタメタに怒られちまう」

「……ん？」

カミサン。かみさん？

それは、もしや。

ブランの顔が、ここに来てはじめて笑いを堪《こら》えた表情になり、逆にシンユィは顔を引きつらせ――

「エ、エンジぃ……アンタ今なんて言った？」

「あ？　そっか、これ先に言えばよかったな。俺、だいぶ前に結婚してっから」

その瞬間、ブランの爆笑にシンユィの拳《こぶし》が唸《うな》る音が重なり、次いでエンジ殿の野太い悲鳴が店内に響き渡った。

×　×　×

聞くところによると。エンジ殿――鬼人の古代文字表記だと燕慈《エンジ》殿になるか。彼はシンユィが竜人の里から出て間もない頃に、一緒にパーティを組んでいたらしい。主に二ヶ国で活動していたが、シンユィが一時里帰りすることになった時に解散したという。

それからは数年に一度、手紙のやりとりをしていたそうだ。

「シンユィがパーティから抜けた後、しばらくは他のメンバーと冒険者やってたんだけどな」

ある時、盗賊に攫《さら》われた娘達の救出という依頼を受けた。彼はそこで助け出した娘のひとりと恋に落ち、そのまま駆《か》け落ち同然の結婚をする。

それが四十年以上前、燕慈殿が三十代半ばくらいの歳の話だそうな。

ちなみに、燕慈殿はネブラを拠点として登録しているが、奥方は普段王都にいるらしい。故《ゆえ》あって最近王都へ居《きょ》を移し、今現在はネブラで身辺整理をしつつ、月の半分は奥方と共に王都で暮らしているという。今日ここで出会えたのは、非常に幸運なことだったようだ。

「何で結婚したこと教えてくれなかったのよぅ！　ギルド経由で手紙やりとりしてるのに！」

「未《いま》だにあんなまめまめしいことすんの、お前だけだっつうの……じゃなくて、俺の結婚はちぃとばかし周りによく思われてなくてな。あんま大っぴらにはしてねえんだ」

一言断って、燕慈殿が煙管《きせる》に煙草《たばこ》を入れ、火をつける。何やら深くは聞かないでほしいという雰囲気だ。私にもわかるその空気に、シンユィが大きなため息をついて手を横に振る。

「もういいわァ。聞かないでおいてあげる。ここですれ違いにならないだけよかったわ。こんな美女三人でアンタの行方《ゆくえ》聞き回ってたら、奥さんが嫉妬《しっと》しちゃうでしょうしぃ～」

「助かるが、美女三人ってのはどこにいるんだ？　俺の目には美女二人とでけえオカマが一人しか……」

「エンジ。煙管《きせる》ごと顔面潰《つぶ》されたい？　魔力使えばアタシでも、きっと鬼人の硬さに勝てるはずよねェ？」

竜人の攻撃力と鬼人の防御力、どちらの方が上なのか。それは私も少し気になったが、ここで喧《けん》嘩《か》をしたら駄目だろう。ただでさえ先程から店に入ろうとした人達が、私達を見て開けた扉をそっと閉じていくのだ。これでは営業の妨《さまた》げになってしまう。

一声も鳴かずに膝《ひざ》の上でじっとしている毛玉を撫《な》でながら、ちらりと隣を見てみる。するとブランは難しい顔をして考えごとをしているようだった。

「ブラン、どうかしたのか？」

「いや……婚活ってのは行き当たりばったりでうまく行くモンじゃないと思っただけさ。こりゃあ結婚相談組合にでも登録した方がいいかねぇ」

結婚相談組合。それは前にブランが言っていた、登録した男女の希望や相性を見極《みきわ》め、よりよい相手を見繕《みつくろ》ってくれるという組織だ。成人を迎えたらすぐ登録するというより、縁がなくてなかなか相手が見つからないという年頃の男女の登録が多いらしいが……登録すること自体に問題はないはずだ。

「そ、そうか、私も組合へ……！」

「ああ、あたしも考えが甘かった。やるならとことんやらなきゃね！」

力強く頷《うなず》いたブランが、口喧嘩を続ける燕慈殿に声をかける。

「エンジ。ちょいと聞きたいんだが、ネブラに結婚相談組合の支部はあるかい？」

「はっ？　そんなのあんのか。俺は知らねえぞ」

「婚活経験皆無《かいむ》の奴に聞いても無駄よぉ。それに登録するにしても、日を改めてにしましょうよ〜」

「そうだねぇ。もう夜になっちまうし、今日はとんでもない強行軍だったし……」

自分で言って疲れを自覚したのか、ブランが首をこきりと鳴らしてため息をつく。

「さすがに俺の家に泊めるのは無理だが、宿《やど》くらいなら紹介するぜ」

「ほんとォ～？　たっぷり割り引いてくれんでしょうねぇ」

「馬鹿言ってんじゃねえ。飯を豪勢《ごうせい》にするくれえだったら頼んどいてやるよ」

「そりゃあ助かる。カノエは相当食うからね」

「嬢ちゃんみてえな若い四角なら、そうもなるわな」

シレーヴァでかけてもらった幻術《げんじゅつ》はずっと効いているらしく、燕慈殿にも私の角は四角に見えるようだ。この幻術《げんじゅつ》はブランが解かない限り、永続するものなのだろうか……

それはともかく、宿《やど》は重要だ。実は私も、夜通し泳いできたせいで少々眠い。常磐を出てから、何だかとてつもなく長い旅をしていたような気がするが……まだ一日目なのだ。

「燕慈殿。宿《やど》は是非、米が食べられるところを頼む」

「あ、ああ……任せろ。シンユィのせいで無駄足踏ませたことだし、嬢ちゃんも姉さんも満足するような飯付きの宿《やど》を紹介してやる。ついでに鬼人の独身も何人か見繕《みつくろ》ってやろうか？」

さらりと提案された婚活支援に、シンユィと私が身を乗り出す。

なんと親切な。前触《まえぶ》れなしに襲撃されて勝手にがっかりされたのに、手助けをしてくれるなんて。

「何だい、独り身の知り合いがいるなら先に言っとくれよ」

「タイミング逃《のが》したんだよ。ギルドで手紙でも伝言でもくれりゃ、何人か揃《そろ》えておいたのに」

「だってぇ～アタシがふたりと出会ったの、今日がはじめてだものぉ」

「……一日でこの状況かよ。相変わらずぶっ飛んだオカマだな、お前」

がしっと肩を掴《つか》まれる燕慈殿。掴《つか》んでいるシンユィはいい笑顔だが、やけに迫力がある。これは余談だが、あのどれだけ走っても崩れない化粧は一体どう施《ほどこ》しているのだろう……

うめき声を上げる燕慈殿を見て満足したのか、シンユィが笑顔から迫力を消して小首を傾《かし》げた。

「さっそく明日から会えるようにセッティングしなさいよぉ」

「待ちな、シンユィ。相手の都合もあるだろ。それに……やっぱ婚活のための服とかも必要じゃあないかい？」

「それもそうねぇ！　明日はカノエのお洋服を探しましょ～！　着物もいいけど、きっとワンピースとかも似合うはずよぉ」

なぜか私の服装で盛り上がり出したふたりを見ながら、燕慈殿がこっそり私に聞いてくる。

「嬢ちゃん、こんな自由過ぎるふたりと一緒で大丈夫なのか？」

「ふたりとも私のことを案じて、私を導《みちび》いてくれる人達だ」

「そ、そうか……」

「時に燕慈殿。この喫茶店には『チャンレンジメニュー』などはないのだろうか。夕食前に小腹が空いたので、皿に一盛り程麺《めん》か米がほしいのだが」

「………嬢ちゃんもお仲間じゃねえか！」

何だかよくわからないことを叫び、燕慈殿が頭を掻《か》き毟《むし》る。もう奥方がいるとのことだし、彼は穏やかではないにしろ度量の大きい人なのだろう。色々と印象深いシンユィとこうして交流を持ち続けていることからして、きっとそうだ。

私にもそういった相手が見つかるといいのだが……

これから燕慈殿の紹介で何人かと対面し、更に結婚相談組合へ登録する。

本格的に始まるのだ。私の婚活が――

×××

結論から言おう。

――惨敗《ざんぱい》、だった。


『婚活一』――燕慈殿に紹介されたのは、街の役所に勤めているという、私と同年代で誠実そうな男性。

緊張しながら指定された店へ向かった私を待ち受けていたのは……相手である二角の鬼人と、中年手前の鬼人の女性だった。

「息子は堅い職についておりますので、結婚するなら家に入っていただきたいの。ねぇ？」

「うん、そうだね母さん」

「あら、この姿焼きはおいしいわね。迦乃栄さん、あなたお料理はなさるの？　私が料理を趣味にしているので、息子も舌が肥《こ》えてしまっているの。うふふ」

「え、ええ。家事全般は、少々」

「そうなんだ。母さんの料理は本当においしいから、迦乃栄さんも習うといいよ」

ただただ母と息子の濃密な愛情を見せつけられているだけだった気がする。

当然次に会う約束はせず、向こうからの打診《だしん》は燕慈殿に断ってもらった。


『婚活二』――これまた燕慈殿からの紹介で、彼の友人の知人だという自信に溢《あふ》れた笑顔の男性。

ほんの少しだけ燈王に似た雰囲気を持つ華やかな男性はしかし、私自身に何も求めていなかった。

「僕は四角だからねぇ。君は釣り合いがとれていて、しかも見目麗《みめうるわ》しい。ちょうどいい相手がいてよかった」

「は、はぁ……」

「そう思わないか？　お互い選ばれし上位鬼人だ。僕達は僕達の目線でしか物を語れない」

「い、意識が高くていらっしゃる……」

「はっはっはっ！　よく言われるよ！　僕に言い寄る女性達は身の程を知らない子が多くてね……いや、失敬《しっけい》」

自分以外の存在を見下している態度は、いくら鈍《にぶ》いと言われる私でもよくわかった。

紹介してもらって申し訳ないが、女のことを装飾品とでも思っていそうな男には二度と会わない。

そう燕慈殿に告げた時、彼はだいぶ顔をひきつらせていた。

『婚活三』――結婚相談組合から紹介された、古語の研究や翻訳《ほんやく》の仕事に就《つ》いている男性。

待ち合わせ場所に訪れたのはその通り、穏やかそうな笑みを浮かべた男性だった……の、だが。

「すみません、実のところ……あなたには私ではなく、兄とお付き合いしていただきたくて」

「はい？」

その人が『兄』と言って私の前へ押し出したのは、べっとりと脂《あぶら》で汚れた髪を顔に張りつけ、表情すら見えない年上の男性だった。

「ア、ハハ……ぼ、ぼくも登録はしたんだけど……成人迎えて三年以内で、は、肌が綺麗な美人、っていう条件だと、ど、どうしても紹介できないみたいで。で、でもぼくは、き、君みたいに綺麗な子が、こ、好みなんだぁ……」

「兄さんはもう九十歳にもなるのに、条件に少し無理があるんだよ……私を隠れ蓑《みの》にするのもそろそろやめないと。迦乃栄さん、すみませんがこの件はご内密に」

「ご内密に、と言われましても……私は紹介された男性以外とお話しするつもりは」

「兄はこう見えて、私より優《すぐ》れた翻訳《ほんやく》家です。性へ……いや嗜好《しこう》はやや特殊かもしれませんが、付き合ってみればとんでもなく一途《いちず》でいい人です！　では、後はご両人でごゆっくり！」

口止め料なのか、金が入った封筒を押しつけ、爽《さわ》やかな笑顔で去って行く弟。残されたのは私と、髪の隙間から赤らめた頬が見える兄だけ。

もちろん、なり振り構わず引き留《と》めてくる兄を振り切って宿《やど》へ帰った。後日封筒を持って組合へ報告に行ったのは当然だろう。

『婚活四』――今度は結婚相談組合で得た情報から私が選んだ、やや歳《とし》は離れているものの、相応の余裕と落ち着きがある男性。

失敗続きで疲れていた私は、恥ずかしながらブランとシンユィに同席してもらいつつ、組合の職員が出してくれた情報から彼を選んだのだ。そうして、ひとりで会ってみた。しかし。

「迦乃栄さん、君は実に愛らしいね。ベッドの上ではどんな顔を見せてくれるのかな……？」

「……ええと」

「何度食事をして話を重ねても、一夜を共にすることに勝《まさ》るものはない。それが俺の持論《じろん》なんだ」

「…………」

「そういう大人の付き合いも必要だよ――さて、部屋は取ってあるんだが」

いや、違う。『さて』じゃない。そうでは、ない。

思考停止状態になったところを、店の上にある部屋に連れ込まれたので、股間《こかん》を蹴り上げて昏倒《こんとう》させておいた。

その男の名が結婚相談組合から削除されたのは、言うまでもない。

他にも、ただ無言でこちらを凝視《ぎょうし》し続ける男性がいたり、会食中に押しかけてきた借金取りに追い回される男性がいたり、初婚と言いながら実は妻子《さいし》持ちの男性だったり。

私なりに、頑張ったつもりだった。婚活のための衣服や化粧品を買い、丁寧な口調を練習し、ブランとシンユィを相手に会話術を磨《みが》くべく特訓も重ねたのだ。

だが結果は……実に、実に見事な惨敗《ざんぱい》だった。

「カノエ、ちょいとばかり休もうじゃないか」

「そうよぉ～この二ヶ月間、婚活関連以外で全っ然お出かけしてないじゃな～い」

「ありがとう、ふたりとも……」

自分の声に力が足りないのは、自覚している。毛玉を撫《な》でる手つきがいつもより雑なのも。

だが、疲れているのは彼女達だって同じだろう。この二ヶ月間、ふたりは私に付き合って色々してくれているのだ。

話す練習をとなれば厳しくも丁寧に指導してくれたし、近くの街で婚活となれば冒険者の依頼をこなしがてらついてきてくれたし……これから何十年経《た》っても、私はきっと彼女達には頭が上がらない。

そもそもシンユィの旅の目的は、一所《ひとところ》に留《とど》まっていて達成されるものではない。ブランだって、ひとりでふらりと出かけることも多いが、それでも観光地にあるこのギルドの依頼では簡単な内容ばかりで暇だろう。

「……すまない。私が不甲斐《ふがい》ないばかりに」

「いや、あんたはずいぶん頑張ってると思うよ。はじめて会った時より話もうまくなったし、表情もすこーしだけ柔らかくなったしね。近づきやすくなったのは進歩じゃあないか」

「カノエ自身はいい方向へ行ってるんだけどぉ～……婚活って難しいのねぇ。ううん、ご縁がなかっただけかもしれないわぁ。四角で成人直後の美少女なんて、最高の条件なのに～」

本格的に婚活を開始後少ししてから、シンユィには私が本来六角の鬼人であることを話してあった。彼女は私が角の数を隠す理由に大いに頷《うなず》いてくれ、常日頃から私が四角である口ぶりで話をしてくれるのだ。

まるで自分のことのように悩み頭を抱えるシンユィの隣で、ブランが髪をばさりと掻《か》き上げる。

「うーん……笑えるのから笑えないのまで、色々おかしな奴も多かったけど、まぁまぁ普通な男もいたじゃあないか」

そうなのだ。一言で表せば惨敗《ざんぱい》だったのだが、実は普通の、まともな人もきちんといたのだ。

ただ、その場合は私がいけなかった。食事の席で相手よりはるかに食べ過ぎてしまったり、歩いていて躓《つまず》いた相手を思わず抱きかかえたりしたことで、何とも気まずい雰囲気にさせてしまったのだ。

そういった失敗がなかったとしても、彼らはどうにも『いい人そうだ』くらいで『この人が夫となったら……』という想像に至らなかった。とりあえずで付き合って、気持ちが芽生《めば》えることもあるだろう。だが、私はなぜかそれを嫌だと思った。

理由がわからない気持ちにもやもやする私のことを、ブランはよく理解しているらしい。

ひとつ手を叩いて、彼女は私へ晴れやかな笑みを向ける。

「よし、気分転換に明日はアリュイースへ行こうじゃないか。あそこにはちょいと野暮用《やぼよう》もあるしねぇ」

「それは……あの鉱石でできた塔があるという、七色の街か」

「そうさ！　あんた行きたがってただろ？　この街からじゃシレーヴァよか遠いけど……明日の夜明け前に宿《やど》を出て飛んでけば、太陽の真下で一番綺麗に輝く塔を見られるさ」

「アタシ達が本気で走ればもっと早いわよぉ～。どうせだから、一泊くらいしちゃう？」

「ああ、いいねぇ」

「キュウゥ」

盛り上がるふたりの優しさが身にしみる。

なぜか私達しかいない場所でのみ鳴く毛玉も、こころなしか私を慰《なぐさ》めようとしてくれているようだ。

「……明日は早起きだな」

「そのためにも早く寝なくちゃだわぁ～。夜更《よふ》かしは乙女の敵よぅ！」

私ひとりだったら、確実に心が折れていたに違いない。

彼女達がいてくれてよかったと、旅の間何度も感じたことを改めて思い、私は毛玉を抱いて頷《うなず》いたのだった。

× × ×

「綺麗だ……」

優美な曲線を描《えが》く、街で一番高い塔。東から照る太陽の光を、まるで独り占めするかのように燦々《さんさん》と浴《あ》びるその様《さま》は、七色という言葉で表していいのかと迷う程色とりどりで、まばゆい。

下品にぎらついているのではない。計算し尽くされたに違いない鉱石《こうせき》の配置が、本当なら目が眩《くら》むくらい輝くはずの光を和《やわ》らげ、見事に調和させている。

遠目からでもそう思わせるのだ。近づけば、また違う色を見せてくれるのだろう。

「さっすがに何度見ても壮観《そうかん》ねェ～！」

「ああ……そうだねぇ……」

基本早起きの私とシンユィとは違い、ブランは遅寝遅起きばかりの夜型な生活様式なのだ。

こうして昼よりずいぶん前にアリュイースへ至ることができたのは、寝ていたブランを半《なか》ば担《かつ》ぐ勢いでネブラを出たからだ。おかげで観光の時間もたっぷりとある。

「毛玉。はぐれると見つけられないから、おとなしくしていろ」

街を歩く時は常に肩のあたりをふよふよ浮遊している毛玉だが、ここはネブラより人が多い気がするので人混みに呑まれたら大変だ。

そう思い、毛玉をむんずと掴《つか》む。声なき声で鳴いている気がしたが、まぁ気のせいだろう。

「カノエ、ちょ……毛玉が無残《むざん》な……くっ」

「やだ、うふふっ……って、そんな持ち方じゃあ毛玉チャンがかわいそうよぅ」

「加減はしているぞ」

塔の近くへ向かいながら、手の中にいる毛玉を撫《な》でる。本当に触り心地がいい。私はふわっとした手触りのものも大好きなのだ。いつまでも触っていられる。

だがどうにも抵抗されているようなので手を離すと、毛玉はシンユィの方へ飛んでいってしまった。

「ほらぁ～！　生き物には優しくしなくっちゃ駄目よぅ」

「す、すまない……毛玉」

「キュ」

小さく鳴いた毛玉だが、私のもとへは戻ってこない。

飼うことに難色《なんしょく》を示していたブランには近づきもしないことからして、どうやら一番安全なのはシンユィの傍《そば》だと思っているらしい。餌《えさ》はいらないようなので与えていないが、日光浴《にっこうよく》をさせたり散歩に連れて行ったりと世話しているのは私なのに……

「あー笑って目が覚めた。カノエ、シンユィ。あたしはちょいとばかり抜けるよ」

「なぁに、昨日言ってた野暮《やぼ》用《よう》ってヤツ？」

「ああ。最近この街の近くに、宝級冒険者の鬼人が来てるらしくてねぇ。どんな感じの奴か、冒険者ギルドで確認しようと思ってさ」

「えェ〜？　どこでそんな情報仕入れたのよぅ」

「たまたま別の依頼で冒険者から話を聞いたんだよ。噂だと、そいつは嫁探しをしてるらしい」

何と。私のように婚活をしているのか。

名も知らぬ同志だが……宝級冒険者とは、ブランの晶級より上の階級の、伝説的な存在だと聞いている。そのように高名な冒険者なら、嫁など探さずとも寄ってきそうだが、おそらく好みがあるのだろう。伝説過ぎて誰も近づけない、なんてこともあるかもしれない。

「カノエのお相手にどうかって？　アナタ、それ失敗続きじゃやな〜い」

こうしてブランが仕入れてきた話が進展し、婚活へと至ったことも二度程あった。

ひとりは幼女でないと興奮できない性質の男で、会食の後『できるなら、七歳のあなたに会いたかった』とあちらから断られた。もうひとりは同性異性関係なく愛せる性質の男で、付き合っているらしい同性の恋人が乗り込んできて大乱闘になったのだったか。

……とはいえブランは、私のために話を持ってきてくれたのだ。たとえあまりの展開に大爆笑されようとも、私は彼女を責めはしない。

「あはは、それが調べた感じ、今回は平気そうなんだよ。何でも模範的かつ理想的な冒険者で、品よく優雅な上、大層な色男ってね。前から噂でそういう人だってのは聞いてたんだけど、話を盛ってるわけでもなさそうだ」

「完璧超人過ぎなァい？　そんなのが嫁探しなんて、逆に何があったのって感じぃ〜」

「あたしも詳しくはわからなくてねぇ。冒険者の口から伝わった話だから情報が交錯《こうさく》してんだよ。

だから本腰入れて調べてみようってわけだ」

ブランが髪を掻《か》き上げ、隻眼《せきがん》を細める。

「ブラン、それなら私も……」

「いや、あんたはシンユィと観光してな。何のための休みなんだい？　あたしは何度かアリュイースに来たことあるし、気にしないでいいよ」

婚活なら私自身が動くべきだ。そう思いとっさに声を上げたのだが、すっぱり断られ、それ以上言いつのることもできないまま去って行くブランを見送る。

——彼女はどうして、ここまで親身になってくれるのだろう。

おもしろいことと面倒ごとが大好き。それはわかる。だが、その言葉だけで済ませられない程、彼女は私によくしてくれているのだ。

「ブランは、私に親切過ぎないか……？　私はそこまで彼女好みのおもしろい存在ではないのだが」

思わずそう零《こぼ》すと、毛玉を肩に乗せたシンユィがたまらないといった風に噴《ふ》き出した。

「何言ってんのォ。アナタは自分で思ってるよりおもしろいし、それ以前に……親切にしたくなるのは、ブランがアナタを好きだからよぅ。それにアタシもね」

なんてことないように言ったシンユィが、飴色《あめいろ》の瞳を和《やわ》らげる。

彼女の目はとても綺麗で、温かい。出会った時から、彼女も不思議と私に優しかった。

「カノエは正直なコよね。生きるのが上手とは言えない、不器用で素直なコ。だからこそアナタの目に映《うつ》るものは新鮮で、きらきらしてて、時におもしろおかしくて……アタシ達はね、きっとそれが楽しいから、そういう感覚を持ったアナタが好ましいと思って、一緒にいるの」

いつもみたいに間延びしていない、穏やかな彼女の声。

まるで子どもをあやすような、はたまた出来の悪い妹でも諭《さと》すような、そんな甘い響きがあった。

「はじめて会った時、カノエはアタシに頭を下げたでしょう？　自分は巻き込まれただけのあの場面であんなことするくらいだから、笑えるくらい真っ直ぐなコなんだろうなぁって思ってたのよ。だからつい声をかけちゃったの。そうしたらカノエもブランもアタシをあっさり受け入れてくれて……そんなことされたら、尚更好きになっちゃうでしょ？」

他人から好きだと言ってもらえたことは、こんな風に好意をもらった経験は、ほとんどない。

だからこそ、彼女の言葉は何よりも心に染みた。

——無謀だと笑われるのが当然な旅だ。世間知らずの小娘ひとりに何ができよう。それを旅として成り立たせてくれたのは彼女とブランだ。私はふたりにとても、とてもよくしてもらってい
て……

「私も、ブランとシンユィが大好きだ。いつもいつも、とても感謝している」

「そういう潔《いさぎよ》くストレートなところもいいわよねぇ、カノエは」

「偽《いつわ》る必要がないからな」

「最近は頑張って口調を矯正《きょうせい》してるけど〜やっぱり、カノエはいつもの方がカノエらしいわぁ！

これからも、もっと楽しい珍道中《ちんどうちゅう》を見せてちょうだいな！　うふふっ」

……珍道中《ちんどうちゅう》だったか。私の新鮮な目線と言われた旅は、そんなに珍道中《ちんどうちゅう》だったか。

自覚していたものの、少しだけ衝撃を受ける。

今までの真剣味溢《あふ》れる雰囲気はどこへ行ったのだろうか、歩く速度を緩《ゆる》めていたシンユィは満面の笑みを浮かべ、舞踊《ぶよう》に似た足取りで私の前に躍《おど》り出た。大柄で非常に特徴的な彼女がそうすると、当然周りからの注目も集まるわけで。

「シ、シンユィ、だいぶ目立っているぞ」

「そんなの今更よぅ。アタシ、街で目立たなかったことないものぉ！」

それもそうか。妙に腑《ふ》に落ちてしまって、思わず頷《うなず》く。

私も四角にこそなっているが、それでも街では珍しいらしく視線を感じることがある。さして気にしていないから、シンユィも同じなのだろう……

「ん？」

何か、覚えのある視線だ。

背筋がざわざわする……振り返ると、視界の先で胡桃色《くるみいろ》の髪がさらりと揺れた。

「おや、こんにちは。またお会いしましたね、姫」

にこりと微笑む、糸目の鬼人。またしても、先程の感覚は綺麗さっぱりなくなっている。

もしかしたら……彼の目は出会い頭《がしら》だけひどく鋭《するど》くなる癖《くせ》があるのかもしれない。シンユィが気にした素振《そぶ》りはないから、たまたま私が気づいただけだろう。

失礼だがあまり特徴のない人なので、あの視線がないと通りの人混みで見逃してしまいそうだ。

「ああ、こんにちは」

「いつぞやの文学鬼人サンじゃな～い！　アナタも観光なのォ？」

「いえ、僕はアリュイースの冒険者ギルドに用があったので。これから街を出るところです」

「あら、アナタ冒険者だったの～？」

足を止めたシンユィに覗《のぞ》き込まれても、彼の微笑みは変わらない。

彼女が接近するとたじろぐ人が多いのにそんな様子もなく、それどころか通行人の邪魔にならないよう通りの端《はし》へ寄る配慮まで見せてくれる。

「路銀稼《ろぎんかせ》ぎのために冒険者登録をしただけですよ。僕は神と神祖返《しんそ》りについて調べている、ただのしがない学者です」

「まぁ～！　学者サンですって！　カノエ、聞いたァ？」

「聞こえている。学び深いのはいいことだ」

そう返すと、彼からは見えない位置でシンユィに尻を叩かれた。なぜだ。

「もうちょっと興味持ちなさいよぉ。見知らぬ街で二度目の出会い、それも今までの中で一番マシな男じゃな～い？　お休み中でもチャンスは逃《のが》さないようにしないと」

彼には聞こえない程度の小声で、こっそりと助言される。

確かにマシというか問題のなさそうな人だが……やはり他の人同様、夫に迎えることが想像できない。いや、そもそも婚活相手として想像できていないのでそれ以前の話か。

私もそれをこっそり伝えようとしたが、シンユィの行動は速かった。

「ねぇお兄サァン、もし街を出る前に時間があるなら、ちょっと付き合ってくれないかしらァ？」

「ええ、かまいませんが……」

「よかったァ～！　アタシこれからあそこのお店に並びたいんだけど、興味のなさそうなこのコを一緒に並ばせるのもどうかなって思ってたのよぉ。七色の塔の周りだけでいいから、時間つぶしに案内してあげてくれな～い？」

「え……」

シンユィが指で示した店は、非常に人気の菓子店のようだ。よほどおいしい菓子でもあるのか、ずらりと人が並んでいる。

並ぶなどという話は初耳だったので、思わずシンユィの顔を見上げてしまう。すると彼女は意味ありげにウィンクを返してきた。

「良いですよ、元々急ぎでもありませんし。アリュイースは人混みがすごくて、女性のひとり歩きもなかなか大変ですからね」

「助かるわぁ～」

……もしや、私とこの男性をふたりきりにしようとしているのか？　いきなりそうされても、色々困るのだが……いや、こういう突発的な事態を乗り越えてこそ、話術は磨《みが》かれるものなのかもしれない。

ブランが冒険者との婚活の話を持ってきてくれたように、シンユィもそうしてくれたのだ。これは是非とも受けなくてはならない流れだろう。

毛玉は未《いま》だにシンユィの肩にいる。毛玉は道を覚えるのが得意らしく、誰かの先導がなくても必ず迷わずに宿《やど》へ辿《たど》り着けるので、いつも婚活にはこっそり連れて行っていた。だが今回は私のところへ来る気配はない。

だから、これが本当に単独の婚活？　いや、練習になるのだ。

「すまないが、よろしく頼む。ええと……私は迦乃栄というのだが」

「ああ、名乗りもせず失礼しました。僕は、曹渡《ソウド》と申します」

やはり、見つめられてもざわざわした感覚はない。

糸目を更に線のようにして笑みを深める彼は、本当にごくごく普通の、いい人にしか見えなかった。

×　×　×

「あそこの大きな店にあるのがアリュイース名物、七色卵《なないろたまご》のタルトです」

「七色……それは人が食べていい色なのか？」

「ふふっ、大丈夫ですよ。あれは七色鶏《なないろどり》という魔物の卵なのですが、殻《から》が七色なだけで、中身は普通の卵と変わりません。タルトの上に七色の飴《あめ》をのせるので、やや奇抜な見た目ですが……」

「そうなのか。曹渡殿、あちらの露店《ろてん》で売っているきらきらしたものは何だろうか？」

「ああ、あれはオルゴールです。光っているのは、魔石の屑《くず》で飾り付けているからですね。おそらく見習いの職人が手がけたものでしょう。ああいうものはきちんとした店で売られるのが一般的ですから」

「そんなものがあるのか……」

七色の塔へ近づくと、更に増した優美さと神秘的な輝きのもと、賑《にぎ》やかな市《いち》が広がっていた。

話術を磨《みが》く目的は頭から抜けて、ただ目についたものを尋ねるばかりの私に、曹渡殿はきちんと対応をしてくれる。

さすが学者だ。ブランやシンユィと同じように、何を聞いても答えが返ってくるな。

「ありがとう、曹渡殿。あなたは博識《はくしき》だな」

「姫がお気に召してくださったなら何よりです」

ただ、この『姫』というのをやめてほしい。そう言っても流されるばかりなのだが。

「飲み物でもいかがですか？　七色ではありませんが、水葉花《すいようか》のジュースが人気ですよ」

「水葉花……それはあの、すーっとする花か」

「はい。姫はお好きですか」

「ああ、煎じたものは好んで飲むし、生で食べたりもする」

「食べ……」

なぜ絶句する。私と母は普通に食べるのだが……そういえば燈王も『あんなクソ苦い花、食いもんじゃねえよ』と言っていたな。すーっとするのが割り増しになっておいしいのに。

「姫はずいぶんと……その、美しくも可憐《かれん》なご容姿でありながら大胆な側面をお持ちですね」

「可憐《かれん》？　街の鬼人より小さいのは自覚しているが、もう成人は迎えている」

「それは承知していますよ。里の鬼人が成人前の子どもを大陸に出すわけがない。ああ、でも……かの鬼人は成人前から冒険者として活動していましたね」

やけに熱が籠《こ》もった声音《こわね》。それがどんな感情を伴《ともな》うものなのかわからず、私は首を傾《かし》げてしまう。

「姫はご存知ではありませんか？　最近隣国からやってきた、宝級冒険者のことを」

「ああ……先程ブランから聞いた。品行方正で見目麗《みめうるわ》しい鬼人だと。何でも婚活をしているとか」

そう言うと、曹渡殿は口の片端《かたはし》を持ち上げて笑った。

「僕が聞いた話では……かの鬼人はひとりの女性を捜しているらしいのですよ」

「なんだ、婚活が目的ではないのか」

「ええ。噂が噂を呼んでいるようで……実際は彼が目を離した隙に、里で憂《う》き目に遭《あ》い家を飛び出した許嫁《いいなずけ》がいるそうなのです。彼女を見つけるために、休止中だった冒険者活動への復帰を果たしたとか」

「それは大変だな」

里ごとに色々なしきたりがあるのだろうが、やはり私と同じく、理不尽な目に遭《あ》う女もいるのだな。

数度頷《うなず》くと、曹渡殿は笑顔を崩して微かに眉を顰《ひそ》めたように見えた。

「その女性は淡《あわ》い水色の髪に、濃紺の瞳をしている大層美しい方だそうで」

「そうか」

私の色と似ているのも、親近感を覚えるな。

だが、図鑑で読む限り、私の髪色は白藍《しらあい》で目は濃藍《こいあい》だ。水色と濃紺とは違う色である。幼い頃の私は頁《ページ》をめくってはその微細《びさい》な違いを目で楽しんだものだ。

「……歳《とし》の頃は十八で、やや小柄。角は六角だと聞きました」

「詳しい情報を知っているのだな、曹渡殿は。ブランは情報が交錯《こうさく》していてわからないと言っていたぞ」

「…………ええ、色々、調べましたので」

なぜか声が低くなった曹渡殿は、それきり黙ってしまう。もしや気に障《さわ》るようなことを言ってしまったか……その宝級冒険者について語りたかったのに、私があまりにもその話題に疎《うと》いせいで辟《へき》易《えき》したのかもしれない。

何か食べれば気持ちも落ち着くだろうか。そう思って目についた屋台を指さそうとした時。

「――姫。『直感の混血《こんけつ》者』については、聞いたことがありますか」

やっと口を開いた曹渡殿が、唐突にそんなことを問いかけてくる。

「え？　ああ、それなら前にブランが……」

隣を向くと、微笑みを浮かべているはずの糸目は細く開かれていた。

あの、ざわざわする目だ。やけに鋭《するど》く、見られると落ち着かない灰色の瞳。出会い頭《がしら》でもないのに、これは一体……

「……時間切れですね。せっかく接触できそうなのに、場所も条件も悪過ぎる……」

曹渡殿が小さく何かを呟《つぶや》く。次の瞬間には、元の糸目に戻っていた。

人の目つきをとやかく言うつもりはないが、あまり見られて気持ちのいい視線ではない。あの鋭《するど》さにも何か意味があるのか聞いてみたかったが、そこまで親しい間柄ではない以上、はばかられた。

私はやはり、この人との婚活は考えられない。というより、あの目が全く好ましく思えないのだ。

シンユィがお膳立《ぜんだ》てをしてくれたが、この場は解散させてもらおう。そう考え口を開いた私より先に、曹渡殿が軽く頭を下げる。

「申し訳ありません。急用を思い出しましたので、僕はこれで失礼します」

「あ、ああ。こちらも無理を言ってすまなかった」

「構いませんよ、君は御子《みこ》の宝ですからね。必ずまたどこかで――偽《いつわ》りの四角を有《ゆう》する姫」

最後の方の呟《つぶや》きがまた聞こえなかった。だが、なんとか聞き取れた前半部分も、意味がわからない。

身を翻《ひるがえ》した曹渡殿が人混みに紛《まぎ》れる。とっさに手を伸ばしたが、大柄な獣人の集団が通りかかったせいで姿が見えなくなってしまった。

「一体、何なんだ……？」

『みこのたから』とは何のことだ……？

「もしや……みこというのは、『御子《みこ》』のことか？」

神祖《しんそ》返りは皆、神の御子《みこ》と呼ばれる。私が知っている神祖《しんそ》返りは、燈王しか……

「そこ、並ぶの？」

「……え」

いきなり声をかけられ、思考が霧散《むさん》する。

振り返ると、斜《なな》め後ろに見慣れぬ猫の獣人の男性がいた。冒険者なのか、動きが阻害《そがい》されない程度の革鎧《かわよろい》を身につけ、長く伸ばした髪をひとつに括《くく》っている。

「人気の店なんだってな。俺も甘い物好きなんだけど、あんだけ女ばっかだと並びにくくてさぁ」

私はちょうど、七色卵のタルトの店の近くに移動していたらしい。

並んでいると勘違いされたのは、列の最後尾《さいこうび》あたりで立ち止まっていたせいか。

「た、確かに居づらいかもしれないな」

「そうそう。で、あんたが並ぶんなら、便乗《びんじょう》させてもらおっかなって思ってたんだけど」

人好きのする爽《さわ》やかな笑顔を向けられ、どうしようか悩む。

曹渡殿はいなくなってしまった。ブランは冒険者ギルドへ行ったままだし、シンユィは私と曹渡殿をふたりきりにしようと別れたあの店にまだいるだろう。

ふたりは私が方向感覚に優《すぐ》れていないのを知っている。シンユィも『塔の周りを案内してほしい』と言ったことからして、ここから遠くへ移動しない限り、私を見つけてくれるはずだ。

ここはむやみに動くより、あの七色卵のタルトを食べながら待っていた方が有益かもしれない。

共に並ぶくらいなら問題はないだろう。そう思い、私は頷《うなず》いた。

「構わない。名物だと聞いていたので、私も食べてみたいとは思っていた」

「あれ、もしかして並んでなかった？　悪いことしちゃったかなー」

「大丈夫だ。人待ちだから時間はある」

「あんたみたいな子、こんな人の多いところで放置するって相当な野郎だな」

「ああ、大柄で煌《きら》びやかでとにかく目立つ人だ。野郎ではなく女性の分類だと思う、おそらく」

「ブハッ！　何だよそのツレって。あんたおもしれーな。なぁ、絶対並んで食いたいってわけじゃなきゃ、あんま混んでない別の店知ってんだけど……」

おもむろに、男性が私の肩へ手を伸ばしてきた。

無意識にそれを避《よ》け、距離を詰めつつ伸ばされた肘を掴《つか》む。男性の目が、一瞬見開かれた。

「あれ？」

婚活でも時たま、こうして不用意に触れてこようとする相手がいたのだが、私にとってそれはあまり好ましくない。常磐で人との交流が少なかったせいか、親しくない相手に触れられることに慣れていないのだ。

手を離し、詰められた距離以上に間を空ける。

「いきなり触れるのは、申し訳ないがやめてほしい」

「へぇ……ぼんやりしてそうに見えて、意外とガード堅いんだなー。普通にいけると思ったのに」

先程の爽《さわ》やかな笑顔から一転し、男がにやけ顔を見せる。

そこでようやく、私はこの男がいわゆる『ナンパ』をしかけていたのだと気づいた。

シレーヴァの時のようにとんでもなく印象的なものこそ少ないが、ネブラを拠点にしてからも同種族・異種族関係なく何度かあったのだ。そのたび私はナンパをされていると気づけず、ブランやシンユィに注意されていた。『隙だらけなのが丸わかりだから狙われる』と。

……もしや、私は自分で思うよりもボケボケしていて人を見る目がないのか？

少しばかり落ち込みながらも、こういう場面でははっきり断るのだと学んでいたので口を開き――


「その娘から離れてくれないか。でないと、俺は君を敵と見なしてしまうよ」


穏やかで澄んだ声に、続く言葉を奪われる。

耳に優しく美しいそれは、私が聞き間違えるはずのない声だった。

×　×　×

稲穂《いなほ》のような黄金色《こがね》と、艶《つや》やかな猩々緋《しょうじょうひ》。間《あいだ》の色は図鑑にも載っていない、美しい混色《こんしょく》。芸術品と言ってもおかしくない、綺麗な髪が風でふわりと揺れる。それはまるで、彼が有《ゆう》する八つの角を飾るかのようだった。

ゆっくりと瞬《まばた》きをした紫紺の瞳には、金の炎がゆらめき、ちらついては消えていく。

旅装ながら優雅な着物を身に纏《まと》う、八角の麗人《れいじん》は――見間違うはずもない、私の幼なじみ、燈王だ。

里を出てから、ほんの二ヶ月程。彼が『暇つぶしで大陸に出る』と言って姿を消していた時は、それ以上の期間会わない時ももちろんあった。

なのに、今こうして彼を目の前にすると無性に懐かしい。

目で見え、声を出せば届く距離に燈王がいる。すぐさま名を呼び、駆《か》け寄りたい。だが、私の足は思考とは逆に動こうとしなかった。

人の夫に、しかも私を毛嫌いしていた麗李亜の夫に私が近づいてもいいのだろうか。それになぜ、彼がこんな場所に……

「聞こえないのかな。俺は離れるよう言ったんだが」

ほんのわずかに、語気が強まる。

里人に対する時と同じく柔らかな口調なのに、どうしてか怒っているとわかった。

私の隣にいた男が、気圧《けお》されたかのように後ずさる。燈王が視線を横に動かし言外《げんがい》に『去れ』と示すと、男は脇目も振らず列を離れ、雑踏《ざっとう》へ消えていった。

賑《にぎ》やかだった市から、喧噪《けんそう》が消える。まるで燈王の一挙一動《いっきょいちどう》を妨《さまた》げまいとしているようだ。

燈王が現れると、一瞬にして場の空気が変わる。それは八角の鬼人だからなのか、鬼神の御子《みこ》だからなのか、彼自身の持つ力や存在感のためなのか。もしかしたら全てかもしれない。

「久しぶりだな、迦乃栄」

「ああ、燈王も変わりないようで」

「……あぁ？」

凛々《りり》しい眉を顰《ひそ》め、彼が一声発する。

燈王は人前では、決してそのような表情はしなかった。珍しいこともあるものだと思いながら、私はひとつ頷《うなず》く。

「何の用向きだ？　新婚なのに、妻から離れるなどあまりよくないぞ」

そう言った瞬間、彼の足下にあった石畳《いしだたみ》にパキリと小さな罅《ひび》が入った。

燈王程力のある者だと、気迫のようなものだけで空気を揺らせる。昔私が道に迷って行方《ゆくえ》不明になった折には、彼が私を叱《しか》る度に周囲の木々が悲鳴を上げていたのを思い出した。

口は悪くても、燈王は怒りっぽいわけではない。どうやら私は、何かまずいことを言ってしまったようだ。何か、あったのだろうか。例《たと》えば妻に迎えた女と、何か。

「新婚の男は、三ヶ月の間は里から出ないのが通例と聞いている。よほど大事な用があったのかもしれないが、独りにしてしまっては妻が悲しむだろう」

このままこの話を続けるのはよくない。彼がここにいる理由と、なぜ怒っているのかを聞くべきだ。それなのに、私の口は止まらない。

いつもなら他者の会話についていけないくらい話すのが得意でないのに、なぜか今だけは彼の言葉を全て遮《さえぎ》りたいと思ってしまっているのだ。

燈王は、麗李亜に貢《みつ》ぎ物を贈った。それは当然、彼が麗李亜を妻にと望んだということ。

誰が誰を好きになろうが構わないし、ましてや私が他者の気持ちに介入できるわけでもない。

だが私は――本当のところ、嫌だったのだ。私の唯一の幼なじみが、里で優しくしてくれた、一緒にいてくれた存在が……私を嫌う者を愛しているなんて。

彼の門出《かどで》を祝えない自分が、とても汚くて醜《みにく》いものに思えてならない。

それでも、嫌だ。おめでとうと言いたくない。幼い子どもが駄々をこねるように、嫌という言葉しか頭に浮かんでこないのである。

「ああ……そう言えば、あの先の貢《みつ》ぎ物は見事だったな。さすが燈王だ」

猩々緋《しょうじょうひ》の珠《たま》。綺麗な真円の、深い色にもかかわらず自《みずか》ら輝きを放つような珠《たま》。

あの珠《たま》は、私が最初に見せてもらったのだ。私が気に入っていたことに、絶対絶対、燈王は気づいていたはずだ。

なのに、わざわざ麗李亜へ贈った。先の貢《みつ》ぎ物として、贈ったのだ。

私は小鼠《こねずみ》の死骸《しがい》を贈られ、雑な羽織を適当に被《かぶ》せられそうになったのに……あんまりではないか。

「妻問いの貢《みつ》ぎ物は目にしていないが、燈王のことだ。きっと私が想像できない程、素晴らしいものを贈ったのだろう」

今の私は、きっと嫌な笑い方をしている。そういう風に表情が動いていると、自分でもわかった。

久しぶりに再会した幼なじみに向かって、私はなんてことをしているのだ。こんな周囲の耳目《じもく》があある場所で、彼に恥をかかせるような嫌味まで言って……

「はっ……ははは……」

謝りたいと思いつつも止まらず、また口を開こうとした私を、ひどく楽しげな笑い声が遮《さえぎ》った。

「燈王……？」

「何だよ。お前それ、真面目に言ってんのか？」

心底おかしいというように声を上げているのに、その紫紺の目は全く笑っていない。

「あの女に妻問いなんかするわけねえだろ。矜持《きょうじ》だけはご立派でクソみたいな性格の馬鹿女なんて、たとえ天地が入れ替わったとしても娶《めと》らねえ」

彼女には何の好意も抱《いだ》いていないと、ありありとわかる態度で吐き捨てられる。

だったら、なぜ。

「いや、だが！　……麗李亜の先の貢《みつ》ぎ物は絶対に、燈王が持っていたものだった」

「貢《みつ》ぎ物を届ける年寄が、中身をすり替えたんだよ。里長の指示でな」

「は……？」

あっさりと返され、間抜けに口を開けることしかできない。

軽く目を細めた燈王は、迷いのない足取りでこちらへと歩を進める。そして手が届くか届かないかといったくらいの距離で、足を止めた。

「……なぁ、迦乃栄。俺もひとつ聞きたいんだけどな」

上等な外套《がいとう》をぱさりと払いのけた燈王が、麗《うるわ》しい顔に似合う微笑みを浮かべる。

人の心の機微《きび》に聡《さと》くない私でも、長らく幼なじみとして付き合ってきた彼相手なら、少しくらい気づけることもあるはずだ。

「え、ああ……何だろうか」

察するに今の彼は、今まで憤《いきどお》っていたはずの私を怯《ひる》ませるくらい……何かに腹を立てている。

「お前の角を弄《いじ》ったのは、誰だ？　痕《あと》すらないってことは、折ったわけじゃねえだろ」

角は鬼人の誇りだ。両親からもそう言われて育ったし、私も本能的にそれを理解している。当然燈王も、幼い私の頭を撫《な》でる時には、いつも角に触れないようにしてくれたものだ。

ただ見えなくしただけとはいえ、自《みずか》ら望んで角を落としたわけではない。

きちんと理由があるのだと信じてほしくて、私は慌てて弁解に入る。

「これは、あれだ。その、私の角は目立つからと、仲間が幻術《げんじゅつ》で」

「あぁ？　幻術《げんじゅつ》、かけさせたのか、二角も消すように」

一音ずつ、ゆっくりと紡《つむ》がれる彼の声。

だって、そうしないと、私は見知らぬ鬼人の嫁にされてしまうかもしれなかったのだ。

自分が物知らずで、何もかも経験不足なのはよく理解している。六角であっても、戦いに身を置いている者などには到底勝てないだろうということも。

たとえ本能に逆らったとしても、私は愛せる人としあわせな結婚の道を探したかったのだ。

「ツ、これは自衛手段だ。彼女は鬼人が角を大切にしていることを知っていた。提案された時に自《みずか》らの意志で断ることもできたんだ。だけど、私は自分で夫を探したかったから、角の数や血筋だけで相手を決められたくなかったから……」

だからブランは悪くない。

そう繋《つな》げようとしたのに、燈王が手で続きを遮《さえぎ》る。そしてややあってから、小さく舌打ち。

「……お前なりに考えてやったのは、わかった」

「そ、そうか……それなら」

再度言葉を続けようとした私の目の前で、黄金《こがね》と猩々緋《しょうじょうひ》の髪が乱雑に掻《か》き上げられた。久しぶりに見る、何気ない動作ですら輝くその髪。思わず見惚《みと》れそうになったが、意識を彼に集中させる。

数度ゆっくりと瞬《まばた》きをした燈王が、麗《うるわ》しい顔立ちを皮肉げに歪《ゆが》めて笑う。

ひどく慣れたその表情に、また懐かしさが募《つの》った。

「里のことは、もうどうでもいい。ここに来るまでもクソみたいな日々だったが、お前が見つかったならチャラにできる。能天気に男と一緒にいるのを見た時は相手の屑《くず》を殺したくなったけど、こうして言葉を交わせるならそれも許してやる」

先程より、市の騒がしさが戻ってきている音がする。

それなのに私と彼の周りは、どうしてかやけに静かだ。

「燈王……？」

なぜだろう。目の前の燈王は確かに燈王なのに、今まで見たことのない顔をしている。

先程のような怒りは少ししか感じられない。でもその表情は、喜びでも悲しみでもない、よくわからないもの。その面《おもて》に浮かぶ感情が何を表しているのかわからず、私は思わず眉根を寄せてしまった。

「ここから先は場所を移して聞く――見せ物じゃねえんだよ、散れ」

そうして首を巡《めぐ》らせ、彼が周囲を一瞥《いちべつ》した。いつものように柔らかな口調ではない、傲慢《ごうまん》な響き。

なのに人々は思わずといったように、彼の言葉に従ってしまう。

周りの耳目《じもく》を散らした彼はこちらへ向き直ると、紫紺の瞳で私を見据えた。

「お前に話すことが、色々ある」

穏やかな声でそう言い、燈王の瞳がようやく少しだけ和《やわ》らぐ。髪と同じく、彼しか持ち得ない瞳に金の光がゆらめいた。

彼は自分の目をあまり好いていないらしい。一度だけ私に『不気味だろ？』と問いかけたこともある程だ。

その時私は否定の言葉を返したが……本音を言えば不気味に思わないどころか、好ましく思っている。

色が珍しく美しいからではない。二色で作られた万華鏡《まんげきょう》のように同じ瞬間が一度もない――そんな瞳が私の目には、ひどく優しく柔らかいものに映《うつ》るのだ。

彼が優しい人だとわかるのは、その目にある輝きが何より雄弁《ゆうべん》に語ってくれるからでもある。

「そうか。私も……」

聞きたいことがあるんだ、燈王。

どうして里から出てきたんだ？

私が見つかったなら、と言っていたのはもしかして、私を捜していたのか？

――麗李亜に贈ったのでないとしたら、あの猩々緋《しょうじょうひ》の珠《たま》は誰のものなんだ？

溢《あふ》れ返りそうな問いを胸に収め、言葉を続けようとした私に……甘い響きの声が飛んでくる。

「あっ、ヒオウ様ぁ～！　み～つけたぁ！　こんなとこにいたんだぁ」

そしてそのまま、私と彼の間に割って入る影。私に背を向けたその女性は、ピンと立った三角の耳からして獣人のようだ。

なぜだか、本当にどうしてかわからないが、その間延びした声に苛立《いらだ》つ。同じように間延びした母やシンユィの声には、全くそんなことを思わないのに。

「ギルドで待っていたのに、いつのまにか外に出ているなんて……ワタシを翻弄《ほんろう》しないでちょうだいな、つれない御方《おかた》」

「全く……わたくしと離れる時は必ず断りを入れなさい！　わたくしはいついかなる時も、あなたという冒険者にふさわしい回復士として、あなたの大切なパートナーとして、傍《そば》にいると誓っていますのよ！」

次いで燈王の背後より、ねっとりとした色香の含まれた声と、どこか高貴な雰囲気のする可憐《かれん》な声が近づいてくる。視線を向ければ、厭世的《えんせいてき》な雰囲気を纏《まと》った魔人の女性と、華奢《きゃしゃ》で品のいい天人の女性がいた。

獣人の頭越しに見えた燈王の顔が、一瞬にしてひどく冷めたものになる。

「……ちょっと待ってろ」

おそらく私に向けたのだろう短い言葉と共に燈王が背を向け、ふたりの女性達のもとへ歩き出す。

待てと言われても……もしかしたら私は場違いなのではないか？　この場から去った方が……い、いや、なぜ去る必要がある。先に話していたのは私の方だ。

親しげな声かけからすると、彼女達は燈王の仲間なのだろう。しかし里を出るだけではなく、また冒険者をやっていたとは……うん？　もしかしたらブランや曹渡殿が言っていた冒険者とは、燈王のことか？　よくわからないが、彼くらい強ければ宝級という位《くらい》に至ることもできるだろう。ただ……ふたりが言っていた嫁探しとは、許嫁《いいなずけ》とは……

情報がたくさん溢《あふ》れてきて、混乱してしまう。

「――確かに君達には力を貸してもらったが、対価は既に払ったはずだ。それにエスタフィに入る時にも、この街に行く前にも、ついて来ないでくれと伝えたね？」

「それでも愛する人の傍《そば》にと願うのが女だもの、ふふっ……一番を願わないのだから、受け入れてくれてもよいのではないかしら？　ワタシの美しさにも靡《なび》かないなんて、ますますイイ……」

「わたくしは王家直伝の回復魔法で回復士として、そしてゆくゆくは妻としてヒオウを支えますの！　低俗な欲にまみれたこの女などと一緒にされるのは侮辱《ぶじょく》ですわ！」

燈王と、そして魔人の女性と天人の女性が何かを話している。

よく聞こえないが……重要なことなのかもしれないと耳を傾けようとした私に、獣人の女性がぐるりと向き直った。

「あっれ～？　もしかしてあなたもヒオウ様のお嫁さんに立候補するのぉ？」

甘さを多分に含んだ声が、混乱する私の頭を真っ白にさせた。

「…………は？」

およめさん、りっこうほ。

「あたしはねぇ、お兄ちゃんが組んでたパーティメンバーの話を聞いてからず～っと、ヒオウ様のお嫁さんになりたかったんだぁ！」

「………」

「本妻はもう決まってるらしいけど、側妻《そばめ》でも全然オッケ〜！　この辺の国はみ〜んな多夫多妻《たふたさい》が認められてるし、ヒオウ様くらい強くてかっこいいならお嫁さんが何人もいて当然だよねっ！」

わけのわからないことを言い、太陽もかくやと言わんばかりの笑みを見せる獣人の女性……いや、少女と表現した方が正しいか。日に焼けた肌と、薄茶の犬耳が可愛らしく、そして麗李亜と張る程胸が大きい。

もしかして私より幼いのではないかと思われる少女が、絶句する私の顔を覗《のぞ》き込み、またにっかりと笑う。

「あなたもすっごく綺麗だし、きっと大丈夫だよぉ〜！　本妻さんとあたしと、あのふたりの後だから、第五夫人ってことになるけどぉ」

「だいご、ふじん……」

「あっ声も綺麗！　いいなぁ〜、あなた絶対ヒオウ様のお気に入りになれるよ〜！　あたしたちは異種族だから、結婚はできても赤ちゃんは難しいって思ってるけど、あなたなら……ぅわッ！」

がしりと、少女の肩を掴《つか》む。

全く加減ができないから、もしかしたらかなり痛いかもしれないが、すまない。

「燈王が、多数の妻を、娶《めと》ると」

「いたたっ……そ、そうだよぉ〜。あたしたち、絶対ヒオウ様のお嫁さんになるんだもんっ！　あのふたりのことはあんまり好きじゃないけど、本妻さんが見つかるまでの『共同戦線』ってヤツ！　本妻さんのことは好きになれるように頑張るんだぁ～！　だって、本妻さんの件がなかったら、あたしはヒオウ様に声もかけてもらえなかったし～」

当然のようにそう宣言する少女の目は真っ直ぐで、嘘を言っているようには思えない。

つまり、だ。燈王は一夫一妻《いっぷいっさい》ではなく、一夫多妻《いっぷたさい》を望んだということか？

あの猩々緋《しょうじょうひ》の珠《たま》を誰かに貢《みつ》いだ上、更に複数の妻を娶《めと》ると。私が夢見たしあわせな結婚とは、全く逆の道を望んでいると。そんなの——

「もう目的は達した。君達とはここまでだ——……おい、迦乃栄。行くぞ」

いつもは耳に優しいその声が、ひどく嫌なものに聞こえる。

近づいてくる靴音。視界の中で揺れる、わずかに青と黒を混ぜたような、深い赤。

私へと伸ばされた手は女性的ではないのに、爪の先まで整って美しい。

「えっ、ヒオウ様、この子立候補じゃなくて推薦～!?　やっぱり鬼人だから別枠《べつわく》なんだぁ～」

彼の指先が私へと届く——その寸前、獣人の少女が私の幼なじみの髪へ、触れた。

私が一番、好きな髪に。

「触るな!!」

それに触らないでくれ。彼の髪に、妻でもないただの幼なじみが触れるなどおこがましい程、鮮《あざ》やかで美しい髪に。

「え……何怒ってんのぉ～？」

「何なのかしら、この娘は。大体ヒオウと同じ鬼人だからといって、王女であるわたくしに対して礼も取らないとは不敬ですわ！」

「痼癪《かんしゃく》持ちは妻の間でも嫌われるわよ……お嬢さん？」

次々に浴《あ》びせられる、嫌悪感《けんおかん》をあらわにした声と視線。

私がおかしいのか？　いや、きっとおかしいのだろう。燈王の妻になるであろう彼女達が、彼に触れることを拒《こば》む権利など私にはない。

……もう、わからない。頭の中が全く整理できなくて、吐き気すら覚える。

燈王は麗李亜とは結婚しておらず、他に妻にと望む相手がいる。それとは別に、三人の異種族の女を娶《めと》る――そういうことで、いいのか？

この獣人の少女は『そうだ』と言っていた。共に旅をしているような会話もしていた。それなら、私の認識は間違っていないはずだ。

「迦乃栄。どうした、お前……」

再び触れてこようとした指先を、片手ではじく。

幼い頃、道に迷った私を抱き上げ、頭を乱暴に撫《な》でてくれたその手。私が家族以外で唯一、安心できる手だったのに。

「迦乃……」

今はもう、触れてほしくない。

「触らないでくれ。あなたが誰を何人妻にしようが自由だが、私はそれを祝福したくない」

ひゅう、と細く息を吸い込む音が聞こえた。

「…………は？　何、言ってんだ……」

乾ききったような、燈王の声。

自分が何を言っているかなんて、私にももうわからない。

だって心が追いつかないんだ。私を捜していたというあなたは、まさか結婚の報告でもしてくれるつもりだったのか？　あなたがそんな結婚を望むなんて、思ってもみなかった。

私が口を挟めることでもないのに、どうしても嫌だと思う気持ちが止められない。ここにいたくない。ブランに、シンユィに会いたい。彼女達とたくさん話をして、落ち着きたい。この心のざわめきを鎮《しず》めたいのだ。

「──カノエ、ここにいたんだね」

陽気な色を帯《お》びた、低音の美声。語尾を伸ばすことも、独特の口調すらも取り払ったそれが誰のものなのか、私はよく知っている。

ばっと振り返ると、そこには……

「シン、ユィ……？」

「迎えにきたよ、僕のお嬢さん」

そこには、街人《まちびと》のように簡素な服を身に纏《まと》う、大層精悍《せいかん》で屈強《くっきょう》な美丈夫《びじょうふ》がいた。躑躅《つつじ》色の髪をひとつに束ね、化粧も装飾品もないその姿は、間違いなく私の仲間である。

シンユィの素顔は、宿《やど》に泊まる際に何度も目にしているのでわかる。彼は確かにシンユィだ。だが、黄味がかっていた白い肌は薄い煉瓦色《れんがいろ》に染まり、何よりその頭には鬼人の証《あかし》――四角の角が生えている。これは一体どういうことなのだろう……？

今までの心の波が全て鎮まる程の衝撃に、思わず呆然《ぼうぜん》とする。

そんな私の手を引き、自《みずか》らの胸へと抱き寄せたシンユィらしき男性が耳元で囁《ささや》いた。

「何だかと～ってても面倒なことになってそうだから、一旦引くわ。合図したら、塔の反対側の通りへ走るわよ」

「だが……」

「いいからアタシの言うこと聞きなさい。ブランが場を収めてくれるわ」

小声で諭《さと》され、渋々《しぶしぶ》頷《うなず》く。登場の衝撃で強制的に落ち着かされたので、この場でこれ以上騒ぎ立てるのがよくないことだという分別くらいは戻ってきた。

「――迦乃栄。その男は誰だ」

底冷《そこび》えする程冷たい声音《こわね》が、私へと突き刺さる。

ゆっくりと顔を向ければ、燈王が私をひたと見つめていた。

何だ。あなたはいつの間にか妻を増やす旅をしていたくせに、私のこととなるとどうこう言うのか。幼なじみでしかない私達は、互いに伴侶《はんりょ》や結婚のことなど口を挟む権利もないというのに。

「私の大切な人だ。燈王には関係ない」

棘《とげ》のある口調だと自分でも気づいていたが、口から出てしまったものは取り消せない。

彼の紫紺の瞳がわずかに眇《すが》められる。びりりと空気が張り詰め、燈王の周りにいた側妻《そばめ》候補達が

彼の威圧《いあつ》に耐えきれず数歩後ずさった。

「そこのお前。死ぬ覚悟くらいはできてんだろうな」

どうして、あなたがそんなに怒る。

言い返したくなったがぐっと堪《こら》え、すぐ隣にいるシンユィの顔を見上げる。

ヒクと、軽くこめかみを引きつらせた彼女が、私を見て場違いにもウィンクをした。

瞬間。

パァァァアッン!!

「っ行くわよ！」

あたり一帯に響く、炸裂音《さくれつおん》。

耳がおかしくなりそうなその合図を機に、シンユィが私の手を引いて走り出す。

騒然《そうぜん》とする人混みを巧《たく》みにすり抜け、塔の裏側までやってきたと同時、今度は視界に一瞬だけ影がかかった。

「これは何だ⁉」

「ブランの幻術《げんじゅつ》よ！　しばらくアタシ達を隠蔽《いんぺい》してくれるから、その間に距離を稼《かせ》ぐわ」

風のごとく走るシンユィ。それに置いて行かれないよう、私も必死で足を動かす。街の門を抜け、ぐるりと遠回りをして近くの森へ入り、朝方通った街道へと戻る。そこでようやく、私の手を離した彼女の足取りが緩《ゆる》やかになった。

少し、息が弾《はず》んでいる。木の枝に引っかけたのか、ほつれた三つ編みを適当に括《くく》り直していると――

「……っっっあーー!!　もう、何なのォ!?」

突然叫び出したシンユィ。気づけば彼女は格好こそ先程のままだが、肌の色は元に戻り、角もなくなっていた。その首元にはいつもの通り、竜人最大の特徴である逆鱗《げきりん》が見える。

駆《か》け足程の速度になったのでそのまま足を止めずに、私はおそるおそる声をかけた。

「ど、どうしたんだ？　私のせいで走らせてしまったのはすまなかったが……」

「ちっがうわよ！　何あの化け物級にやばそうなオトコ！　超超超絶ッ宝級色男だったけど、死ぬ程アレだったわァ！　まさか、あのオトコ、たまに話で聞いたアナタの幼なじみとか言う!?　言っちゃうのよねェ!?」

気圧《けお》されている私に気づいているのかいないのか、彼女の口は止まらない。

「完っ全に『カノエに近づくオトコは殺す』って目をしてたじゃない！　ていうか、タイミング計って様子見してたけど、お互い馬鹿ッ、おバカよ!!　も～やァだ～～！」

何を言いたいのかよくわからないが……とにかくあそこで喧嘩《けんか》をしてしまったのは確かに馬鹿だったたと思う。それだけは頷《うなず》けるので、私はひとまず肯定《こうてい》から入ることにした。

「そうだな。私は愚《おろ》かだった。あんな衆目《しゅうもく》の前で言い合いをするなんて……」

「違う！　カノエの宝級お鈍《にぶ》ッ!!」

「そ、そう言われても」

「あんなの見せられたらもう婚活どころじゃないわァ～！　まぁブランが上手《うま》く収めてくれるだろ

うから、もう少し旅はできるかもだけどぉ」

「一体どういうことなんだ……？」

全く話が見えないのだが。

それでもシンユィには全てがわかっているらしい。そして、ここにはいないブランも。

ところで先程の姿もブランの幻術《げんじゅつ》なのか。なぜそのような格好をしているのかも私には意味不明なのだが。

目を白黒させる私があまりに哀《あわ》れだったのか、シンユィはため息をついて私の頭を撫《な》でてくれた。

「カノエと学者サンをふたりっきりにさせた後、やっぱり心配でついていっちゃったのよぅ。アナタがあんまりノリ気じゃないのもわかってて無理させちゃったし……あ、でも会話は聞いてないわよ？　離れて見てたの。途中からブランも合流して」

「そ、そうだったのか……」

「幻術《げんじゅつ》で隠蔽《いんぺい》してたから気づかなかっただろうけどぉ。そしたら学者サンは走っていなくなっちゃうじゃない？　かと思ったら、カノエはちょっとしたイケメンに声かけられちゃうじゃない？　諸事情あって早くアナタと合流したかったから、ブランがアタシに男装させた上で幻術《げんじゅつ》をかけて、カノエの恋人面《づら》して攫《さら》ってこいって送り出したのよぉ」

だからそんな格好をしているのか。

たくさんあった謎のひとつがようやく解けて、少しだけ安堵《あんど》する。

「でもぉ～……まっさかあんな危険地帯に飛び込んでく羽目になるとは、思わなかったわぁ」

「むぅ？　シンユィはそういう場を楽しむ派だと、ブランが前に言っていたが」

「ンもぉ〜！　ガチで死ぬ可能性がある場なんてゴメンよォ!!　アナタはもうちょっとオトコゴコロ、いいえ恋心を学びましょうねぇ〜。……でも、あのオトコの思い通りにさせるのは癪《しゃく》だわぁ……ってことで、カノエ！」

「う、うん？」

何がどうなっているのか、全くわからない。

ただ、燈王から逃げるような手段を取ってしまったのは……よくなかったと思うのだ。もっと話し合うこともできたのではないか。いや、だがあのままでは、冷静になんてなれなかったし……。

幼い頃から私に良くしてくれた幼なじみの結婚観が、私と全く合わなかったこと。特上の嫌がらせのように、私がほしかった物を他の女への貢《みつ》ぎ物にされたこと。里を出て久しぶりの再会なのに、なぜか一方的に怒られたこと。全部が全部、私の頭の中で整理も消化もできないまま、ただぐるぐると回っているだけなのである。

一旦整理するために、ブランやシンユィと夜通し話し合いたい。ネブラに戻り、燕慈殿おすすめの宿《やど》の食事をたくさん食べて、昼前までぐっすり寝たい。

「婚活パーティ、行きましょうよぉ！　気晴らしと、もっとまともなオトコ探しに！」

「……うん？」

頭の中の情報に、いっぱいいっぱいで。

そんな時、更にぶちこまれた、彼女からの提案。

私は何も考えることができず、ひとまず首を傾《かし》げたのだった。

幕間三　鬼神の御子《みこ》、仮面を捨てる

『触らないでくれ――』

はっきりとした口調の、容姿からすると、やや低めに感じる声。あいつらしい落ち着きのあるそれは、鬼神が寵愛《ちょうあい》したという金玉《きんぎょく》の声を持つ鳥を思わせる程、美しく響く。

常は抑揚《よくよう》の少ないその声に、あの時はやけに感情が籠《こ》もっていた。

だが、何を言われたのか、俺には全くわからなかった。いいや、わかりたくない。

迦乃栄が俺を拒《こば》むなんて、そんなこと、信じたくないんだ。

『――あなたが誰を何人妻にしようが自由だが、私はそれを祝福したくない』

俺が誰を妻にするって？　お前以外の誰を、娶《めと》ろうというのか。

――迦乃栄が俺の手の届く範囲にいるのなら、今までのことは全部どうでもいいと思っていた。

里長に汚い手を使って妨害《ぼうがい》されても、愚《おろ》かな女に縋《すが》られようとも、勝手に『理想の燈王』を作り上げる輩《やから》に迫られても、あいつがいるならどれも些末事《さまつごと》だ。

それなのに、やっと手に入れられる位置まで来たのに……

『私の大切な人だ。燈王には関係ない』

俺の手を拒《こば》んだ迦乃栄が、違う男の手を取る。男の腕の中でわずかに顔を緩《ゆる》め、深い息をつく、俺の唯一。たとえ悪夢であっても、あれ程残酷《ざんこく》な光景があるだろうか。

——なぜ、俺のもとから離れる。

俺の言葉が足りなかった。怒るよりも先に、心配したとなぜ言えなかった。自《みずか》ら近づく女に気を取られ、他の女が迦乃栄と言葉を交わすのを、どうして許した。

何を後悔しても、迦乃栄はもう俺の眼前にいないのだ。

追いかけたとして、手に手を取り合うふたりを見せつけられて……俺はその男を殺さずにいられる自信がない。迦乃栄に憎まれ恨《うら》まれる覚悟が、できない。

「一体何事ですの、今の音はっ!!」

「いったぁ～……耳キーンってするぅ……ひどいよぉ」

「あら……先程のお嬢さんと殿方《とのがた》は、どこへ……？」

上空から落ちていくがごとく響いた炸裂音《さくれつおん》。それを受けた周囲のざわめきが、遠い。

それなのに、再び俺に近づいてこようとする女共の声だけは、はっきりと聞こえる。

ぼんやりと、そいつらを視界に入れる。

地団駄《じだんだ》を踏む勢いで金切《かなき》り声を上げる、天人の女。自分を仲間にしろといきなり迫ってきた、カルシェル王国の第九王女だ。かの国の王族は回復魔法に優《すぐ》れ、欠損も含めてどんな外傷も快癒《かいゆ》させられる固有魔法を使う。万一迦乃栄が怪我をしていても助けられるよう、一ヶ月だけ連れ歩くのを条件として、固有魔法が籠《こ》められた護符《ごふ》を王家に作らせた。

甘ったれた仕草で俺の腕に絡《から》みつこうとする、獣人の女。俺が復帰したことを聞きつけ、独自の情報網で迦乃栄の捜索を手伝ってくれると言った元仲間が、その代わりにと押しつけてきた妹だ。冒険者としては全く使えないが、迦乃栄がエスタフィにいるという情報を仕入れたのは元仲間だから、その態度にも我慢をしていた。

迦乃栄が消えたことに歪《ゆが》んだ笑いを浮かべる、魔人の女。伝説の魔法士である『千年魔女』の曾《ひ》孫《まご》弟子を名乗るそいつは探索魔法が得意と聞いたので、迦乃栄の行《ゆ》く先を知るため訪ねた。結局行方《ゆくえ》は掴《つか》めず無駄足だったが、なぜか報酬《ほうしゅう》は金ではなく、しばし俺の傍《そば》にいることだと勝手に決め、追いかけてきた。

俺の傍《そば》にと望む女や男は、他に幾人《いくにん》もいた。この容姿や宝級冒険者の肩書きに引き寄せられた奴らを、俺は全て拒否した。残ったこの女共にも、対価はすでに払ってある。天人の女と獣人の女はしばらく共にいるのを許してやったし、魔人の女には一応行使した探索魔法の報酬《ほうしゅう》を最初の契約通りに押しつけた。だから、近づくのを許す理由はとっくにない。

それに言葉でも『妻にするつもりはないし、ついてくるな』とはっきり伝えているし、エスタフィに入る際には実際に置き去りにしたのだ。それでも追ってくるこの女共が、気持ち悪くて仕方がない。

「ヒオウが直々《じきじき》に手を差し伸べたのに拒否するなんて、なんと不敬な……不快ですわ。もう忘れるに限りますわ！」

「ええ、恋人と手に手を取って去ってしまったことですし……ねぇ？」

この女共がいなければ、迦乃栄におかしなことを吹き込まれることもなかった。

俺がお前らを娶《めと》るなんて、いつ言った？　そんな素振《そぶ》りを、一度でも見せたか？

勝手な妄想《もうそう》を垂れ流し、自分の理想を盲目的《もうもくてき》に信じ、それを俺の唯一に押しつけるなんて。

そんなことをするような輩《やから》は——死んでもいい。

「ヒオウ様ぁ～？」

一番近くにいた、獣人の女の首を片手で覆《おお》う。

そのまま力を籠《こ》め——

「——おっと、往来《おうらい》でそれはまずいんじゃないかねぇ」

闇が被《かぶ》さったかのように、突然視界が一段暗くなる。

同時に、体の動きがひどく鈍《にぶ》くなったのを感じた。

「さすがにそこまでされると、うやむやにできなくなっちまうよ」

気だるげな、どこか老成《ろうせい》した雰囲気を持つ声の主《ぬし》がそれを行《おこな》ったのだと、言われずともわかった。

「誰だ、お前」

けれども、動けないわけではない。女の首に手をかけたまま、ゆっくりと振り向く。

そこには、ドレスにしてはずいぶん際《きわ》どい黒の衣装を身に纏《まと》い、頭上に黒い巻角を有する魔人の女がいた。杖を携《たずさ》え、巨大な魔法陣を後光のごとく背負うその姿は、女が尋常《じんじょう》ならざる魔法の使い手であることを教えている。

呆然《ぼうぜん》としていたとしても、殺気《さっき》には気づける。この女に、俺を害するつもりはないようだった。

もし害意があるのなら、動きを抑える前にまず攻撃魔法を使うだろう。

それでも攻撃してきた瞬間には殺すために、神経を研《と》ぎ澄《す》ませる。

「あははっ、すごいねぇ！　よく動けるモンだ。あんたには、ただ突っ立ってることしかできないレベルの拘束《こうそく》魔法をかけたんだけど……」

女がその隻眼《せきがん》を細め、道化《どうけ》のように大仰《おおぎょう》な拍手をしながら近づいてくる。

細く息を吐いてから、俺は女の背後にある魔法陣を観察した。描《えが》かれているのは、真円に魔法文字と精緻《せいち》な図形。効果は……

「拘束《こうそく》、精神混濁《こんだく》、幻惑《げんわく》……か」

「さすが、鬼神の御子《みこ》にして『拳聖《けんせい》』の名を冠するだけはあるじゃあないか。若くとも場数は踏んでるみたいだねぇ。魔法の適性が低いのにこの陣を読み解けるのかい」

にやりと笑った女が、生気を失ったように立ち尽くす天人の女と魔人の女の隣をすり抜ける。

見れば七色の塔の周囲にいる通行人全てが、女共と同じ状態だった。

もしかしたら街全体に何かの魔法をかけたのかもしれない。そんなことができる魔法士なんて、俺はひとりしか思い当たらない。

「お前、『千年魔女』か」

その名が示す通り、千年以上前の人物ではあるが……種族寿命である二百年をとうに超え、今尚生き続けると噂される伝説の魔人。世界の誰よりも美しく強大な魔法を使い、世界で唯一魔神《まじん》殿へ至る古代魔法を手に入れたと言われている女だ。

その正体は寵愛《ちょうあい》されし魔神《まじん》の御子《みこ》だとも、人ならざる神の眷属《けんぞく》だとも、はたまた神の依り代《よしろ》だとも伝えられている。

足跡《そくせき》は四百年程前に途絶えているが、『千年魔女』を崇拝《すうはい》する多くの魔法士や魔人は、女が今も生きていると信じている。その伝説を、まさかこの目で見る日が来るとは。

普通だったら、俺でもため息をつく程完璧な魔法陣だ。だが、今の状態では全く心が動かない。

「やめとくれよ、そのこっ恥ずかしい名前は。今はまだマシな『光芒の魔女』って名で通してる、ただの晶級冒険者さ」

「どうでもいい。俺の邪魔をするなら、その魔法陣ごとぶち破る」

「怖いねぇ……あたしは肉体派じゃあないんだ。ただでさえ魔法耐性の高い鬼人とは相性が悪いってのに、あんたみたいな反則的に強い武闘士《ぶとうし》とサシで戦う気なんて、さらさらないよ」

だったら――どうして俺の前に立ち塞《ふさ》がる。

眉根を寄せ、獣人の女の首から手を離す。そのまま拳《こぶし》を構えた俺を見て、女が制止するように手を横に振った。

「待ちなって。血の気の多い色男だねぇ……何のためにこんなしち面倒くさい魔法陣描《えが》いて、周りを静かにさせたと思ってんだい。あんたがここで感情のまま暴れたら、笑えない面倒ごとになっちまうだろ」

「なぜ俺を止める。お前には……」

関係ない。そう言おうとして、ようやくあることに思い至った。

迦乃栄の角を消していた魔法。そして、さっきの炸裂音《さくれつおん》。あの音にぴたりと合わせた動きを見せたのは、迦乃栄を腕に抱いた、忌々《いまいま》しい鬼人の男のみ。

湧《わ》いた殺意を、一呼吸で抑え込む。今この女を害してどうなる。こいつは、迦乃栄に関係している手がかりなのに。

「……お前は、迦乃栄の何だ」

「あたしはあの子の味方さね。だから、これ以上話がこじれるのを見てるのは忍《しの》びなくてねぇ……まぁ、こじらせた一因はあたしなんだけど」

女が展開したのは、周囲の動きを止め、意識を極端に鈍《にぶ》らせるだけの魔法陣だ。それ以外の効果はないから、真実俺と話すつもりでそうしたのだろう。女の言葉に嘘は見られない。

構えを解いた俺に、女は安心したようだ。手にしていた杖をしまい、数度頷《うなず》く。

「ひとつ、あんたにネタばらしするよ。カノエを連れて逃げた相手、あれは本物の鬼人じゃない。竜人を幻術《げんじゅつ》で鬼人に見せていただけでねぇ」

「竜人……？　だったら」

竜人という種族は生涯たったひとりの相手しか愛せない。奴らは世界に生まれる前から、運命として決まった『定《さだ》めの半身』がいるのだ。そしてそれは同族のみ。例外は、決してない。

最初から竜人だと知っていたなら、俺ももっと冷静に話を聞くことができたんだが……いや、でも迦乃栄はあの男のことを『大切な人』だと……

「ちなみに、カノエにとってあいつはただの旅の仲間だよ。あたしにも、あの竜人にもよく懐《なつ》いてくれてるさ」

疑問に先回りして答えられ、何となく癪《しゃく》に障《さわ》る。

ひどく安堵《あんど》している自分にすら苛立《いらだ》ち、つい舌打ちをしてしまう。

「チッ……何でそんな紛《まぎ》らわしいことしてんだよ」

「あんたじゃなくて、あんたの前にいた男にけしかける予定だったんだよ」

「虫除《よ》けか」

「そうさ。耳寄りな情報を手に入れたから、早くあの子に伝えたくてねぇ……まぁ、全く必要なかったんだけど」

そこでなぜか、女は俺にぐっと近づいた。そのままぐるりと俺の周りを一周し、何かに納得したように満足げに笑う。

「……何だ」

「誠実で、気の合う性格で、同種族の男。更に言うなら生理的嫌悪感《けんおかん》がない顔立ちで、筋肉筋肉してなくて、長髪で、着物を好んで着てる。で、賭博《とばく》をしないで読書家かつ狩りもできる」

「は？」

いきなり歌い出すように、つらつらと並べられる何かの言葉。いや、特徴か……？

「性格はよく知らないし、ギルドで聞いた噂よりずいぶん激しそうだけど……あんたが我《われ》を忘れる程にカノエを大切にしているのは、見てりゃわかったさ」

「あ、ああ……？」

「顔は文句のつけようがない上に、上位鬼人らしい細身の体形だ。髪だって見事なモンだし、身につけてるのも粋《いき》な着物。あんた賭博《とばく》はするかい？　読書は？　狩りはどうだい？」

「……賭《か》け事は嫌いだし、本は読む。狩りは里育ちの鬼人なら基本だろ」

何が言いたいのかわからず、とりあえず聞かれたことに答えておく。

俺の答えに満足したらしい女が、ぱちんと手を叩いた。

「わっかりやすいねぇ、カノエも。あの子のことだ、色々素直に受け取り過ぎたせいなんだろうけど」

「おい、何が言いたい？」

「ここから先は、あたしが言っていいことじゃあないさ」

にやけた顔を見せた女は、言葉通りそれ以上会話を続けるつもりがないらしい。ぐるりと周囲に視線を巡《めぐ》らせ、大きく伸びをした。

そこで俺は、その背後にある魔法陣が先程より光を失っていることに気づく。

もうすぐ魔法が解ける。そうなれば、周りも動き出すだろう。

「そろそろ帰るよ。あたしも言いたいことは言ったしねぇ……ああ、一応聞いておこうか。あんた、カノエを諦めるつもりはないだろうね？」

「ねえに決まってんだろ」

反射的に答える。

俺が妻にと望んだのはただひとり。

きちんと順序立てて話をすれば、迦乃栄は女共に言われたことが偽《いつわ》りだと理解してくれるはずだ。

あの男が竜人で、迦乃栄があれを好いていないのなら、俺の求婚には何の障害もないだろう。

「あんな、かわいらしい嫉妬《しっと》をしてくれたんだ。今更どこに諦める要素がある？」

俺が里長の孫娘と結婚したと思い込んでいた迦乃栄は、いつになく強い感情を俺にぶつけてきた。

幼いと言っていい程、わかりやすい嫌味。精一杯不快げに顔を歪《ゆが》めようとして失敗した、泣きそうな表情。己《おのれ》の目で見たもの、聞いたものだけを信じる、愚直なまでの態度。

あんな拗《す》ね方、かわいい以外にないだろう。

思い返すだけで、堪《こら》えきれずに笑ってしまう。最初に角の話などせずに、そのまま攫《さら》ってしまえばよかったんだ。そうしていたら今頃、迦乃栄は俺の腕の中にいたはずだ。

「……あーあ、婚活の旅もこれでおしまいかい。もうちょっとばかり、三人で楽しみたかったんだがねぇ」

「婚活……結婚のためのあれこれってやつか？　そんなの今更、させるわけねえだろうが」

「むっかつくねぇ、この色男……言っとくけど、わざわざここに連れてきてなんかやらないからね！　逃げられたんだから、自分の力で捜すんだよ」

「お前に言われなくても――……ん？」

女の腰元についていた、白くてでかい綿《わた》のようなものが、俺めがけて飛んでくる。

ただの装飾品じゃないのか、と思いながら片手で掴《つか》み、よくよく観察すると……

「何だこの魂《たましい》。物質化してんじゃねえか」

「……えっ」

「元は人みたいだが、違う力が入ってるな……精霊か、神の眷属《けんぞく》の混ざりものか？　どうせうまく鬼神のもとに還《かえ》れなかった魂《たましい》だろ」

この世で死した魂《たましい》は、再び生まれるために世界を巡《めぐ》ってから、世の果てにいるという鬼神のもとへ還《かえ》るのが自然の摂理《せつり》だ。ただ、中にはその流れにうまく乗れず、いつまで経《た》ってもそこへ辿《たど》り着けない魂《たましい》もいる。

そうした魂《たましい》は疲弊《ひへい》して消滅する場合が多い。しかしこの毛玉のように、生き物の理《ことわり》を超えた存在の気まぐれによって別次元の存在――半精霊という存在に変質させられる時もあるようだ。

俺がそのことを知っているのは、過去に似たような魂《たましい》と対話した経験があるからだ。前回会った魂《たましい》は、水精霊から力を与えられた水の玉だった。

まぁ、本当に稀《まれ》な例だから、俺が見たのはこいつで三人目だ。

前回と前々回はただ話がしたいと言われただけだったが……この毛玉の魂《たましい》の場合、俺と話をというより、この女から離れたかっただけに見える。

「人の魂《たましい》が毛玉になるなんて……そんなことあるんだねぇ」

「かなり珍しい事例だし、毛玉に変化したのは何かと混ざったせいだろうけどな。長く生きてんのに、婆《ばばあ》は聞いたことねえのか」

「生憎《あいにく》とあたしが会ったことがある鬼神の御子《みこ》は、鬼火《おにび》が見えるだけだったからねぇ……つうか、歳《とし》のことは言うんじゃないよ、若造」

やたらと感情の籠《こ》もった隻眼《せきがん》でぎろりと睨《にら》まれて、ひとまず黙る。

まぁ、別にこの婆《ばばあ》が実際千年生きてようが伝説の魔女だろうがどうでもいいしな。

「毛玉、戻っといで」

「キュウ！」

手を緩《ゆる》めてやったのに、毛玉は俺のところから離れない。

……婆《ばばあ》、やっぱ嫌われてんのか？　いや、だが別の思念もあるな。婆《ばばあ》が苦手という理由とは別に、俺に用がある……？

ひとまずそこで思念を読み取るのをやめておく。何かやらかすつもりはなさそうだし、きちんと意思疎通《そつう》するには、少し集中が必要だからだ。

「わがまま言ってんじゃないよ、毛玉。毛玉」

婆《ばばあ》が何度か呼ぶが、毛玉は決して動かない。そのうち諦めたように、婆《ばばあ》はため息をついた。

「もう、いいさ……カノエとあんたが会えた時に回収するよ。そいつはあの子のお気に入りだからね」

「へぇ……この毛玉、お前のこと相当怖がってんな」

「捨てろって言っただけなのに……」

肩を落とした婆《ばばあ》が、おもむろに背から翼を出して大きく広げる。

「ひとまずあたしは行くよ。あたしとあんたの会話はそこいらの奴らの記憶には残ってないけど、さっきまでの大喧嘩《おおげんか》はしっかり覚えられてるからねぇ。自分で切り抜けな、若造！」

「どうとでもなる。迦乃栄に余計なこと吹き込むんじゃねえぞ、婆《ばばあ》」

結構整っているはずの婆《ばばあ》の顔が思い切り歪《ゆが》む。

ただ、この女のおかげでずいぶんと気持ちが落ち着いたのは事実だ。感謝していなくもない……

癪《しゃく》だから言わないけど。

そのまま婆《ばばあ》がいなくなり、数秒を経《へ》て周りが徐々に音を取り戻す。

「……何だか、ぼうっとしていたわ」

「ん〜〜……あれっ？　ヒオウ様、さっきまであたしの隣にいたのにぃ！」

「ヒオウはあなたみたいな獣《けもの》くさい小娘より、わたくしが傍《そば》にいるのを望んでいるのですわ！　ね、そうでしょう、ヒオウ？」

今なら冷静に、この女共を見られる。

好かれようと努力をするどころか、『自分なら当然愛してもらえる』と思い込み、気持ちを押しつけるだけの愚《おろ》かな生き物。あまりに身勝手で、醜《みにく》い。

「……はぁ」

何やってんだろうな、俺。柔らかく対応しても無駄なら、『お優しい燈王様』なんて、演じる必要もなかったんだよ。でかい顔して側妻《そばめ》面されるとか、真実じゃないからどうでもいいと放置せずに、殴り飛ばしてでもやめさせるべきだったんだ。

俺はいつものように笑みを浮かべ、心の赴《おもむ》くままに言葉を発する。

「黙れ、見苦しい」

ぴたりと、三つの口が閉ざされる。

ついでに周りの視線も、こちらを窺《うかが》うようなものになった。

往来《おうらい》で迦乃栄と言い合いをしてしまったのは配慮が足りなかったが、ここにあいつがいない今、どんなことを言おうと関係ない。誇《そし》りでも恥でも、何を受けても構いやしない。

義理は果たした。周りにもそう納得してもらえる程度には付き合った。

こいつらはある意味、どうでもよくない存在――俺と迦乃栄に害を成す者だ。だったらこれ以上ないくらいわかりやすく、さっさと切り捨ててやろうじゃねえか。

「俺は言ったな。何度も何度も『ついてくるな』と。それに『妻はひとりしか娶《めと》らない』とも言った。お前らの頭の中で都合のいい冗談にされたのか、意味不明な照れ隠しに思えたのかは知らねえが……いい加減、うざいんだよ」

「い、一体どうしたのかしら、そんな怖い言葉を使って……」

笑顔を引きつらせ、それでも余裕を持って振る舞おうとする魔人の女。

この女は、何の益《えき》にもならなかった。探索魔法を失敗するわ、報酬《ほうしゅう》も勝手に変えるわで、迷惑しか掛けられていない。しかも、だ。

「『千年魔女』の曾孫《ひまご》弟子とは、ずいぶんな騙《かた》りじゃねえか、お前」

「なっ……ひどいわ、愛《いと》しの御方《おかた》」

本物の『千年魔女』は街ごと覆《おお》うような大魔法を、笑いながら行使する女だぜ？　その縁にある魔法士がここまで惰弱《だじゃく》なんてあり得ない。たとえ婆《ばばあ》の魔法だけが突出して強いとしても……かけられた魔法に対して一切の干渉、もしくは抵抗ができないのはおかしいんだよ。

同門の魔法を防ぐ術《すべ》すらない奴を独り立ちさせるなんて、まともな魔法士の師匠は許さない。『千年魔女』縁《ゆかり》の魔法士ならば、あの魔法の中でも最低限意識を保《たも》てる術《すべ》くらい持っているはずだ。

なのに、この女は迦乃栄の角にかけられた幻術《げんじゅつ》にすら何の反応も示さなかった。

迦乃栄の居場所がわからなかったのも、おそらく婆《ばばあ》が幻術《げんじゅつ》ついでに探索を弾《はじ》く魔法でも使っていたからだろう。だからこの女の魔法が効かなかった。

「妻を捜すのに忙しく、お前の肩書きなんて気にしてなかったから後回しにしていたが……お前を紹介した魔法士協会には全て報告しておく。経歴詐称《さしょう》に、報酬《ほうしゅう》の一方的な変更、依頼者への迷惑行為」

「や、やめてくださいな、そんなの」

「やめてほしいのはこっちだ。俺に無駄足踏ませたあげく、伝説に泥塗《どろぬ》りやがって。二度とその面《つら》見せんじゃねえよ、詐欺《さぎ》女」

吐き捨てて、腕が触れる程近くにいる天人の女へ向き直る。

相当察しが悪いらしく、そいつは自分はここにいるのが当然と言わんばかりの顔をしていた。

「対価だった一ヶ月はとうに終わった。わがままも終わりだぜ、お姫様」

「わけのわからないことを……わたくしは、この類《たぐ》い稀《まれ》なる才能を活《い》かし、ヒオウと冒険者に……」

この馬鹿王女が俺のもとへ押しかけてきた時、カルシェル国王から伝言が届けられたのだ。

国王と一部の王族とは少しだけ個人的な付き合いがあり、彼らから直々《じきじき》に『臣下に降嫁《こうか》させるから、現実をわからせてやってくれ』と頼まれている。正直面倒なことこの上なかったが……こうして言質《げんち》もとってあることだし、心置きなく真実を言える。

「ならねえって、何度言ったら理解できる？　大体、いつも回復魔法がどうのこうの言ってるが、お前を同行させる条件だった護符《ごふ》はお前が作ったものじゃない。俺に届けられたのは、第三王子が一から作り直したものだ。お前の魔法は未熟で不安定だから、護符《ごふ》としての形を留められなかったんだとよ」

「――え、え……？」

「第三王子が妹想いでよかったな。王子自身は対価を望まず『護符《ごふ》は妹が作ったことにして、どうか同行させてやってほしい』と言ってたぞ」

「うそ……嘘よそんなの！　わたくしの魔法は、完璧でっ!!」

「王子から聞くに、お前は自分に才能があると思い込んでほとんど修業をしてないらしいな。今まで国民のおかげで豊かな生活を送れてきた王族が、国の固有魔法すら満足に行使できないってのは怠慢《たいまん》だろ。しかも王族の義務すら放棄《ほうき》して冒険者になった上、異種族婚を望むとは……信じられねえな」

どこからあの自信が湧《わ》いていたのかは知らない。ただ、全て自分の思い通りになると信じて疑わないその態度に吐き気がする。

現実が受け入れられないのか、金切《かなき》り声を上げる馬鹿王女を押しやって、最後に獣人の女へ。

「ヒ、ヒオウ様ぁ……？」

上目遣《うわめづか》いで俺の顔を窺《うかが》う女。元仲間から土産話《みやげばなし》を聞いたことで、俺の嫁になりたいと言い出したガキだ。

こいつの兄は、俺が旅の途中で妻へ貢《みつ》ぐ素材を集めていたことを知っている。俺が他の妻を娶《めと》るつもりは毛頭《もうとう》ないことも。だが俺が結婚する前に、どうしても妹に憧れの鬼人と旅をさせてやりたかったらしい。妹かわいさのあまり、判断力が低下したのか。そんなの傷つけるだけなのに、おかしなことを言うと思った。

「俺はお前が、一番許せない」

「な、なんでそんなこと言うのぉ……？」

くしゃりと顔を歪《ゆが》めて、女が涙を零《こぼ》す。

他の者なら庇護欲をそそりそうなその光景は、俺にとっては何ら心動かない、どうでもいいものだ。

「俺はお前を娶《めと》らないと言った。兄貴にも『ヒオウは結婚前だから、憧れるのはいいけどわがまま言って困らせるな』とか忠告されてたよなぁ？　なのにお前は俺の嫁になるの一点張り。妄言《もうげん》垂れんのは勝手だが、それを俺の唯一に押しつけた」

「ゆいいつって……何で？　だって、あの子はヒオウ様の本妻じゃないじゃん！　角だって四本しかなかったし、ヒオウ様じゃない人といなくなっちゃったし！」

わめき立てる声が、鬱陶《うっとう》しい。迦乃栄の事情なんて、お前らが知る必要はない。

それに、角以外の容姿は俺が挙《あ》げた捜し人の条件に限りなく近い。にもかかわらず、女共が全く察せなかったのはなぜか。たとえ角の数が違ったとしても、俺が話しかけて連れて行こうとしていることに、少しも思うところはないのか。

おそらく現実を見たくないんだろう……そんなの俺の知ったこっちゃないが。

「お前が余計なことを言わなければ、あいつは逃げることもなかったし、隠していた角も元に戻した。勝手に多妻主義にされて、あいつに幻滅《げんめつ》された俺がどれだけ迷惑を被《こうむ》ったと思う？　日障《めざわ》りだ。夢から覚めろ」

「いやっ！　知らないっ！　知らないよぉ……ヒオウ様はあたしと結婚するんだもん！　するのぉ！」

座り込んで泣きじゃくる女を放って、俺はあたりを見渡す。興味ありげな視線や冷めた視線、哀《あわ》れみの視線や俺を非難するような視線、多くの通行人が俺を見ているが、もう弁解などしない。

たまたま目が合った、冒険者らしき格好をした獣人と魔人の男に声をかける。

「なぁ、こいつら運ぶの手伝ってくれよ。ギルド経由でカルシェルへ帰すから」

弁解はしなくとも、この場の後始末くらいはする。ここまで心を折れば二度と俺に近づくこともないだろうが、万一にも追って来られないように。

話しかけられるとは思っていなかったのか、ふたりの男は顔を見合わせてから近づいてきた。

「ちょ、おい、『拳聖』だよな、あんた……。あの、単独で上級の特異種狩ったとか、死霊《しりょう》に支配された都市を鎮《しず》めたとか、やべー功績ばっかなのに、めちゃくちゃ人ができてるって噂の」

「功績はともかく、人柄は知らねえな。しょせん噂は噂だ。それに、伴侶《はんりょ》になる女にいらんこと吹き込まれたんだ。怒っても当然だろ？」

「あー……あのすごい綺麗な子、『拳聖』さんの嫁さんなんすね。鬼人ならそりゃキレるか……。つうか、この『千年魔女』の弟子騙《かた》り女、ないっすわー。あの伝説汚《けが》して生きてることがもう罪だわー。俺、こっちの女が一番無理」

魔人の男が汚い物でも見るかのように詐欺《さぎ》女を避《さ》け、未《いま》だに泣きわめく獣人の女の両脇を掴《つか》んで持ち上げる。それを見て、獣人の男も呆然《ぼうぜん》としたままの詐欺《さぎ》女の肩におそるおそる触れた。

ただの通行人ではなく冒険者に声をかけたのは、俺の名を知る彼らなら協力を仰《あお》ぎやすいと思ったからだ。多少口が悪かろうが、態度が違おうが、エスタフィには俺自身を深く知る奴は少ないからどうとでもなる。

観光客や街人《まちびと》については、もう放置するしかない。まぁ、後でどんな噂を流されようとも、すぐアリュイースを出るから構わないしな。

「『拳聖』さん……ヒオウさんでしたっけ？　あの子、早く追わなくていいんすか？」

「ああ……」

そもそもここに来たのは、迦乃栄が好きそうな煌《きら》めくものが多い観光地だからなのと、単なる勘《かん》だ。情報ではエスタフィにいることしかわからなかったから、そうするしかなかった。

だけど、今は色々な情報を持っている。四角の美しい鬼人の女と、隻眼《せきがん》の魔人の女と、派手な髪色をした竜人の男。今後はその誰かを捜せばいい。それに……

「ちょっといいものを預かったんでな。うざい奴らもいないし、貢《みつ》ぎ物を整理してから捜す」

「わー……鬼人の貢《みつ》ぎ性《しょう》って、半端《はんぱ》ないんすよね。竜人の尽くし性《しょう》と張るって聞きましたわ」

「お、お前あんま失礼なこと言うなよ？　あの『拳聖』相手だからな？」

「うっさいよお前ー……あ、こいつ武闘士《ぶとうし》なんで、『拳聖』にすっごい憧れてるんす。あとでサインください」

「そういうこと言うなよ馬鹿野郎!!」

「別に構わないが――行くぞ」

馬鹿王女を片手で抱えながら、そう声をかける。返事をしたのは冒険者達だが……俺が本当に声をかけたのは、白い毛玉だ。

こいつが俺に提案してくるんだ――『鬼の乙女には世話になった。自分はあの子の気配を覚えている。あの子が本当に望むもののため、あなたを導《みちび》く』ってな。どんないきさつなのかは知らないが、俺の導《しるべ》になるというのなら悪くない。婆《ばばあ》もいい置き土産《みやげ》をしてくれた。

今度こそ、絶対に逃がさない。完璧に、迦乃栄を捕まえる。

第四章　鬼の乙女、恋を知る

燈王のことは、一旦忘れようと思う。情報が多過ぎて、整理がつかないからだ。

正直……かなり胸のあたりがもやもやするし、あの光景を思い出すだけで嫌な感情に支配されそうになる。だが、シンユィはわけのわからないことを言うし、街道を歩いている途中で合流したブランに至っては……

『あたしがしっかり話つけといたからねぇ。もうあの色男を気にすることはないさ！』

『だが、燈王は……』

『男に追わせて跪《ひざまず》かせてこそ、一流の女になれるんだよ。カノエは自分のことだけ考えてりゃいいさ』

やけに自信に満ち溢《あふ》れた様子で、更にわけのわからないことを言ってくるのだ。いつも的確な助言をくれる彼女達がこぞって『一旦置いておけ』というものだから、私は渋々頷《しぶしぶうなず》くしかなかった。

ひとりで考えていても、答えなんて出てこない。それに、推測だけで物を考えるべきではないと思うのだ。だから、考えに無理矢理蓋《ふた》をする。

ブランの言う通り、私には目下《もっか》、他に考えるべき予定があるのだ。

「それにしても、冒険者ギルドもなかなかおもしろいこと考えるねぇ」

「でっしょォ～？『がんばる冒険者に愛の手を！　王都冒険者ギルド主催婚活パーティ』って、張り紙見た時はたまげたわぁ」

「冒険者じゃなくても参加可だしねぇ。きっといい男も見つかるさ……多分」

「多分では困る。必ず見つけなければ」

私だって、しあわせな結婚をするのだ。ひとりの男に愛し愛され、穏やかな生活を送る。それだけは絶対に譲《ゆず》れない。

今までで一番気合が入っている私を見て、ブランとシンユィがひそひそと顔を寄せて話し合う。

「多分見つからないだろうけどねぇ……」

「んん～悔しいけど、ほぼ王都観光の記念って感じになっちゃうわよねぇ～……」

「ああ。いっくらカノエが燃えてても、あの結婚相手の条件じゃあ、当てはまりそうなのはひとりしか……」

「追ってくるんでしょ？　アタシ達目立つし、本気で来られたら逃げるの難しいわぁ……」

「あんまり大きく見た目変えると、今度は身分証明ができなくなっちまうしねぇ。全部清算して真剣に追って来られちゃあ、あたしらの出る幕もないさ。あとは当人同士の問題ってね」

「ねえ、ちゃんとアタシは無害だって伝えてくれたァ？　出会い頭《がしら》に殴り殺されたりしないわよねェ？　イヤよぅ、『拳聖』って、古代巨人種の土手《どて》っ腹《ぱら》に一撃で風穴《かざあな》空けたっていうじゃない……巨人種って上級魔物でも屈指《くっし》の防御力を誇る魔物よ？　そんなの受けたらアタシでも絶対に体が爆《ばく》散《さん》しちゃうわぁ」

「大丈夫だって。頭が冷えりゃあ理性的な奴だったよ。口は相当悪そうだけどねぇ……」

よく聞こえないが、真剣に話しているふたりの間に割り込むのも悪い。

手持ち無沙汰《ぶさた》になった私は、左肩あたりを触ろうとして……いつもの感触がないことに気づき、脱力する。

「毛玉……」

アリュイースで、毛玉とははぐれてしまった。あの時はその場を離れることで精一杯で、毛玉に気を配ることが全くできなかったのだ。ブランも燈王と話をして慌《あわ》ただしく街を出たというから、おそら手玉は見知らぬ土地で置き去りに……

悲しい。それに情けない。私はまた、生き物をきちんと飼うことができなかったのだな……

「カノエ～、また毛玉チャンのこと考えてるのォ？」

「そのうち戻ってくるさ。風に乗って、こう、ひょいっと」

「あんなに小さな生き物だ。何かに襲われていないか心配で……いい人に拾われてほしいが」

「悪いことにはならないさ。きっとそれなりに大事にされてるよ、毛玉はあんたのお気に入りだし」

どういう意味かよくわからないが、私のようにふわふわした手触りを好む人に拾われているだろうということか。

それならいいんだ。毛玉がしあわせなら……

「あー、まぁ何だ。とにかくもうすぐ王都だよ。ショートカットしてきたし、早く着けただろ？」

「ブランがすすめたの、結局獣道《けものみち》だったじゃな～い！　ンもぉ、裾《すそ》が汚れちゃったわぁ～」

「あんたらがいつも走ってくせいだよ！　街道爆走《ばくそう》して大目立ちするよか、こっちの方がマシさ。弱い魔物も蹴っ飛ばしていけるし、なによりあたしも変な目で見られず移動魔法を使えるしね」

そうなのだ。私達はアリュイースを出てからそのまま、走ってエスタフィの王都へ向かっている。

いくら国内とはいえ、街から街への移動は馬車や、使役《しえき》した魔物に引かせた定期便などを使うのが普通らしい。徒歩で行こうとする者達は路銀《ろぎん》が心許《こころもと》ないか、依頼を受けながら移動する冒険者か、そのくらいのようだ。

今まで馬車を使うかなどと聞かれなかったのでいつも徒歩だったが……ブランいわく『実力のある脳筋《のうきん》』という位置づけになる私達に、そんなことを尋ねる方が阿呆《あほ》らしいとのこと。ところで、脳筋《のうきん》とはどういう意味だろうか？

「シンユィ。その婚活パーティは、二日後の開催だったろうか」

「そうよぉ～！　とりあえず今日はもう日が落ちるし、宿《やど》を探して、明日は観光しましょ～」

「観光がてら、パーティに備えて物も揃《そろ》えないとねぇ」

「うん？　着物も化粧道具も装身具も、もう色々あるぞ」

婚活をはじめてから、毎回同じ服というのもまずいということで色々と購入してあった。

街娘が着ているものと同じような洋服も買ったが、ネブラに着物の専門店があったので、買い物はもっぱらそこばかりだった。いつもの旅装と同じ形で裾《すそ》を短くして袖を切ったものも、晴着《はれぎ》のようにきちんとした着物も多くある。あれだけあれば、必要ないのではないかと思うのだが……

ちなみにこれらの購入代金は、全て私が常磐で集めていた鉱石《こうせき》を換金してまかなっている。どうやらかなり質のいいものばかりだったようで、特に大事にしていたお気に入りの鉱石《こうせき》をいくつか手元に残しても余裕があったのだ。

「せっかくの記念だものぉ！　目一杯おしゃれしなくっちゃ～！」

「あたしからも何かプレゼントさせとくれよ。記念だからね」

「一体、何の記念なんだ？」

「ソレはアレよぅ！　んと、カノエの王都デビューよ！」

「……成る程」

確かに王都といえば、もちろんエスタフィの中心地、最も栄《さか》えている場所だ。いつもの婚活服に気合が入っていなかったわけではないが、それ以上に気合を入れる必要があるのだな。

数度頷《うなず》く私を見て、ブランが微妙に噴《ふ》き出しそうな表情をした。彼女の笑いどころはよくわからないが、きっとその辺で兎《うさぎ》でも跳《は》ねたのだろう。

「と、とにかく王都だ。そうだカノエ！　ちょいと気分を変えて、王都にいる間だけ幻術《げんじゅつ》で違う髪の色にでもしてみるかい？」

「いや、別に……」

「染《そ》めるわけじゃないし、ちょっとやってもらったらァ～？　悪あがきも必要よね、ぅん」

「ん、どういうことだ？」

「何でもないわよぉ～！　銀髪とかどう？　緑は？　橙《だいだい》は？」

唐突に提案し、なぜかものすごくお勧めしてくるふたり。角程こだわりはないから、構わないが……

彼女達の圧《あつ》に押され、とりあえず頷《うなず》く。するとブランはにんまりと笑い、さっそく魔法陣を描《えが》いた。

「カノエは何色がいいんだい？」

「そうだな……」

自分の髪の色を変えるなんて、考えたこともない。どのような、と言われてもぴんとこなかったが……ふと頭の中に、私が会った中で一番美しい髪色が思い浮かぶ。急いでその映像を消し去って、私はとっさに口を開いた。

「ブランとシンユィの間の色でいい！　白と、躑躅《つつじ》色の間で」

「ふぅん……？　ずいぶん難しい色だねぇ。白っぽいピンク、いや紫がかったピンクかい⁉」

「カノエったらかわいいこと言うわねぇ～」

「……いや、似合わないと思うからやはり別の色で」

「大丈夫さ。あんたは可愛いってより美人寄りの顔だからねぇ。これで印象も変わってわかりにくくなる」

わかりにくくなるとは、いつもの私とは違う様子になるということか。

それのどこが大丈夫なのか理解できないでいるうちに、ブランが私に幻術《げんじゅつ》をかけた。長く三つ編みをしている髪が、撫子《なでしこ》の花にも似た淡《あわ》い桃色に変わる。全く見慣れない色味ではあるものの、綺麗だと思う。

「かわいいわよぉ～カノエ！」

「いい感じだ。結構似合ってるじゃないか」

「ありがとう、ふたりとも」

「気合ばっかり入れてても疲れちゃうわよぅ。楽しくいきましょ？」

「……そうだな」

王都へ続く街道に出るまで、あと少しだ。王都ではどんな出会いがあるだろう。

……もし私がいいなと思える人がいたら、彼女達との旅も終わりになってしまうな。

そう考えると、とても寂しい気持ちになる。それでも、私の背中を押してくれるのは彼女達だ。

先程から妙にふたりだけの内緒話が多いのも、今回のパーティでいい結果を得ることができるように、色々考えてくれているからかもしれない。

彼女達の気持ちに報《むく》いるためにも、絶対に結婚相手を見つける……とまではいかなくても、せめて無残《むざん》な結果にはならないよう、頑張るのだ。直接対面して相手を選んで話すのであれば、詐欺《さぎ》まがいの事態にはならないはず。

そう決意して、私は自然と笑った。

×　×　×

撫子《なでしこ》色の髪に合わせた、若竹色《わかたけいろ》の振袖《ふりそで》。桧扇《ひおうぎ》に花々が描《えが》かれた色鮮《あざ》やかな柄《がら》だが、白地に薄い金の刺繍《ししゅう》が入った帯で締めてあるので、そこまで派手には見えないはずだ。

結い上げた髪を、ブランとシンユィからの贈り物である簪《かんざし》と櫛《くし》で飾り、できるだけかわいらしくなるように、薄くだが化粧も施《ほどこ》した。

気合が入り過ぎかもしれないと思ったが、もう会場に着いてしまったので今更だ。

昨日下見をしておいた会場はそれなりに大きい。通された広間には昼過ぎの太陽が差し込み、清潔で明るい印象を受ける。

「結構な規模のものだな……」

受付で参加用紙を書くと、番号の札を渡されたので、その番号が書いてある二人掛けの席へ座る。

一息ついたところで、周囲を確認してみた。

男性は別室で参加手続きをしているということで、この広間にいるのは女性のみだ。現在は三十人程か。種族的には魔人と、意外に鬼人も多い気がする。普段着に近い格好から、まるで貴族のごときドレス姿の女性まで色々だ。この中だと、私の格好はむしろおとなしい方だろう。

ブランには『こういうのは目立ってこそだよ』と言われたが、これでは目立つのは無理だな。

その点は潔《いさぎよ》く諦めて、私は先程書いた参加用紙に目を落とす。名前からはじまり、趣味・特技、休日の過ごし方など、多岐《たき》にわたる内容を記載してある。パーティが開始したら、同席した相手が読めるようこの用紙を机の上に置くらしい。

流れは受付で聞いてきた。最初はこの席に座ったまま、男性が全ての席を回るのを待つ。その次は自由時間で、男女共に席を移動して気になる相手へ話しかけに行く。最後に告白シートなるものが配られ、そこに印象がよかった人やもう一度会いたい人の番号を書くのだ。

それですぐお付き合いというより、まずは軽くお友達からはじめましょうという趣旨《しゅし》の会のようだ。

「だから異種族入り乱れているのか」

「そうそう。ライトな考え方の子も多いから、ここは火遊びの場でもあるのよ」

隣からいきなり入ってきた声に、思わず目を瞬《しばたた》かせてしまう。

そこにいたのはひとりの妖人だった。種族柄か小柄で年齢がわかりにくいが、落ち着いた口調から考えて、おそらく私より年上だろう。背中にある、光で形作られた二対《につい》の翅《はね》が美しく可憐《かれん》だ。

「あなた、ここははじめてよね？　わたしは初期からの参加者なの」

「初期、ということは……ギルド主催の婚活パーティはこれが初開催ではないのか？」

そう聞き返した私に、彼女は頷《うなず》き、今までのパーティについて話をしてくれた。

何でもこの婚活パーティは、元々王都のみで告知され、もっと砕《くだ》けた雰囲気の立食会……いや、飲み会じみたものがはじまりだったらしい。それが今回からがらりと様子が変わり、真面目な婚活パーティになったとのこと。おそらく冒険者以外の参加も期待し、エスタフィ全土に告知してきちんとした形式に変更したのではないかという。

彼女と同じく複数回パーティに参加している経験者も多いという話だったが……

「先程あなたは『火遊び』と言ったが、あなた自身は婚活が目的ではないのか？　その、初期から参加しているということだし……」

言ってから、やや失礼な質問だったかと反省する。

だが彼女は気にした様子もなく、私に微笑みながら頷《うなず》いた。

「どちらかというと、わたしも遊び相手を探してる方に入るかしら。結婚したいって思える運命の人に会えたら、その限りではないけど……あなたはちゃんと婚活のために来たのよね？　どう見ても深窓《しんそう》の令嬢的な装《よそお》いだし」

そういう彼女は、普段着に近いワンピース姿だ。もしかしたら、服装の気合の入れ具合からも真剣度を測《はか》っているのだろうか。

「ああ。いい夫になりそうな相手を探している」

「そうよね。じゃあ、あなたによき出会いがありますように」

妖人の女性が、ふわりと微笑む。

隣の席がいい人でよかった。今まで足を踏み入れたことのない場所で、こうも温かい言葉をもらえると安心する。

「あなたも、親切にありがとう」

「いいのよ、私はネタ集めが一番の目的だし」

「ネタ……」

「これでも冒険者兼作家なの。冒険譚《たん》ばっかり書いていると、こういうエッセイみたいなものも書きたくなっちゃうのよ」

「そ、そうか……」

「でも、個人情報に繋《つな》がることは書かないし、人物像も変えるから心配しないで――あら、もうこんな時間。女同士でずっと話してると気後《きおく》れしちゃう男もいるから、話はこれで終わりね」

「わかった」

ひとまず頭を切り替えて、広間に入ってきた司会の説明を聞くが、受付で説明されたこととほぼ変わりなかった。飲み物が配られた時、今回は酒類禁止だとやけに強調されたくらいか。

真剣に結婚相手を探す人も、軽い出会いを求める人も、ただの遊び相手を望む人も、この空間には様々な人がいるのだ。どのような心持ちだろうとも、皆異性と知り合うためにここにいる。

私も頑張らなくてはな……。まず、今までと少し意識を変えてみるのだ。結婚相手や恋人としてでなく、この会の趣旨《しゅし》通り『まず友達から』でいい。とりあえずで付き合うのではなく、更に初歩的なところからはじめたい。

気合はもちろん充分だ。だがそれで空回りしても意味がない。シンユィも言っていたではないか、楽しもうと。

私に必要だったのは、必死さではなくきっと余裕なのだ。ネブラを拠点にしていた時に気づけなかったことに気づいたのは、私が成長した証拠だろう。

「では、これから男性方にお入りいただきます。まず番号順で――」

司会が説明を終えると、別室にいた男衆《おとこしゅう》がぞろぞろと入ってくる。やはりこちらも魔人と鬼人が多い印象だ。鬼人はざっと見た感じ七人程いる。とはいえ少数ながらも竜人以外の五種族が揃っていた。

不躾《ぶしつけ》にならない程度の視線を送りながら、私と同じ番号らしき獣人の男性が向かいの席に着くのを見届ける。

「はじめまして、こんにちは。あんためっちゃ綺麗だね。ラッキーだ」

「はじめまして……ありがとう。あなたも雄々《おお》しい耳ですね」

屈託《くったく》のない笑みを見せてくれたその人は、どうやら狼《おおかみ》の獣人のようだ。

今回の参加者に獣人は少ない。こざっぱりとした服はそこまでかしこまったものではないが、男衆《おとこしゅう》は比較的彼と同じような服装の人が多かった。

「ありがとよ。異種族に耳を褒《ほ》められんのは久々だぜ」

獣人は、その祖となった獣神《じゅうしん》が異形《いぎょう》の神であったことから、獣性《じゅうせい》の強さを尊《とうと》ぶといわれている。

私達鬼人が角を大事にしているのと似た感覚だろうか。

お世辞でなく、黒みの強い銀の毛に覆《おお》われた彼の耳は雄々《おお》しく、毛艶《けづや》もいい。

少し照れたように感謝されると、私も嬉しくなった。

そのまましばらく話を続ける。互いに参加用紙は見えているので、主にそれに関する話題などだ。

この人は話しやすいな、と思いはじめたところで、司会が席替えの合図である笛を鳴らした。

「もう交代ですね」

「あ？　マジか。五分って短過ぎだろ。まぁ、今回は特に人多いからなぁ」

「やはり規模が大きいのですね」

「そりゃあ、わざと種族偏《かたよ》らせて何日もやるなんてはじめてだしな。宝級の『拳聖』が結婚するとかいう噂がガチだってわかって、ヤケになったギルドの女幹部が企画したから気合入ってんだろ」

「え」

獣人の彼はあっさり言い放って、爽《さわ》やかに席を立つ。

『拳聖』というのは知らないが、まもなく結婚する宝級冒険者といえば……

「いや、やめよう。今は置いておく、置いておく……」

「あのー、大丈夫ですか？」

はっと前を向いてみれば、そこにはもう別の男性が座っていた。

動揺《どうよう》を抑えながらの会話だったので、あまり話が弾《はず》まない。やや気まずい五分が経過し、その人は席を離れていく。

次は鬼人だ。大柄で筋肉がすごいものの、どこか素朴《そぼく》な顔立ちをした男性である。

「どうも、はじめまして……はは、すみません。どうもこういう場は緊張してしまって」

「はじめまして。私も同じです。優しそうな方でよかった」

「ははっ、上位である四角の女性にそう言ってもらえるなんて、夢のようです」

この人はずいぶんと控えめだ。だが、先程みたいに妙な無言が生まれたりもしない。

「冒険者を引退したら、農家をやりたいのです。自然に囲まれて大奮闘の毎日。日夜作物を愛《め》でて共に成長していく、いわば育児ですな。一時も離れないよう畑の傍《そば》に小屋を建てて暮らし、この筋肉を以《もっ》て自然の脅威から守る……ああ、何という喜び」

ただ少し、独特な人だった。

その後も十数人が回ってきて、色んな会話をしていく。

感じのいい人は数人いたし、逆におかしな人はいない。まぁ、今回のパーティは冒険者ギルドと、私が登録しているのとは違う結婚相談組合の合同開催だから、変な手合いはいないだろう……

「おっ、上物じゃねえか。お前、俺様の女にしてやるよ」

「…………」

前言撤回。いたぞ。この類《たぐ》いの男は、駄目な奴だ。

七人いる鬼人のうちの一人だったが、こんな作法も常識もない奴がいるとは嘆《なげ》かわしい。

「結構だ。今のあなたの言葉で、話す気もなくなった。黙って座っていてくれ」

「あ？　六角の俺様が誘ってやってんだぞ。黙って宿《やど》までついてくりゃあいいんだよ」

こんな言い方で本当についていくと思っているのか？　逆に驚くぞ。

確かに、男は私と同じく六角だ。里の外に六角は滅多にいないそうだし、それなりに整った顔と細身ながら立派な体躯《たいく》に、惹《ひ》かれる女も多いのだろう。

だが、ここはあくまで婚活パーティだ。そういった直接的な誘いをしたいのなら、酒場にでも行けばいい。

この男の他にも軽い付き合いを求めている雰囲気の人はいたが、これ程あからさまではなかった。

「俺様はな、侍《はべ》らせるにふさわしい女を集めてんだよ。『拳聖』みたいに、鬱陶《うっとう》しくひとりの女を追っかけたりしねえ。俺様がまとめて愛してやるってんだ」

「……その『拳聖』とは」

「は？　お前もあのいけすかない男狙いだったのかよ？　残念だったなぁ、あいつは何口か前に王都を出たぜ。噂じゃ侍《はべ》らせてた異種族の女共を全員捨てて、許嫁《いいなずけ》を追ってるらしいが。いっくら宝級で八角たって、俺様の方が度量も実力も上でいい男じゃねえか！　はっはは！」

再び自分の自慢話と愛人への勧誘に戻った男の話が、うまく聞こえない。

――やはり『拳聖』は燈王のことだ。宝級で八角の鬼人なんて、きっと何人もいないだろう。

あの、嫁になると言っていた三人の女を捨てた？　どういうことだ。獣人の少女は『絶対ヒオウ様のお嫁さんになる』と言っていたのに。

もしかして、もしかして……あれは、燈王の意思ではなかったのか？

そう言えば、彼自身の口からあの三人を妻にするとは、一言も聞いていない。私は聞こうともせず、シンユィと逃げたのだ。

「ひどいことを、してしまった、のか？」

「ああ、ひでえな。俺様の女にならない女がいるなんざ」

「謝らなくては……」

「謝るくらいだったら、この後ついてこい。天国見せてやるぜぇ？」

何だか間近で煩《うるさ》い声が聞こえるが、そんなことはどうでもいい。

燈王に謝らなくては。彼はきっと、ただひとりに猩々緋《しょうじょうひ》の珠《たま》を贈るつもりだったに違いない。幼なじみが結婚をするのだ。きちんと謝罪して、その後は祝って……

そこまで思って、やはりなんとなく不快感が残った。

……なぜだろうか。胸のあたりにもやもやとした感覚があって――

「オイッ！」

ぐっ、と肩を掴《つか》まれる。

思考を霧散《むさん》させて眉根を寄せた私に、六角の男が顔を近づけた。

「聞いてんのか、お前。この俺様が……」

「はい、無許可かつ意図的《いとてき》に女性に触れるのは規約違反です。席をお立ちください」

私が口を開くより先に、男の背後には受付で見かけた職員らしき人が立っていた。

「はぁ!? 何だ、離せってんだよ！ 俺様を誰だと……」

「六角の上位鬼人だと威張《いば》り散らしているのに、金級昇格試験に何度も落ちている銀級冒険者だと存じています。自分は『拳聖』より強いと妄言《もうげん》垂れてるイタイ男だとも。『拳聖』ファンからいつか刺されてほしい奴ナンバーワンです。きっとやらかすと思っていましたが案の定《じょう》でした。今回は規約が厳しくなっていますので、破れば即退場。お引き取りを」

「離せ、オイ、触るんじゃねえ！」

何が何だかわからないうちに、向かいの席から蹴り落とされ、引きずられて退場していく男。

呆然《ぼうぜん》としている私に、兼業作家の妖人が声をかけてきた。

「あなたって貞操《ていそう》観念強いのね。鬼人ならかなりの高確率であいつの誘いに乗るのに」

「どこがいいんだ……？」

「六角と、顔と、体かしらね。中身が馬鹿でも、一夜ならいいって感じよ。他の鬼人より麗《うるわ》しくて優雅に見えるみたい。まぁ、アレより私の知り合いの方が全てにおいて上回ってるけど」

そう言って、彼女は可憐《かれん》な仕草で飲み物を一口飲んだ。

あの品のない男のどこが優雅なんだ。しかも『拳聖』――燈王より強いだと？ あり得ない。

私は彼より強い男を見たことがないし、更に彼が尋常《じんじょう》ではない修業をしているところも昔こっそり見たことがあるのだ。あれを常人が超えられるはずが………いや、今は考えないでおこう。

燈王のことは置いておくのだ。そうしないと、整理が追いつかなくて頭の中が混乱する。何となく雰囲気が壊れてしまっても、予定は崩さないらしい。

私の前へ気遣わしげに座った人を迎えるため、私は精一杯の笑顔を見せたのだった。

×××

——そして、パーティが終わり。

「やはり、こうなるか……」

私はひとりで、通りを歩いていた。

そう、婚活パーティは失敗に終わったのだ。しかし、今回の敗因はよくわかっている。

——ただ単に、私が誰も選ばなかったから。それだけだ。

全ての男女が対面した後の自由時間に、私のところに来てくれた人は数名いた。最初の獣人、農家希望の鬼人、大陸を巡《めぐ》って剣の修業をしている鬼人、魔道具職人の魔人。色んな人が私ともう一度話したいと言ってくれたのだ。話し上手とは言えない私は無言を生んでしまうこともあったが、何とかこなせたと思う。

そして最後の告白カード。これは男女ともに互いの番号に丸をつけていないと、カップルとして発表されない。カードを書く前に、こっそり私に耳打ちしてきた人は二人いた。私の番号に丸をつけたいと、駆《か》け引きのように言われたのだ。

感じのいい人はいた。婚活の条件に合わずとも、話しやすい人もいた。だが、私は誰の番号にも、丸をつけなかった。

つけられなかったのだ——頭の中に、別のことが過《よぎ》ってしまって。

「はぁ……」

パーティの間、私の勘違いで、燈王にひどいことを言ってしまったことを、ずっと気にしていた。

まず、彼が麗李亜と結婚すると思い、嫌な態度を取ってしまったこと。それは本人が否定したので誤解はとけたが、その後角を隠しているのを指摘されたことで謝る機会を逸《いっ》したままだった。

場所を移して落ち着いて話を、となった矢先に現れた二人の女に気を取られ、そればかりかあの獣人の少女の言葉を鵜呑《うの》みにして。確認も取らず、彼の手を払いのけ、あまりにも失礼なことを言ってしまった。

大体、いくら自分の主義と違うとはいえ、人の主義を否定するなんてあり得ない。親しき仲にも礼儀ありだ。しかもそれ自体が私の勘違いだったかもしれないなんて……ますます許しがたい。

「……だが、どうしよう」

勘違いを謝罪したい。彼はきっと、ただひとりに猩々緋《しょうじょうひ》の珠《たま》を贈り、結婚するつもりなのだから。

ただ、それを祝わなくてはと思うと、どうしても胸につかえる感覚があるのだ。ためらい、と言ってもいいかもしれない。

それが気になって仕方なくて、頭の中が燈王のことだらけになって……だんだんと目の前にいる人と話していても、何にでも彼を結びつけるようになってしまったのだ。

たとえば長い髪の人を見れば、燈王の髪は相変わらず綺麗だったなとか。入手した魔物の素材を自慢された時は、燈王の成果はいつもすごかったなとか。

そんなことばかり思い浮かべ、目の前の相手に対して不誠実過ぎる自分が嫌になってしまう。

「情けない。こんなことでは立派な夫なんて……」

「おっ？　もしかして嬢ちゃんか？」

落とした肩越しに、聞き覚えのある声が掛けられた。

振り向けば、そこには予想通り燕慈殿と……彼が押す車椅子に座った、妖人の女性がいた。

女性は初老か、それより上の年齢に見える。色が褪《あ》せ始めた橙《だいだい》色の髪を上品にまとめ、かわいらしい柄《がら》の膝《ひざ》掛けをかけていた。

「やっぱ嬢ちゃんだな。髪染《そ》めたのか？　ずいぶん気合入った格好してんなぁ」

「パーティに参加していたんだ。燕慈殿はどうしてここに？」

「王都での家がこの辺なんだよ……で、えーと」

燕慈殿はどこか迷った素振《そぶ》りで、私と車椅子の彼女を交互に見る。

彼女は私と目を合わせ、ややあってからにこりと微笑んだ。

「エンジ、私は先に戻るわ」

「え、でもお前……」

「家まであと少しだもの。このお嬢さんは、ネブラで会ったっていう昔なじみの仲間でしょう？迷子みたいな顔をしているし、そこの公園でいいから話してきなさいな」

今度はいたずらっぽい笑みを浮かべた彼女が、私へ小さくウィンクをする。そして燕慈殿が答える前に、自《みず》ら無骨《ぶこつ》な車椅子を操《あやつ》り、さっさと私の隣を通り過ぎてしまう。

翅《はね》の生えたその背へ一瞬手を伸ばしかけた燕慈殿だったが、諦めたようにため息をついた。

「あー……嬢ちゃん、何か吐き出したいことあるなら聞くぜ？　あいつはあの通りだしよ」

いいの、だろうか。

確かにこの胸につかえているものを誰かに話したい。燈王に関することだから、ブランとシンユィに話すよりも、何の先入観も持っていない人に聞いてもらいたい気がするのだ。

迷いながら頷《うなず》いた私を、燕慈殿が近くの公園へと導《みちび》く。夕暮れ前のそこは、それなりに人はいたものの、ベンチなどが多く設置されているため混み合ってはいなかった。

空いている三人掛けのベンチに案内され、無言のままそこへ座る。

何を話そうか。いや、その前にこれを聞いておくべきか。

「燕慈殿、本当によかったのか？　先程の女性は……」

「あいつは元々王都生まれなんだよ。道には慣れてるし、車椅子生活も四十年以上だから、ひとりでも平気だ」

四十年以上。その言葉は、あることを思い出させた。

『――俺の結婚はちいとばかし周りによく思われてなくてな。あんま大っぴらにはしてねえんだ』

まさか、あの女性は。

人ひとり分空けて隣に腰掛けていた燕慈殿を、そっと見る。

彼はなんてことない風に笑い、はじめて会った時のように一言断ってから煙管《きせる》に手を伸ばした。

「異種族婚、それも寿命が三百年も異なる妖人と鬼人だ。祝福されねえのなんて、わかってたさ」

「……あの、聞いていいのかわからないが」

「車椅子のことか？　あれは盗賊に攫《さら》われた時の傷が原因で、足が満足に動かなくなっちまったんだ。回復薬で治すにも限界があってな……年取って痺《しび》れも出てきてるみてえだし、王都の治療院に通いながら、もうちっと軽くていいやつ買ってやるつもりなんだよ」

異種族婚自体を、否定するつもりはない。それは個人の生き方だし、私がどうこう言う権利などないと思うからだ。

シレーヴァでも、ネブラでも、年の頃が合う異種族の恋人同士は、何度も見かけた。だが、結婚となると話は別だ。障害が多く、周囲の理解を得るのも、難しいことなのかもしれない。

だから駆《か》け落ち同然の結婚をしたのか……

「燕慈殿。先程パーティで話をした魔道具職人が、体の不自由な人のための道具を専門に作っていると言っていた。店の名は聞いておいたから、もし予算の都合が合うならどうだろうか？」

私とは違う結婚観でも、嫌悪感《けんおかん》などは全くない。それよりあの奥方に新しく車椅子をあつらえるなら、もっと女性らしいデザインのものでもいいのではないかと思った。

だからそう提案したのだが、燕慈殿はなぜか笑いを堪《こら》えるように肩を震わせる。

「……ぶはっ、そうくるか！　ありがとよ。嬢ちゃんはさすが、シンユィとつるんでるだけあんなぁ」

「つるんでいるというか、主《おも》に私が世話になっているのだがな」

「真面目かよ。まぁそこが嬢ちゃんのいいとこなんだろうな。引く手あまただろうに、何で婚活なんてしてんだ？」

世間話の延長のようにそう言われ、改めて考えてみる。

私が婚活をするのは、しあわせな結婚がしたいからだ。父と母に、夫を見つけていつかふたりを家に呼ぶと誓ったのだ。それをそのまま返すと、燕慈殿は何とも微妙な表情をした。

「嬢ちゃんが頑張ってることは、シンユィからちらほら聞いてるけどよぉ……それって、今すぐ、絶対にしなきゃいけねえことなのか？」

「え？」

「だから、今すぐ結婚しなきゃ自分が死ぬとか、親に二度と会えねえとかじゃねえんだろ？　何でそんなに急ぐんだ？」

何でと言われても……

「里ではそれが普通で」

「あんたは里を出た身だろ」

もっともな意見だ。つい頷《うなず》きそうになって、そうではないと思い直す。

いや、そうではないと思うのが間違いなのか？　よくわからなくなってきたな。

「嬢ちゃんのいた常磐は特殊な土地柄だ。聞きかじりだが……この世で一番鬼神に近い部族として、血統を維持するために里人を早くから結婚させるシステムを作ってる。けどよ、あんたが今更それに縛《しば》られる必要はあんのか？」

「ない、のかもしれないが……結婚は私の夢なんだ」

「だぁから、その夢は今すぐ叶えないといけないのかって。あのふたりと旅して、もっと世界を見て回って、いい相手がいたらでもいいじゃねえか。甘く見積もってもあんたの人生、あと三百五十年以上あんだぞ？　焦《あせ》って結婚なんてする年じゃねえ」

紫煙を吐き出した燕慈殿は、どこかたしなめるような目で私を見た。

彼の言っていることも、よくわかる。

常磐を出たからこそ、私は世界のおもしろさを、旅をする楽しさを知った。仲間達と笑い合いながら街道を歩く。おいしい物を食べて、見たことのないものに感動して、日々を暮らす。そんな毎日が大切だと、今の私は思っている。

だけど、私は結婚をするために里を出て……

「相手を見つけたい。別にそりゃあいいだろうさ。ただ、俺から言わせてもらうなら、真実添い遂《と》げたいと思う相手が見つからない限り、結婚なんてしない方がいいぜ」

「……燕慈殿は、そう思ったから結婚したのか」

「ああ。俺がかみさんと結婚したのは、こいつしかいねえって直感したからだ。だから先立《さきだ》たれることも承知で、俺は求婚した。足も不自由で、ろくに取り柄《え》もねえ、しかも子を望むことすら不可能に近《ちけ》え異種族の女にな」

そこには相当な覚悟と、葛藤《かっとう》があったのだろう。

かみ締めるような彼の声には、それを感じさせる重みがあった。

「最初はあいつも色々理由つけて断ってたが、結局頷《うなず》いた。俺らは異種族間のリスクより、お互いの想いを取ったんだ。それが正しいって言えるかはわからねえが、少なくとも俺は満足してる」

言葉の通り、彼は後悔していないのだろう。そしてきっと、彼の奥方も。

「理屈では、ないのだな」

「理屈で結婚できるくれえなら、俺は同じ四角持ちの鬼人の女でも娶《めと》ってただろうよ。そうやって割り切った結婚だって当然あるが、嬢ちゃんにはそんなことをする理由がねえ。里から出たなら尚更だ……だから」

そこで言葉を切って、彼は煙草《たばこ》を携帯灰皿に落とす。

くすぶっていた火が赤く光り、消えた。

「結婚は好きになった相手としろよ。あんたには時間がたんまりあるんだ。何の条件付けも必要ねえくらい、好きだと言える男を見つけな」

ああ、そうだ。私は自分に合う相手を見つけようと、それればかり求めてきた。

だがもっと、簡単な話なのだ。自分でも一番大切なことを忘れていた。私を好きになってくれ、私が好きになれる相手と結婚したいと思っていたのに。

「婚活してて、気になる相手がいたならそれでもいいとは思うぜ。ただ俺は、ヤケになって探すモンじゃねえって言いたいだけで……」

「燕慈殿、ありがとう。少し心が晴れた。婚活のことは、これから急がず考えていこうと思う」

「うん？　ならいいが」

「ついでというか、聞いてほしいのだが……」

非常にためになる話をしてくれた彼にならきっと相談できる。この胸のつかえを、言える気がするのだ。

まとまりのない、何ともたどたどしい胸中をさらけ出すのは情けないが……

幼なじみに再会し、私の勘違いでひどい態度を取ってしまったこと。結婚する彼を祝福すべきなのに、どうしてかためらう気持ちがあること。

ところどころ端折《はしょ》りながらも、自分の素直な気持ちを燕慈殿に聞いてもらう。

「――と、いうことで……私は謝りたいが祝いたくないんだ。だから彼に会うのが、少し怖い」

ようやく言い終わってから、私はちらりと隣を見る。燕慈殿は、なぜか両手で顔を覆《おお》っていた。

もしかして、話が拙《つたな》過ぎてうんざりしてしまったのだろうか。

「……っあーー、どうりで婚活がうまくいかねえわけだ」

「どういうことだ？」

「嬢ちゃん……今までよさそうな相手がいても、いまいちピンときてねえんだろ？　そりゃあ、あんたの自覚が足りねえからだよ」

自覚とは。私はきちんと、自分が婚活していると自覚しているぞ。

だが燕慈殿は何だかとても言いにくそうに、眉根を寄せて口をもごもごさせている。

「俺が言っちまうのはどうなんだろうな……なぁ、嬢ちゃん。話聞いてて思ったんだが、あんた、人や物に対してあんま嫌だとか嫌いだとか思わない性質《たち》か？」

「あ、ああ。悪い感情は思えば思う程増えるから、できるだけ持ち続けないようにしているが……

今回はどうしても」

「じゃあ、それだ！」

ざっと立ち上がった燕慈殿が、大きく手を叩いて頷《うなず》く。

「その幼なじみについて、いや里を出る時から特に嫌だって思ったことが何なのか、よくよく考えろ。多分、それでわかってくることもあるはずだ」

「考える……そうだな」

どれもいい感情でないから、私はそれを避けていた気がする。

全く誇れる話ではないが、元々私は感情の機微《きび》に聡《さと》くない——人に対しても、おそらく自分に対しても。だから好ましくないものについても、よく考えないとわからないのだ。

きちんと、時間を使って考える。そうすればこの胸のつかえも、とれるのかもしれない。

「色々と、自分を見つめ直してみようと思う。時間をとらせてすまなかった、燕慈殿」

「いや、俺もはっきり答えられなくて悪いな。さすがにずばっと言っちまうのは、あんたのためにならねえ」

「それでも助かった。宿《やど》に帰って、シンユィ達にしばし婚活を休むと伝える。ふたりには申し訳ないが……」

「何も申し訳なくねえよ。あんたらは嫌々《いやいや》一緒にいるんじゃねえんだから。旅にも中休みくれえあったっていいだろ？」

彼女達もそう思ってくれると、嬉しいんだが。帰ったら、まず先に婚活パーティのことを報告しないと。その後、私の胸中もきちんと伝えて……

正直、何も解決はしていない。自分の気持ちに向き合おうと覚悟を決めただけだ。それでもこれからの道筋に、少しだけ明かりが見えた気がした。

×　×　×

燕慈殿と話をし、更に帰り道で少し迷ってしまったので、予定より遅く宿《やど》に着いた。

心配していたというシンユィと、またかと呆れ気味のブランに、私は言葉を選びながらあるお願いをした。

「婚活を、しばらく休みたい」

そんな自分勝手なことを言った私を、ふたりは笑って許してくれた。

「構わないさ。何か心境の変化でもあったかい？」

「少し、考えたいことができたんだ」

燕慈殿の話をすると、彼の奥方についても話さなければいけなくなる。それがいいことなのか判断がつかず、私はそれだけを理由にした。

きっといつもより表情が硬いだろう私を見て、ブランは何か思い至ったように目を細める。

「パーティの成果が奮《ふる》わなかったからって、わけじゃあなさそうだね。自分の中で何かひっかかることがあるのかい」

自分が婚活を急ぐ意味。燈王のことを考えると胸がつかえる気がする理由。

このふたつは全く別の話だと思っていた。だが、燕慈殿は『どうりで婚活がうまくいかねえわけだ』と言ったのだ。おそらくこれらは繋《つな》がっているのだろう。それをゆっくり、考えていきたい。

数度頷《うなず》き、私はブランとシンユィに頭を下げる。

「私の勝手で散々連れ回したあげく、休むなどと言ってすまない。もし……」

「待った。迷惑になるからここで解散しよう、なんて血迷ってないだろうね？」

いや、一応付き合ってくれたら嬉しいが、そうなっても仕方ないと思っている――くらいのことは言うつもりだったが。先回りされてしまうと、口をもごもごさせて黙るしかない。

ブランが呆れたように髪を掻《か》き上げ、シンユィは苦笑している。

「あたしらが今更『じゃあここでお別れだね』なんて言うとでも思ったかい？　あたしはあんたの旅に付き合うって言ったじゃあないか。それには骨休めも必要だ。シンユィだってそう思うだろ？」

「そうねぇ～」

ブランはあてのない旅と言っていた。だがシンユィは違うだろう。

彼女には目的がある。私のことばかりに構っていられないはずだ。そのはずなのに彼女は、朗らかに笑うだけで。

「アタシは確かに目的があるわ。でも、焦《あせ》ってたのは最初の十年くらいよ。きっとアタシの半身もアタシを探してくれてる。だから色んなところを巡《めぐ》って、楽しい旅をするの。半身に会った時、たくさん話をしてあげたいから。だから、気の合う仲間と旅をして休んでっていうのも、もっちろんアリよぉ」

「本当に急いでるんなら、冒険者として実績を重ねて金級冒険者になんてなってないだろうしね」

「そうそう〜！　だから遠慮しなくてもいいのよぉ。色んなことがあって、考えが追いつかないのも充分わかるし」

「……そうか」

彼女達は本当に、私に優しい。

アリュイースでシンユィは言っていた。私のことが好きだから一緒にいてくれていると。

それに甘えてしまっても、いいのだろうか……

「だがブラン……私は最近、全くあなたをおもしろがらせることができていない気がする」

「プッ……！　そんなこと気にしてたのかい」

だって最初は、私という存在がおもしろく面倒だから付き合ってくれると言っていたではないか。

ネブラにいた時は婚活の色んなことで笑っていたようだが、この頃はあまりそういった場面がない。今回の婚活パーティでも、大しておもしろいことは……あの勘違い甚《はなは》だしい六角の鬼人の件くらいか。後で話してみよう。

「あたしはあんた自身が気に入ってんだ。きっかけは突拍子《とっぴょうし》もない家出話を聞いたからだけど、ただおもしろいからってだけで、こんなに親身になってはやらないさ」

ブランの隻眼《せきがん》が、きらきらと輝く。

彼女の口からはっきりと好意を聞いたのは、はじめてだった。

「それに今だって充分おもしろいよ。久々に本気で魔法使っちまうくらいのことはあった」

「えェ～？　そんな場面あったかしらぁ……アリュイースの時？」

「ああ、あの色男と話をするのにちょぃとね」

そのような場面があったのか。あの時は逃げるのに精一杯だったが、私もブランの本気の魔法を見てみたかったな……いや、本当にそれどころではなかったのだが、うん。

とにかく、ブランとシンユィは私の勝手を許してくれるらしい。

常磐を出てから、私は本当に周囲に恵まれている。今ではあの里で普通に生きていたのが不思議に思えるくらい、この生活に慣れてしまった。

――このまま旅をしていたい。そう思えば思う程、結婚を急ぐ意味がわからなくなってしまう。

だが、今すぐこの思考に浸《ひた》る必要はない。落ち着いて考える時間を取るために、こうして彼女達に相談したのだから。

頭の中を一度まっさらにしてから、私は小さく息をついた。

「ブラン、シンユィ。今後のことだが、しばらくゆっくりできる街へ行こうかと考えているんだ。王都は少しばかり、賑《にぎ》やか過ぎて気後《きおく》れしてしまう。ふたりに何か用があるなら、待っているが」

「そんなのないわよぅ。確かに里に比べたら、街は夜もうるさいわよねぇ～。アタシも最初の頃はそうだったわぁ」

「あたしも別に用はないね。さぁて、どこがいいか」

言いながら、ブランが空間魔道具から巨大な地図を出す。婚活で近くの街に行く時も見せてくれたが、かなり詳細なもののようだ。

この大陸、レウン全土が載っているそれを、ブランが何度か折りたたみ、エスタフィが記載された面を出す。そこを両隣から私とシンユィが覗《のぞ》き込んだ。

「今まで行った街はなしだね。観光地とか、遺跡が近い街もやめとこうか」

「ヴェインとか、どう？　お酒がおいしいのよねぇ」

「酒か……だったらトロゥもいいんじゃないかい？　あそこは酒もうまいけど、食い物もなかなかのモンだ」

ああでもないこうでもないと、私を置いて旅の計画を立てはじめるふたり。何だか、やたらと楽しそうだ。彼女達が嬉しそうにしていると、私も嬉しい。場所はわからないが私も話に加わろう。

そう思い口を開くと同時に……

「キュウウー！」

白いふわふわの塊《かたまり》が、開け放していた窓から入ってきた。

「けっ、毛玉……!?」

「キュウ〜」

私の頬に体をすり寄せてから、周りをぐるぐると回る、よくわからない生き物。

毛玉だ。私の毛玉。帰ってきてくれたんだな……！

「ちょ、ちょっと……預けてきたって言ってたわよねェ……？」

「…………まさかあの若造」

握りつぶさないよう気をつけて、毛玉を包む。

ああ、この感触だ。ほんの数日だが、ずっと待ちわびていたふわふわ……

「毛玉。あんた、裏切ったね？」

頬ずりしようとしたら、ブランが毛玉をむんずと掴《つか》み上げてしまった。

私は抗議の声を上げようとしたが、その隻眼《せきがん》があまりにも威圧《いあつ》的だったので思わず黙ってしまう。

「やめなさいよぉブラン～、毛玉チャンに罪はないじゃな～い！　これってきっと『自分の力』を使って来たってことでしょぉ？」

「そうだろうねぇ……あたしが嫌われてるってより、向こうが好かれたのか。特有の力か何かだろうけど」

ブランが何かを呟《つぶや》いているが、シンユィの発言の方が重要だ。

つまり毛玉は、迷いながらも自分の力を使って、私のもとまで戻ってきてくれたということか。

なんて賢い奴なんだ。これからはもっと遠くまで走って散歩しても、ついてきてくれるかもしれないな。

わし掴《づか》みされている毛玉を、シンユィが優しく解放してくれる。心なしかふらふらしている毛玉だが、またくるりと回ってから……なぜか私の肩ではなく、地図に着地した。

「どうした、毛玉？　地図が珍しいのか。もう何回も見せているのに」

「キュ、キュッ」

ふわふわと体を横に揺らして、何かを訴えようとしているが、残念ながら、私には全くわからない。

「あらあら？　今毛玉チャンがいるところ、王都かしらぁ」

「そう言われれば……偶然か？」

「キュッ！」

毛玉が体をぶるぶる震わせて抗議する。まるで『ちゃんとわかってやっているのだ』と言わんばかりの態度だ。

「すまない毛玉。毛玉は地図が読めるのだな、頭がいい」

「キュ～」

謝罪で気分を回復したらしい毛玉が、転がるようにして、王都から別の場所に止まる。かと思いきやまた王都へ戻り、そして再び同じ場所へ。

卓上旅行か？　いや、もしかして……

「そこが旅におすすめの場所なのか？　毛玉」

「キュキュキュ！」

どうやら正解のようだ。愛らしいダンスを見せてくれる毛玉に癒《いや》される。

しかしブランはなぜかげんなりした表情で地図を覗《のぞ》き込み……その動きに毛玉が慌てて逃げてしまった。

「ここ……ヒイロじゃないか」

「ヒイロというと……祈りの祠《ほこら》がある場所か？」

「そうよぉ～。街から少し離れた崖にあるわぁ。観光がてら祈りを捧《ささ》げる人もいるけど、やっぱり巡礼者《じゅんれいしゃ》の方が多いから、人が多くても騒がしくはないんじゃないかしらぁ」

「そうか。一度は行ってみたいと思っていた場所だ」

わが祖である鬼神に、もっとも近い場所と言われる祈りの祠《ほこら》。

ぜひ祈りを捧《ささ》げたいし、毛玉もおすすめしているし、これはもう行くしかないだろう。

「あー……じゃあ、行くかねぇ」

「ブランはあまり気乗りしないのか……？」

「そういうんじゃあないけどね。まぁ、誘導されんのは癪《しゃく》だけど、止めるのも無粋《ぶすい》だろ」

「うん？」

「こっちの話さ。で、王都からヒイロまでは、ネブラからアリュイースと同じくらいの距離があるんだけど……走るのはやめて、馬車でゆっくり行くかい？　晶級冒険者の権限なら、ギルドの馬車を御者付きですぐ借りられるよ」

「いいわねぇ～！　馬車でも二日あれば充分着けるわ。走るのはやめて、ゆっくりのんびり行きましょうよ、カノエ」

どうしてか『ゆっくり』を強調してくるブランとシンユィ。

私がそうしたいと言ったからだろうか……確かに、往路も時間をかけて移動した方がのんびりとした旅の気分を味わえるかもしれないな。

結局私のところへ戻ってきた毛玉を肩に置いて、私は頷《うなず》いた。

「ああ。馬車には乗ったことがないから、楽しみだ」

「うっそォ!? やだ、もっと早く乗せてあげればよかったわぁ～」

「あんたらの頭に走る選択肢しかないからだよ……ったく。明日ギルドで手配してくるから、シンユイはカノエ連れて観光の続きでもしてな」

「そうねぇ～。婚活衣装とか揃《そろ》えてたから、ろくに案内できなかったしぃ。はじめての王都案内コース、行ってみる？」

「ああ、是非」

そう言った時のふたりの表情は、どこかいたずらっぽいものだった。何か考えがあるらしいのはわかったが、私に言わないということは特に口にする必要がない内容なのだろう。

観光をして、馬車で旅をして、その後にヒイロか。どんなところなのか、シンユイに教えてもらおう。久々に心が浮き立つ感じがして、私は思わず毛玉を撫《な》で回したのだった。

×　×　×

馬車とは、不思議なものだ。景色を眺《なが》めているだけでのどかな気分になれるし、走るよりも遅い速度なのに旅をしているという充実感が得られる。

風が気持ちいい。窓から見える景色は、まるで動く風景画だ。

「まぁ、そこはあんたならではの感性かねぇ。あたし的には単なる移動手段でしかないよ」

「アタシは気が向いた時しか馬車は使わないけど、お尻も痛くなるし窮屈《きゅうくつ》だしであんまり好きじゃないわぁ」

「そうなのか……すまない、シンユィが馬車を好んでいないとは知らずに」

「あッ、そうじゃないのよぅ！　一日二日だったら全く平気よぉ〜。十日とかの長旅だと、体が痛くなって気が滅入《めい》っちゃうって話」

確かに夜は近くの村や街に泊まったとしても、移動が十日間続くとなると、大柄なシンユィは体勢的に少しつらくなってくるかもしれないな。

王都を出て、途中の村で一泊して次の日。朝から馬車を進めたので、ヒイロまではあと少しのようだ。ブランももうすぐ着くと言っていた。

たまに近づいてくる魔物は、御者が気づくより早く彼女が全て遠距離攻撃の魔法で片付けてしまうから、本当にのんびりとした小旅行の雰囲気だ。

「カノエ」

「なんだ、ブラン？」

私の隣に座るブランは、萌黄色《もえぎいろ》の隻眼《せきがん》をわずかに細めてこちらを見ていた。

「あんたが色々考えたいってのはわかるよ。ただ、あんまり考え過ぎないよう、簡単に感情を整理するといい」

「そうねぇ～カノエったら、受け取り方が不器用だから……」

彼女達には、私が考えたい内容をかいつまんで伝えてある。ただ私が助言を断ったのだ。

たくさん彼女達の世話になってきた。旅のはじまりも、街に滞在《たいざい》する時も、婚活の時も、ふたりは無知な私を教え導《みちび》いてくれた。私より多角的に物事を見ることができ、色んな経験をしてきた彼女達にかかれば、私の疑問は簡単に解消できるだろう。実際、彼女達は――

『カノエが何で必死に婚活したがるのか、実のところあたしらはわかっちまってる。で、何であんたの婚活がうまくいかないかも……まぁわりと前から薄々は感じてたけど、案の定《じょう》だったねぇ』

今まで意味ありげにふたりで内緒話をしていたのは、それだったのだ。

彼女達は私の婚活がうまくいかないとわかっていて、王都の婚活パーティに私を参加させた。

それは決して意地悪などではない。婚活が失敗する理由を私自身に理解させようとした結果だったのだ。

『アタシがカノエの婚活がうまくいかない理由を知ったのは、アリュイースに行った日よぅ。これ以上は言わないけど、大ヒントよ～？』

シンユィがそう言うなら、本当に大きな手がかりなのだろう。

私の身の内に答えがあるものだ。落ち着いて、考えていきたい。

馬車の中でふよふよ浮いている毛玉へ手を伸ばすと、毛玉は私の指先へ留《と》まった。

「ああ、見えてきたよ。ヒイロが」

ブランが窓の外へ視線をやって、私に見てみろと促《うなが》してくる。窓から顔を出せば、思ったよりも近くに街の門があった。

シレーヴァより大きく、ネブラより古めかしく、アリュイースよりは華やかさに欠ける。何となく、祈りの祠《ほこら》があるにふさわしい清廉《せいれん》さを感じさせる門構えだ。門番もよくある鎧《よろい》ではなく、法衣《ほうえ》と軽鎧《けいがい》を合わせたようなものを身につけていた。

「独特な雰囲気の街だな」

「鬼神に一番近い場所だからねぇ。祠《ほこら》に所属してる巫《かんなぎ》の戦士とエスタフィの兵が、一緒に警備してんのさ」

「中も結構、鬼人の伝統文化的な雰囲気たっぷりっていうか〜、風情《ふぜい》があっていいわよぉ」

「そうなのか。それは楽しみだ」

鬼人の伝統文化というなら、私になじみ深い雰囲気だろうか。

門を通るためには、馬車の列と徒歩の列があるらしいが、これは冒険者ギルドから借りた馬車なので、門外にある預かり所で御者に馬車を渡し、徒歩の列に並ぶ必要がある。

馬車から出てきた私達に、複数の目が向く。

これもだいぶ慣れた光景だ。私達は注目される機会が多い。自分ではブランとシンユィのおまけ的な注目度だと思っていたのだが、どうやら私自身も目立つそうだ。だからといってどうなるわけでもないので気にせず並び、さほど時間をかけずに門番のもとへ辿《たど》り着く。

「次……と、『光芒の魔女』に『戦羽扇』に……？」

どうやらブランとシンユィのことを知っているらしい。身分証を出さずに外見だけで二つ名までわかるとは、職務熱心だな。

「こっちはあたしが後見《こうけん》をしてる子だよ。ほら、身分証」

「はい、お三方とも身分証に異常なしですね……失礼ながら、近々ヒイロで何かがあるのでしょうか？　高位の冒険者が次々に……」

「……さあねぇ。あたしらは景色のいい街で、しばらくゆっくりしに来ただけさ。もう行っていいかい？」

「あ、ちょっと待って～オニイサン、ご飯がおいしくてお風呂付きのいいお宿《やど》知らなァ～い？」

「えっ、あ……えええと、でしたら、こっここから大通りを真っ直ぐ……」

やはり見た目の衝撃度が高いのか、シンユィが話しかけた途端、門番の男性がどもり出す。

それはそうと、高位の冒険者が集結しているとはどういうことだろう。だがブランもシンユィも何かまずい事態になっているなどの情報は持ってこなかったし、あまり気にしなくても大丈夫か？

宿《やど》を教えてくれた門番に礼を言い、ついに私達はヒイロへ入った。

他の街とは少し違う、白い壁が爽《さわ》やかなエスタフィに、木造建築が多い常盤の要素を少しだけ混ぜたような街並みが広がる。道具屋らしき店の軒先《のきさき》につるされた提灯《ちょうちん》など、細々《こまごま》したところで鬼人独特の文化が見受けられた。

「まず宿《やど》を確保しましょ～」

「そうだねぇ。長逗留《ながとうりゅう》も考えとかなくちゃだし、うまい飯に加えていい酒を出してくれるとこなら最高だ」

歩きながらそんな会話をしていると、肩に乗っていた毛玉がどこかに行きたそうな素振《そぶ》りを見せていることに気づいた。

「毛玉、先に宿《やど》へ行くんだ」

「キュ……」

人目があるのでほんの小さく鳴いた毛玉が、肩の上をぽよぽよ跳《は》ねる。

……どうやら、どうしても行きたい場所があるようだ。しかも私と。

特に疲れてはいないし、荷物は全て印籠《いんろう》に入っているから、宿《やど》へ運ぶ必要もない。だが宿泊手続きなどはあるし……

「毛玉の散歩かい？」

「ああ、だが……」

「じゃあ宿《やど》の位置を確認したら行ってきなさいな～！　手続きならしておくから大丈夫よぅ」

「そうか、ありがとう。毛玉もそれまで待てるか？」

了承の意なのか、毛玉は上下に揺れるとおとなしくなった。

それを見ていたらしい、近くにいた子どもと目が合ったので『この不思議な生き物のことはあまり気にしないでほしい』という意味を籠《こ》め、唇の前に人差し指を立てて微笑む。

すると子どもは大きく頷《うなず》き、手を振ってくれたので、私も振り返しておいた。

「カノエははじめて会った時より、笑顔が多くなったねぇ」

「表情豊かとまではいかないけど、いい感じだわぁ～」

「そ、そうか？」

今まで麗李亜などに『この能面女《のうめんおんな》！』などと罵《ののし》られてきたし、自分でもその自覚があったので褒《ほ》められると嬉しい。

私もいつか、母のようにほんわかした笑顔に……いや、表情の作り方は父に似ているらしいから、きっとまだまだだな。

自分の頬を軽くほぐしつつ、通りをさくさく歩いていく。

紹介された宿《やど》は、大通りから一本奥へ入ったところにあるようだ。洒落《しゃれ》た外観の、黒い飾り格子《ごうし》が特徴的なその宿《やど》の看板を見て、前を歩いていたブランが振り返る。

「ここだね。泊まる手続きはしておくよ」

「ああ、ありがとう。では行ってくる。毛玉がいるから、迷わず戻って来られると思う」

「お夕飯まで時間あるし、戻って来られたら、通りをぶらつくのもいいわねぇ。祈りの祠《ほこら》に行くのはちゃんと身を清めてからがいいし、できたら明日にしましょ～」

「そうだねぇ……カノエ」

『戻って来られたら』とはどういう意味だろうか。不思議な言い回しをしたシンユィにそれを問う前に、ブランから声がかかった。

「勝手にいなくなったら、今度はこっちが捜す番になるからね」

「どういうことだ？」

「覚えとくだけでいいさ。ああ、散歩中に何かよさげな酒屋《さかや》があったら教えとくれよ」

「わ、わかった。行ってきます」

そしてふたりは、意味ありげに視線を交《まじ》わらせて笑った。

「行ってらっしゃ〜い」

「気をつけなよ……あ、そうだ。もう角と髪色を隠す必要もなさそうだから、解術《げじゅつ》しとくよ。ありのままの姿で行きな」

「むぅ……？」

「いいからいいから」

やや釈然《しゃくぜん》としないものの、大雑把《おおざっぱ》な手振りで見送られてしまえば出発しないわけにはいかない。

追及を諦め、私は毛玉を手のひらに乗せて踵《きびす》を返した。

×　×　×

さて、散歩とは言ったものの……

「毛玉、いけない。そちらは街から離れ過ぎる」

「キュッ、キュ〜！」

毛玉はどうにも街を出て、海沿いへ向かいたがっているようだ。

馬車の中でブラン達に聞いたのだが……このヒイロは、エスタフィの中でも特に海沿いの土地が多い街らしい。

海沿いといっても砂浜ではなく崖が主《おも》で、しかも非常に高さのある断崖絶壁《だんがいぜっぺき》ばかり。祈りの祠《ほこら》も大きな崖のひとつに建っているため、巡礼《じゅんれい》中に足が竦《すく》む者も多いと聞いた。

祠《ほこら》がある崖以外は潮風を防ぐためか、崖と街の端《はし》を隔《へだ》てるように木々が植《う》わっている。ほとんど人が近づかないと教わった通り、先程から誰ともすれ違わない。

毛玉は自力で浮けるから崖から落ちることはないはずだ。私も、もし足を滑《すべ》らせても余程運が悪くない限り死にはしないと思うが……ここから這《は》い上がるのは面倒そうだ。崖が波で削《けず》られて、鼠《ねずみ》返しのような形状になっているから、泳いで浜まで遠回りしないと駄目だろう。

「あまり遠くに行くと、戻ってこられないぞ」

私の言葉に反応したのか、それともここが目的地だったのか、毛玉がくるりと反転して止まった。

本当に、ずいぶんと街から離れてしまっている。道なき道を越えてきたから、今更私ひとりで帰れと言われても無理だぞ。

「毛玉、ここでいいのか？」

「キュ～……？」

どうして自信がなさそうなんだ。自分が来たかった場所だろうに。

もしかして適当に散歩していただけだったかと思いながら、私はあたりを見回した。

ずいぶん広い崖である。背後には木々、周りは土と岩ばかりで足場が悪い。ほぼ自然のまま、整備されていない感じだ。ちょうど座るのに手頃な岩があったので、腰掛けて海を眺《なが》める。

「いい天気だ……」

日差しもきつ過ぎずちょうどいい。快晴も好きだが、雲と空の混ざり合った今日みたいな色合いも好ましい。波の音が一定の間隔でやってくるのを聞いていると、心が落ち着く。

考えごとには向いている場所だな。もしかしたら毛玉はそう思って私を……いや、さすがにないか。

「毛玉、あまり遠くへ行かないように」

「キュ！」

元気な返事をもらって、私はゆっくり目を閉じる。

ヒイロにはまだ来たばかりだし、考える時間もこれからたくさんとれるのだが、今なら少し思考がまとまりそうな気がしたのだ。

——私が里を出た理由。結婚を急ぐ理由。

きっかけは、理不尽な結婚を強《し》いられるくらいならという、半《なか》ばやけくそな思いからだった。だけど里から遠く離れ、私を連れ戻しに来る者がいない現状で、誰が私に結婚を強《し》いるというのか。

燕慈殿との会話を反芻《はんすう》してみるに、私は……

おそらく『結婚をしたい』ではなく、『結婚をしなければならない』と思っていたのだ。

里を出る際、母に誓った。自分の夢であるしあわせな結婚をすると。きっと私は……そんな理想に囚《とら》われ過ぎて、それを急いで追うあまり、かえって道を狭《せば》めようとしていたのだろう。

「だが、結婚を急ぐ原因は何だ？」

もっと根本的な疑問を口にしてみる。

結婚をしなければならないと、義務のように感じている自分がいる。それを強く思う原因は、急ぐ気持ちはどこから来ているのだ？

「……浮かばないな。なぜだろう」

行き詰まってしまった。私はどうしても、考えを膨《ふく》らませるという作業が得意でないようだ。

こうなったら別のことを考えてみよう。

燈王の結婚については、婚活パーティの時からずっと悩んでいる。燕慈殿に助言を求めた際、彼は『今までに特に嫌だと思ったことを思い出せ』と言っていた。

嫌なことばかり思い出すのはなんだか気が滅入《めい》るが、これも必要な作業だ。

旅に出る時から、今まで。私が好ましく思わなかったことはいくつかある。

麗李亜にけしかけられた男からの妻問い。彼女が身につけていた、猩々緋《しょうじょうひ》の珠《たま》を使った貢《みつ》ぎ物。

婚活中に出会った受け入れられない男達。中でも、一番嫌だと思ったのは……。

「……やはり、燈王のことか」

閉じた時と同様、ゆっくり目を開く。

皆から素直に、感情を整理しろと助言された。もっと簡単に考えるんだ。

私は今回の件で、燈王のことを嫌いになったか？　いや、違う。

彼が麗李亜に貢《みつ》ぎ物を渡した。今となっては勘違いと知っているが、複数の妻を娶《めと》ろうとしているると聞いた。私はそれが、嫌だったのだ。裏切られたように感じたというより、ただ単に嫌だった。

燈王が麗李亜と結婚するなんて、複数の妻を得るなんて、考えたくなかった。

いや、そうではない。彼が誰かを娶《めと》る。それ自体が……

「うん？」

奔流《ほんりゅう》のように頭を巡《めぐ》る思考が、おかしなことを思い浮かべる。

誰であっても嫌なのか？　どうして。

いくら幼なじみだからといって、燈王の結婚にケチをつけるなんて……私はそこまでわがままだったろうか。

「……燈王が、結婚」

そうだ、彼は結婚するのだ。あの紫紺と金を交《ま》ぜた瞳を、皮肉げなのにどこか優しい笑みを誰かに向ける。私の頭を撫《な》でてくれた手を、その誰かに差し伸べ……近づき、黄金《こがね》と猩々緋《しょうじょうひ》の美しい髪に触れることを許す。

その光景を思い浮かべる。

結婚の報告に来てくれた燈王と、その相手を目にする、そんな光景を――

「………」

胸が、ずきりと痛む。

とてつもない不快感と共に、喉の奥が張り付いたような渇《かわ》きを覚えた。

到底よいものとは思えないその反応を、私は素直に受け止める。この痛みをきちんと受け入れなければならない。どんなに苦しい感情でも、これは私の中にあるものなのだから。

「嫌、だな」

今まで一番、はっきりとそう感じた。口に出せば、非常に簡単なことだった。

彼の隣に私でない女がいること、私はそれがとても嫌なのである。

麗李亜ではなく、彼の周りの多くの女ではなく、彼が貢《みつ》ぎ物を贈る相手でもなく、私がいい。

――誰よりも、私を、選んでほしい。


「え？」

自分で考えたことなのに、それが受け止めきれずに首を傾《かし》げてしまう。

だが、不快感が消えた胸にすっと染み入ったその言葉は、私の心の真実なのだろう。

「ということは、まさか……」

じわじわと理解に至ったそれに、愕然《がくぜん》とする。

燈王のことは、好きか嫌いかで言ったら当然前者だ。

ただ……燈王が娶《めと》るのは麗李亜だと、幼い頃から周囲にずっと言われていたし、彼は私の庇護者《ひごしゃ》のような存在だったのだ。それに何より、私は恋をしたことがなくて……

もし、もし……燈王をそういう対象に、と考えるとどうなるんだ？

確かに、彼以上に強く優しく、私と一緒にいてくれる存在はいない。

よき夫を探そうとする身である自分が、今まで出会った婚活相手全てを思い浮かべても、燈王以上の男はいないと断言できるくらいなのだから。

「そうだ。私の婚活条件に合う相手は……ええと」

ブランと共にまとめたいくつかの条件を、指を折りながらひとつずつ挙《あ》げ直す。

誠実で、気の合う性格をしていて、穏やかな家庭を築《きず》ける同種族の男性。できれば極端に筋骨《きんこつ》隆々《りゅうりゅう》ではなく、着物を粋《いき》に着こなし、賭《か》けごとをせず、読書家で狩り上手な……長髪の人。

それは、あまりにも彼に当てはまっていて……

「あ、穴があったら入りたい……」

相思相愛《そうしそうあい》という点を除けば、ほぼそのまま燈王ではないか。

「……私は一体、何をやっていたのだろう」

私が婚活を急いでいたのは、燈王の相手が決まっているからなのか？　早く夫を見つけてその人を好きになれば諦めもつくだろうと、そんな気持ちでいたのか？

婚活がうまくいかないのは、婚活をする理由が、燈王への諦めだという自覚が足りていなかったからなのか。

そう思えば、全てのことに納得がいく。

シンユィがわざわざくれた手がかりも、今更わかった。私と燈王の会話を聞いて、態度を見て、彼女は気づいていたのだ。私が燈王を特別に想っていると……

「だが……遅かったなぁ」

妙に晴れやかになってしまった心の中に、ようやく自覚した想いがある。

自分の心が幼過ぎたせいで、ずっと放置してしまっていた想いだ。こうして気づけたというのに、何となく他人事《ひとごと》のように感じてしまう。

――私は、燈王のことが好きなのだ。

だけど……私が生まれた時からずっと気にかけて一緒にいてくれた彼に想いを告げるには、遅過ぎた。彼は、大切な許婚《いいなずけ》を追いかけていると聞いた。つまり、妻《めと》を娶るのだ。

「つらい、な……」

引き絞《しぼ》られるような痛みが、胸に走った。

この不快感も受け入れなければならない。

物語で読んだ、街中で見かけた、男女が想いを成就《じょうじゅ》できなかった時のこの気持ち。この痛みが失恋というのだと、私は……

「おや。こんなところにいらっしゃったとは。今日はあのふたりと一緒ではないのですね」

唐突にかけられた声で、思考がぶつりと断ち切れる。

……………今、ものすっっっごく真剣に考えごとをしていたのだが。

とても重要で、ともすれば泣いてしまいそうな程思い詰めていたのに、台無しである。

だが後回しにするしかない。私はその声に、聞き覚えがあったからだ。

「キュッ!?　キュー！」

考えるのに気をとられていたせいで、気づけばその声の主《ぬし》は思ったよりも近くにいた。

木々の間から現れたのは、アリュイースでやや唐突な別れ方をした――曹渡殿だった。

「曹渡殿……な、なぜこんな場所に？」

眼鏡の奥にある糸目を更に線のようにして、彼は人好きのする笑みを浮かべる。

しかし……

「君を捜していたのですよ、六角の姫」

にたり、と笑い方が変わった。私が六角であることに一切の驚きなどなく、ただただ薄気味悪い、酷薄《こくはく》なものに。

なぜそんな表情を向けられるのかわからない。だけど、なぜか隙を見せてはいけない気がして、私は彼から視線を逸《そ》らさず岩から立ち上がった。

頭のどこかが言っているのだ――この男は危険だと。

「私に何か、用でもあるのか」

「そう警戒しないでください。君に直接の用はありません」

「では」

何が目的だ。そう言う前に、曹渡殿は薄《うっす》らと目を開いた。

今までで一番、背筋がざわざわする。――今気づいた。この灰色の目は鋭《するど》いだけではない。何の感情も映《うつ》していないのだ。敵意も害意も好意も興味も、何もない。まるで物を見ているような……

「御子《みこ》の宝なら、一番御子《みこ》に近いでしょう？　僕の目的のため、餌《えさ》になってください」

意味のわからないことを言う、曹渡殿……いや、曹渡。

その声音《こわね》はなぜか、怖気《おぞけ》が走るような熱を持っていた。

×　×　×

「君がひとりになるのが早くてよかった。あの魔人と竜人からどうやって引き離そうかと策を練っていたのですが、少々面倒そうでしたから」

この男とは、まだ二度しか会っていない。一度目はただぶつかっただけで、二度目は街を案内してもらったが、途中で放置された。

どうしてこんな目で見られないといけないのか、全くわからない。今も私にこうして話しかけているくせに、曹渡は私に一切の興味を持っていないのだ。

「君の隣にいた魔人は魔法士だ。僕と拳《こぶし》を交わすべき相手ではありません。それにもうひとりの竜人も、僕の求めた存在と比べればやはり劣《おと》ります。御子《みこ》がいるのなら、あのふたりはいらない」

「……何が言いたいんだ」

勝手に話を続ける曹渡に、どうにかそれだけを返す。

私の問いに、曹渡はまたしても熱の籠《こ》もった声で答えた。

「わからない人ですね。君は御子《みこ》の宝です。君の行《ゆ》く先に、必ず御子《みこ》は現れる。そう思ったから、ずっと君を見張っていたのですよ」

「だから、先程も言っていたが『御子《みこ》の宝』とは一体何だと……」

言葉を続けようとして、思い出す。

そうだ、曹渡の言う御子《みこ》とは神の御子《みこ》のことだ。私が知っているのは、鬼神の御子《みこ》だけだから……

「まさか燈王がここに来ると、そう言いたいのか？」

「おや、前回よりは少し頭が回るようになったのですね」

わざと煽《あお》っているのか、人の神経を逆撫《さかな》でする曹渡の声は、更に熱を増していく。

「そうですよ。鬼神の御子《みこ》、宝級冒険者『拳聖』、史上稀《まれ》に見る八角の鬼人、燈王……僕は彼をずっと捜していたのです。いや、彼は非常に目立つ存在だ。見つけることはたやすい。僕が探っていたのは機会です。誰にも邪魔をされず彼とまみえることのできる機会を！　僕はずっと探っていたのですよ！」

その異様な熱量を持った声は、叫ぶようなものへと変わっていく。

何かに取り憑《つ》かれでもしたかと疑いたくなる程目を爛々《らんらん》と光らせた曹渡は、手振りを交《まじ》えながらうろうろと周囲を歩き回っている。

不気味なことこの上ないが、この男は私の反応など特に気にしていないらしい。

「戦いたい。この劣化《れっか》した血が煮えたぎるような、全力を尽くした戦いがしたいのです！　腕の立つ冒険者も、高名な武闘士《ぶとうし》も、悪名轟《あくみょうとどろ》く盗賊も、僕を楽しませてくれましたが、そこまででした。僕はもっと戦いたい、この薄汚い血が沸騰《ふっとう》して蒸発するような戦いの果て、最高の男に殺されたい!!　それこそが、僕という個が生きた証《あかし》になるのですから」

理解しかねるが、つまりは誰にも邪魔されずに燈王と戦いたいということ、なのだろうか……？

いきなりわめき立てはじめた曹渡がなぜそんなに戦いを求めるのか、よくわからない。

強い相手と戦いたい。そこまではわからなくもない。だがその後は……完全に、おかしな発言だ。

戦闘狂とは、こういう男を指す言葉なのだろう。

殺されたい？　生きた証《あかし》を残すために？　それを望んで、燈王に会うというのか。

はっきり言って、私を追えば燈王に会えるなどということはない。もし会えるとしても、私にこんな危ない輩《やから》を連れて燈王と対面しようだなんて気は全くないのだ。

とはいえ、言っても無駄かもしれない。

ただ黙って去るというのも無理だ。妙な言動を繰り返してはいるが、先程から奴の背後、つまり街の方へ私が足先を向けると、進路を阻《はば》む素振《そぶ》りを見せてくる。

今私が逃げ出せば、曹渡は迷いなく私を害するだろう。確証はなくとも、彼の獲物を囲い込むごとき足取りが、私にそう教えてくれるのだ。

細く息を吐いて、意識を集中させる。どうしたらこの男の独白は止まるのだろう。警戒を続けながら思っていると、ゆったりとした動きで曹渡がこちらを向いた。

「ああ、ひとつ言っておきますが……僕より弱い相手には全く興味がありませんし、戦うつもりなんてありませんから。安心してくださいね、姫」

歪《ゆが》んだ笑いに、また怖気《おぞけ》が走る。

二角と六角。そこには絶対的な能力差がある。それなのにこの男が口にした通り、目の前の存在は私より遥《はる》かに強い。そう肌で感じ取れるのだ。

この男は一体どれ程の死線を潜《くぐ》り抜けてきたのだろう。

「……私も聞いておきたいのだが、なぜ私の行《ゆ》く先に燈王が現れると思うんだ？　彼がわざわざ、こんなところに来るわけない」

「嫌だな、まだそんなことを言っているんですか？　あれだけ熱心に追いかけている君のもとへ、どうして彼が現れないと？」

「熱心に……？」

私を捜していたという話は聞いたが、里の外で誰かと結婚するついでだろう？

考えるとまた胸が痛む。だが今は、目の前の危険な男の方を優先すべきだ。

眉根を寄せる私を見て、曹渡が笑みを浮かべる。酷薄《こくはく》なそれは、以前見た表情と同じだった。

「少しはマシになったかと思いましたが……本当に察しが悪いですね。彼が捜している女性について教えて差し上げたのに、なぜ気づかないのですか？　淡《あわ》い水色の髪に、濃紺の瞳、小柄で容姿に秀《ひい》でた、年の頃は十八になる六角の鬼人ですよ」

「………………」

思わず無言になってしまう。今考えると、なぜあの場で流せてしまったのかと思う程、挙《あ》げられた特徴は私に似ていた。

だが、その情報で燈王が私を捜しているのだと、なぜ曹渡にわかるのだ。

他の容姿はともかくとして、はじめて彼に会った時の私は六角ではなく四角だった。鬼人である限り、それは絶対に外せない条件だろう。アリュイースで私と燈王が出会ったところを見ていたなら納得できるが、曹渡がその情報を口にしたのはそれより前だ。いや、その後に何か問いかけられたな。何だったか……

『——姫。『直感の混血者《こんけつ》』については、聞いたことがありますか』

そういえば、あの質問は唐突過ぎた。

直感力……そうか、そうだったのか。この男は——

「あなたは、混血者《こんけつ》なのか」

「僕の質問には答えませんか。まぁいいでしょう。確かに僕は混血者《こんけつ》ですよ。この世で最も劣《おと》る種として生み出された屑《くず》です」

さらりと告白する口調と裏腹に、その薄く開いた灰色の瞳は自身への嫌悪《けんお》に満ちていた。

混血者《こんけつ》は混血者《こんけつ》同士で子を産むことができない他にも、極《きわ》めて重要な特徴がある。それは六種族のどれよりも寿命が短いことだ。

六種族で最も寿命が短い獣人と妖人より、更に短い六十年。それが彼らの生きる時間である。万が一にもあり得ないたとえ話だが、竜人と鬼人の間に生まれた子は、必ず両親より先に老《お》いて死ぬのだ。

『——神が与えた、生きにくい命への慈悲《じひ》かねぇ……』

いつだったか、ブランが呟《つぶや》いていた言葉が、脳裏に過《よぎ》った。

私には曹渡の気持ちなど、わからない。ただ、彼が自《みずか》らの生を疎《うと》んでいるのは確かだ。

相槌《あいづち》を打つことも、ましてや同情することもできず、私は無言を貫《つらぬ》いた。そんな私の反応に満足したのか、曹渡がふと口の片端《かたはし》を持ち上げる。笑みにしては、ずいぶんと歪《いびつ》だった。

「街で偶然君を見つけた時、驚きましたよ。僕の目にはね、君の角は四角に見えていました。でも、今のように六角だと気づいた。そういう時感じるのは、いつも『ない』けど『ある』というような、おかしな感覚です。見えないのに見える。わからないけどわかる。忌々《いまいま》しい力ですが、僕はこの直感を何よりも信じています。だから君が、何かしらの魔力で角を隠蔽《いんぺい》しているのはわかりました」

直感の混血者《こんけつ》には幻術《げんじゅつ》を見破られてしまう。ブランはそう言っていた。

長く生きているらしい彼女でもほとんど会ったことがないと言っていた相手に、まさか私が遭遇《そうぐう》していたなんて。

「六角の鬼人なんて、滅多にいるものではない。無防備極まりない様子からしても、おそらく里を抜けたはぐれ鬼人だ。だからこの女を攫《さら》って里に脅《おど》しをかければ、どこかの上位鬼人が女を取り返しに来ないかと思ったんです」

「……そのわりに、今まで何もしなかったな」

「君は馬鹿ですか？　街中で攫《さら》うのは無理でしょう。まぁ、君の連れである竜人はともかく、隣にいたあの魔人を敵に回すとまずいと直感したのも理由のひとつで、仕方なく諦めたのですが……その後冒険者からおもしろい話を仕入れたのですよ」

曹渡がまるで子どものように、楽しげに両手を広げる。

「最初はあの『拳聖』が冒険者として復帰したとだけ。それでも僕は歓喜しました。いつか戦えたらと夢見ていた男が大陸に戻ってきているなんて、最高の気分だ。情報を集められるだけ集め、彼がある女を捜していると知りました。その特徴は、僕がぶつかった鬼人の女に相違《そうい》なかった……ふふっ、はははははッ！」

けたたましい哄笑《こうしょう》がその場に響く。

思わず一歩後ずさった私との距離を維持するように、曹渡も一歩前へ出た。

「情報元が僕だとわからないよう間に何人も介し、あの時『拳聖』がいた隣国カルシェルへ情報を流しました。頭の悪い冒険者ばかりでうまく噂が広まりませんでしたが、根気よく続けていたら見事彼をエスタフィに呼び寄せることができた。どうやって次の情報を流そうか考えていた時です、君と『拳聖』が同じ街にやってくるなんて！　僕は生まれてはじめて神々に感謝しましたよ！」

「だが、あの場では戦えそうもなかったから、機を窺《うかが》っていたのか」

「ええ。君がヒイロに来たのも幸運でした。この土地は手つかずのままになっている自然区域がたくさんありますから……派手な魔法を使わない、肉体のみの戦いにはうってつけです。海辺だというのも僕にとっては都合がいい」

「だから、何度も言うが燈王は来ない」

繰り返す私に、軽く眉を顰《ひそ》めた曹渡がため息をつく。

次いで旅装を解き、おそらく空間魔道具だろう何かに外套《がいとう》をしまった。上衣を手甲《てっこう》で留《と》め、下には動きやすい細身の下衣。誰が見ても武闘士《ぶとうし》だとわかる格好だ。

いきなり着替え出した意味がわからず、私が困惑していると――

「……っ」

同時に、強い気配を感じた。

唐突に現れたわけではない、こちらに気づかせるために、あえてそうしたのだろうとわかる気配。

そしてそれは、私がよく知るものだった。

「必ず来ると言ったでしょう――さて、六角の姫。しばしお付き合いを」

まるで私を守るかのごとくその背へ隠した曹渡が、気取った仕草で腕をひらひらと振る。

そんな男の肩越しから見えたのは、崖の縁《ふち》を歩くように現れたひとりの鬼人――間違いなく、燈王だった。

数日前に会った時と変わらない、麗《うるわ》しい姿と圧倒的な存在感。紫紺に金を交ぜた瞳が曹渡を一瞥《いちべつ》し、そのまま私へと向かう。

胸がひどく、ざわついた。いや、どきりとした。思わず着物の合わせを握りしめ、私は目を逸《そ》らす。そうしないと、今にも叫んでしまいそうだった。

会いたかった。会いたくなかった。なぜこんなところに。妻はどうしたんだ。だが、先程の曹渡の話によれば、彼の捜し人は私だと。あれ？　だけどそれだと許嫁《いいなずけ》というのは一体……

色んな想いが頭の中でぐちゃぐちゃになり、ぐっと目を瞑《つぶ》る。そんな私に、美しく澄《す》んだ声がかけられた。

「迦乃栄。この間のことを含めて話がしたい」

あまりに穏やかで、いつもと変わらない燈王の声。つい目を開き、彼の方を窺《うかが》ってしまう。

肩に乗せていた白い塊《かたまり》を軽く指で払いながら、彼は私だけを見ていた。

その白い物は、毛玉では……？　いつの間にそんなところにいたんだ。

毛玉はくるりと回ると、木々の向こうへ消えていく。よくわからない状況に言葉が出ない私の代わりに、曹渡が前に出た。燈王に完全に無視されているのに、気にした様子もない。

「待っていましたよ、『拳聖』――燈王。さあ、僕と戦ってください」

「……何だお前」

間を置いて出てきた、燈王の台詞《せりふ》。だが曹渡は引かず、それどころか小さく笑い声を零《こぼ》した。

曹渡の背にいる私には見えないが、相当気味の悪い笑みだったらしい。眉を顰《ひそ》めた燈王は、それ以上は反応しないことにしたようだ。何も答えず、彼はまた私だけに声をかけてくる。

「今日は時間あるか？　なければ日を改めてもいい」

「『拳聖』が無用な戦いをしないのは有名な話です。だから僕はこの日のために、君の里のことを調べましたよ」

「話に行き違いがある。あの不愉快な女共の妄言《もうげん》は忘れろ。お前にだけは誤解されたくねえんだよ」

「結婚の際に貢《みつ》ぎ物をする慣習は、鬼人の里には多い。ただその貢《みつ》ぎ物の種類は多岐《たき》にわたります」

「落ち着いて話すために、この場所を選んだんだ。殺風景《さっぷうけい》で悪いな、街中はやたら目立つし騒がしくてしょうがねえから」

「常磐の里では毛皮の長羽織が通例でしょう？　里でしか作れないものでなくてよかった」

全くかみ合っていない、むしろかみ合わせるつもりのなさそうな会話だ。おかしいというより不気味さを感じさせるそれを、お互い指摘しないのがより不気味である。

まさかこのまま別々の会話が延々と続くのか。私が思わず半眼《はんがん》になりかけた瞬間。

――頭から、何かの布を被《かぶ》せられた。

いや、違う。ただの布ではない。かすかに獣《けもの》のにおいがする。

わけがわからなくて、両手でその布らしき物体を押しのけた。そしてまじまじとそれを見て……私は文字通り、固まった。

「急ごしらえでしたが、ひとまず体裁《ていさい》は保《たも》てているはずです」

においと毛の感じからして、狼《おおかみ》の毛皮。

焦《こ》げ茶と灰が交《ま》ざった色合いの毛皮を襟《えり》につけたそれは――長羽織だ。

…………嘘、だろう。

「これで理由付けはできました。君と僕は、姫に対する求婚者同士。いえ、もしかすると先に羽織を渡した僕の方が立場は上でしょうか？」

何で、どうして曹渡が私に、貢《みつ》ぎ物をするんだ。

今は妻問いの儀の期間ではない。こんなものは妻問いの貢《みつ》ぎ物と呼べない。そもそも私は常磐を出た身、妻問いは無効に決まっている。そう頭でわかっていても、受けた衝撃はちっとも減らない。

私はまたしても、結婚への憧れを汚《けが》されるのか。こんな無茶苦茶な、身勝手な理由で道具扱いされ、私のことに全く興味がない男の手で、求婚の証《あかし》を被《かぶ》せられるなんて。

あんまりだ。よりによって、燈王の前でこんな非道なことを……

「……う」

目の奥が痛む。ちかちかと点滅する視界が潤《うる》み、自分が泣きそうになっていることを知った。

里で被《かぶ》せられそうになったものよりはマシな、それでも到底貢《みつ》ぎ物と呼べない羽織を地面に投げ捨てる。うつむいた瞬間、零《こぼ》れそうになった涙を必死に堪《こら》えると、肩がひくついた。

「姫を賭《か》けて戦いましょう？　僕をたぎらせて……絶頂の中、殺してください」

「……ああ、いいぜ？」

ぞわりと、肌が粟立《あわだ》った。

静かな声なのに、こちらが不安になる程暗く、重苦しく聞こえる。

顔を上げた先、燈王は外套《がいとう》を投げ捨て、ゆっくりとした動作でこちらを見た。

「あ……」

一分《いちぶ》の感情も乗っていない、その顔。だけど、怖い。空気が揺れて、きしんでいる。

怒気《どき》ではない。これは殺気《さっき》だ。純然たる殺意がこの場に渦巻《うずま》いている、そんな気がした。

あまりにも強い圧《あつ》に襲われ、涙が止まる。とっさに両手で、震え始めた体を抱きしめてしまった。

この場を支配する気を振りまく燈王が、それを目にして……

「……すぐに済ませる」

ひとつ息をつき、目を閉じる。

ややあって、空気のきしみが小さくなり、痛い程の殺気《さっき》が消えていく。

……いや、消えたのではない。周囲に振りまいていたそれを、ただひとりに向けたのだ。

「来いよ、三下《さんした》。クソみたいな手ぇ使ってまで、俺と戦いたいんだろ？」

構えることもなく、視線で燈王が手招きをする。

「ええ。ええ、ええ！　戦いましょう、殺し合いましょう!!」

鋭《するど》い目を隠していた眼鏡を毟《むし》り取るように投げ捨て、曹渡はそれに応える。張り上げたその声は、私に妻問いをしたことすら忘れたように興奮しきっていた。

「お前の命なんか、俺が散らす価値もねえんだよ。どうでもいいから、みじめに這《は》いつくばれ」

「僕を殺せない君なんて、いりませんよ。殺してくれないなら殺す、それだけです」

そこではじめて、両者の視線が交錯《こうさく》し――

×　×　×

距離を保ったまま、半円を描《えが》くように歩を進めた両者の間に、風が流れた。

どちらも相手に初手《しょて》を譲《ゆず》る……いや、誘うかのごとく待ち構えている。

「どうした？　殺したいならかかってこいよ」

燈王は未《いま》だに無防備、どころかゆったりと両腕を組んでしまった。

それを見て、曹渡がにやりと笑う。

「君から仕掛けてきてくださいよ。自《みずか》らは滅多に動かない『拳聖』が先手で動くのを見たいん

です」

「よく調べてるじゃねえか」

「ええ、君は武闘士《ぶとうし》にしては珍しい、カウンター特化型として有名ですから。だからそのような格好をしていても、戦闘が成り立つのでしょう？」

外套《がいとう》を脱いだ燈王は、洒落《しゃれ》た着流し姿だ。下に細身の下衣を穿《は》き、男性としては華やかな帯を締めたその姿は、武闘士《ぶとうし》と名乗るには疑問の残る格好である。防具があるのは腰と手足のみで、それすら着物との調和を崩さぬよう無骨《ぶこつ》さを取り払ったものだ。

だが彼は、常磐にいる時も常に着流し姿だった。時には防具すらない格好でも狩りをしていたが、見事に着物を汚すどころか乱すこともなかったのだ。

「まぁ、どうでもいい。見せてやるから、さっさと消えろ」

その声と、空気が動くのは、どちらが速かったのか。

気づいた時には、両者の距離は零《ゼロ》になっていた。無造作に突き出された燈王の手が曹渡に触れようとしたところで、私の目がようやく彼らに追いつく。

曹渡は燈王の手を避《よ》け、土煙を巻き上げながら大きく後ろへ下がった。完全に捉《とら》えたと思っていたのか、燈王の目がわずかに見開かれる。

「見る前に避《よ》けたか」

「よくおわかりで」

「そりゃあ、肩の骨砕《くだ》いたつもりだったからな」

ひゅ、と風を切る音――たった一歩で曹渡の眼前に辿《たど》り着いた燈王が、指二本の貫手《ぬきて》を突き立てた。その一瞬前で辛《から》くも逃《のが》れた曹渡は、笑っている。

まさに狂乱という言葉が似合うその笑みを受けても、燈王は今度こそ表情を変えなかった。

「お前、二角じゃねえな……四角、五角か」

「さすが『拳聖』ですね！　組み合わずともわかるとは……ああ、いい！」

今度は曹渡が、拳《こぶし》を突き出す。曹渡とは違い、燈王はほんの少しだけ身を引いてそれを回避した。

「僕の戦いたい相手は僕が選ぶ。上位鬼人であることは目立つだけで何の得もありません。だから折りました。いらないです、から……ッ」

「屑《くず》だな」

「誇りなんて、必要ありません！　僕はっ、この瞬間のために生きているんだ！」

「……面倒くせえ」

燈王の手が軽く伸ばされ、しかしその一手一手が風が唸《うな》る程の速さを纏《まと》って曹渡を襲う。回避行動しかとれない曹渡の顔に、肩に、足に、手の甲に、燈王の爪が掠《かす》った傷ができる。服が破れ血が細く飛ぶが、それでも燈王は曹渡を捉《とら》えきれない。

曹渡が二角ではなく、もっと多くの角を有《ゆう》していたとしても、燈王がここまで攻撃をかわされることなどあり得ないのではないか。

固唾《かたず》を呑んだ私は、先程の燈王の言葉と併《あわ》せ、あることに思い至った。

見る前に避《よ》ける……曹渡は何らかの方法で、燈王の動きを察知しているのだ。長年の戦闘経験から得た勘《かん》もあるかもしれないが、それで全てを説明するのは厳しいだろう。

「『直感の混血者《こんけつ》』……」

見えないけど見える。わからないけどわかる。曹渡はそうやって燈王の手を読んでいるのだ。

もはや燈王しか目に入っていない曹渡は、回避を続けつつも数度反撃している。だが、燈王は全てかわす。最低限の動作でそれを成す彼は、この戦闘の中でも優雅に舞っているかのようだ。

目で追いきれない攻防が続く。時に止まり距離を取り、数瞬の後《のち》またぶつかる。

拳《こぶし》を交《まじ》えることなく、避《よ》け、受け流しと連続するその動きには、終わりがない。

ふたりを注視しながら、私は立ち位置を少しずつ変える。大きな木を背にし、巻き込まれない場所まで下がったところで、燈王の舌打ちが聞こえた。

「チッ……死にたいなら避《よ》けんじゃねえよ。さっさと沈め」

「もっと、楽しませて……くださいよッ!! そんなぬるい手はッ、受けたくない……激闘の中で、僕の、命を……奪うような! 最高の戦いをしてください!」

「断る。誰に向かって、そんな面倒な頼みごとしてるんだ」

言葉の通り燈王には、曹渡を殺すつもりがない。私と目を合わせる前までは、もしかしたらそうしようとしていたのかもしれないが、彼は殺気《さっき》をただひとりに向けられる程度に理性を取り戻していた。今は曹渡を殺さず無力化しようとしているのだろう。

殺し合いをしたい曹渡と、ただ退《しりぞ》けたいだけの燈王。相容《あいい》れない両者の主張は、決して組み合うことのないその攻防と似ている気がした。

巻き上がる土煙と汗が混じり、灰色の涙を流しているようにも見える曹渡が、だんだんと笑みを消して苛立《いらだ》ちを露《あら》わにする。

それでも燈王は変わらない。ただ淡々《たんたん》と、涼《すず》しい顔で拳《こぶし》を突き込み、傷ひとつつけられることなく曹渡の技を避《よ》ける。焦《じ》れた曹渡が怒濤《どとう》のような攻めを見せても、取り合うこともない。

そこでようやく、この攻防に慣れた目が違和感を拾った。

……燈王は、足技を使っていない。いや、左手すら使っていない。

息もつかせぬやりとりの中で、彼はまるで児戯《じぎ》のようにそれをやってのけていた。

上位鬼人で、直感の混血《こんけつ》者でさえも全く届かない――

知っていたはずの燈王の強さが、途方もない程高みにあることは理解できた。

そして、何より……

「…………」

美しい。

そんなことを思う場面でないことは、わかっている。なのに、どうしてもそう思ってしまうのだ。

優しい顔などひとつもない、冷めた彼が魅《み》せる戦いが美しい。

これは命を奪い合うような雄々《おお》しい戦いではない。燈王にとっては面倒な輩《やから》を排除するための、小競《こぜ》り合い程度のものだ。その証拠に、曹渡の熱量と、彼のそれは絶望的に釣り合っていない。

だが、魅了《みりょう》されてしまうのだ。

心臓がどくりと脈打つ。狩りではなく、はじめて目にした燈王の戦いが、私の血をざわつかせる。

この強い男に、この人に、全てを奪われたい――

戦いの傍《そば》で考えるにはあまりにふさわしくないそれが、頭を過《よぎ》る。

慌てて思考を止めようと頭を振った、あまりにも無防備な動作が、大きな隙になった。

「仕方、ありませんね……ッ」

視線を戻す手前、ヒュン、という音だけが拾えた。

とっさに身を翻《ひるがえ》し、それを避《よ》けるが……ふわりと浮いた髪が逃げ遅れてしまったようだ。

目の端《はし》に見える銀色。三つ編みを結っていた紐《ひも》を切り裂いたのは、薄刃《うすば》の細い暗器《あんき》だった。

視界にかかる髪に煩《わずら》わしさを覚えながら、私はそれを引き抜き投げ返す。燈王と距離を取っていた曹渡が、手刀《しゅとう》で暗器《あんき》を払いのけつつ笑った。

「おっと……さすがは六角。深窓《しんそう》の姫にはできない反応ですね」

「……私とは戦わないのではなかったか？」

髪が数本、地面に散らばる。これは隙を見せた私の落ち度だ。

「『拳聖』が真面目に戦ってくれないので、焚《た》きつけようかと思いまして」

あまりに不似合いな微笑みを浮かべたままの曹渡が、燈王を見やる。

線のように細められたその灰色の目は、もはや私を映《うつ》していなかった。

完全に燈王の戦闘意欲をかき立てる装置としか思われていない。その事実に不快感を覚えたが、
この舞台に私の出る幕はない。

「オイ、三下《さんした》」

低く、唸《うな》るような声に意識を奪われた。

爛々《らんらん》と輝く紫紺の瞳は、ただただおびただしいまでの怒気《どき》を孕《はら》んでいる。

「少しだけ付き合ってやるよ……落ちろ」

――今度こそ、目で追うことは叶わなかった。

膝《ひざ》からくずおれる曹渡を見て、ようやく燈王が攻撃したのだと理解する。

「ッ、ぅ……」

ぱたり、ぱたりと赤黒い染みが大地を汚《よご》す。

見れば燈王の片足が曹渡の太腿《ふともも》を踏みつけ、片手はその頭を鷲掴《わしづか》んでいた。

身を横たえることも、ましてや立ち上がることもできない姿にされた曹渡。おそらく臓腑《ぞうふ》が傷ついたのだろう、薄く開いた口元からは血が幾筋《いくすじ》も流れ出している。

それなのに、男はなぜか笑っていた。血まみれの口元を歪《ゆが》め、痛みからではなく肩を細かく震わせ、歓喜しているのだ。

「全く……届きませんね。直感があっても、奥の手を仕込んでも……届く気が、微塵《みじん》もしない。さすが『拳聖』……」

「相手の隙見て刺すつもりの暗殺者崩れの武闘士《ぶとうし》に、俺が負けるわけねえだろ。満足したか？　したなら迦乃栄に刃物向けたことを後悔して、沈め」

もう話すことすらないと言わんばかりに、燈王が片腕で曹渡を持ち上げる。頭蓋《ずがい》が割れるのではないかと思う容赦のなさだが、曹渡はそれすら嬉しいようだ。

最初から、曹渡の目的は『最高の男に殺される』ことだ。これで望みが叶うと思ったのだろう。

だが、燈王は……どこまでも理性的だった。

「魚人《ぎょじん》との混血《こんけつ》なら、溺《おぼ》れることはねえだろうな」

「…………は……？　え、なに、を……」

「だから再三言ってんだろ。お前の命は、俺が散らす価値もねえんだって」

淡々《たんたん》と告げながら、暴れ始めた曹渡を持って崖の縁《ふち》まで向かう燈王。そして水でも撒《ま》くかのように軽々《かるがる》と、その体を思い切り放り投げた。

唖然《あぜん》――それから絶望に満ちた顔の曹渡が、崖下から更に離れた海へ消えていく。思わず駆《か》け寄って覗《のぞ》き込んでみたが、ひときわ大きな波音が聞こえただけで、もはや曹渡の姿は見つからなかった。

「……いくらなんでも、死んだのでは」

「死なねえよ。加減しておいたし、魚人は海辺でこそ化け物級に生命力が上がるからな」

「魚人……どうして曹渡が海の獣人との混血《こんけつ》だとわかったんだ？」

海の獣人――通称魚人。人の中で唯一、海に住む存在だ。地の獣人や空の獣人より数が少なく、水中で生活するため独特な進化を遂《と》げたとされている。

曹渡の外見は完全に鬼人だったように見えたが……

「服が切れた時、腕に小さな鱗《うろこ》が見えた。あれは竜人の鱗《うろこ》の形じゃねえし、そもそも鱗《うろこ》がある鬼人なんて混血《こんけつ》しかいねえだろ。それに血が滲《にじ》んでもすぐ止まってたからな。何かの魔道具が動いた気配がないなら、考えられるのは魚人の異常な回復力くらいだ」

「そういうものか……」

「つうか、そんなのはどうでもいい。いちいちクソったれ共に邪魔されて、もう限界だ」

心底うんざりしたようにため息をついた燈王が、私の隣に並んだ。そこで私はやっと、思ったより彼との距離が近いことに気づく。

とっさに離れようとした私の手を——彼は今度こそ掴《つか》んだのだった。

×××

とりあえず、一度落ち着こう。

そう提案し、私は先程まで座っていた手頃な岩に彼を案内した。だけど彼は首を横に振り、近くにある大樹に背中を預ける。岩には自分が座れと視線で示され、私はおとなしく腰掛けた。

数歩だけだが、少し距離がとれたことに安堵《あんど》する。自分が彼に想いを寄せていると気づいてしまったからには、どうしても昔のような触れ合える程の位置で話すのはためらわれた。

「どこから話すか……」

先程の戦闘で、やや埃《ほこり》っぽくなってしまったらしい着物と体を魔法で綺麗にした燈王が、さらりと髪を流し、そう切り出した。

私へと向く彼の目は、優しい。数日前の再会時と同じように、いや、あの時より更に優しげかもしれない。

何となく落ち着かない気持ちを抱えながら、私は深呼吸をして口を開く。

「……燈王、まず言いたいことがある」

「あぁ？」

座ったばかりの岩から立ち上がり、私は勢いよく頭を下げる。

「アリュイースでは、本当にすまなかった。私を捜してくれていたあなたに恥を掻《か》かせ、名も知らぬ少女の言葉を鵜呑《うの》みにして、あなたの手を払いのけてしまった」

何よりも先に、こうすべきなのだ。私のしたことは、あまりに礼儀知らずだったから。

「ああ……それか。お前が謝ることでもねえし、別にどうでもいい。その口振りからして、誤解は解けてるみたいだしな」

顔を上げた私に、念のためと前置きをした燈王は、あの三人について説明してくれた。

彼女達は私を捜すための流れで同行していただけで、妻に娶《めと》ることなど考えてもいない期間限定の仲間だったこと。カルシェルからエスタフィに入る際に別れたのに、勝手についてきたこと。私が去った後にきっぱりと拒絶して、今後関係を持つ可能性は一切ないこと。

よどみなく語られたその顛末《てんまつ》に、私は本当に勘違いしていたのだと思い知らされる。恥を掻かされたのは彼の方だが、私も私で相当恥ずかしい。

「とりあえず、あの女共が俺と何も関係ないのはわかったか？」

「わ、わかった……」

同行していたのだから関係はあったのでは、とは言えない口調に首を縦に振るしかない。

髪紐を切られたため、頭を動かすと髪が乱れて煩《わずら》わしい。話の途中だが、結い直してもいいだろうか。印籠《いんろう》には色んな髪紐を入れてあったから……

「迦乃栄」

「うん？」

「結うなら、これ使え」

差し出されたのは、瑠璃《るり》色《いろ》の紐《ひも》に、淡《あわ》い紅藤色《べにふじいろ》の細い紐《ひも》を合わせた組紐《くみひも》だった。紐《ひも》の先に小さな宝石飾りが連なったそれは、上品ながら非常にかわいらしい。

「もらって、いいのか？」

「お前のために買ったものだしな」

「え？」

燈王が、私のために。他に何の理由もなく？

お土産《みやげ》をくれる時はいつも『物欲しそうにしてるから』とか、『使わないし、やる』とか、そういう前置きがあったので、こうして私のためにともらったものは、これがはじめてだ。

あまりに珍しい彼の物言いに目をぱちくりとさせてしまうと、燈王はどこかばつが悪そうに髪を掻《か》き上げ、私に髪紐を押しつけた。

「変に理由つける癖《くせ》も、いい加減直さなきゃなんねえと思ってたんだよ。遠回しにやっても、お前はどうせ気づかないし」

「何をだ？　いつも物をもらっていることには、感謝している。……これも、ありがとう。とてもかわいい」

「……そうか」

いそいそと髪を三つ編みにし直す私を見ながら、燈王は目を細める。

久しぶりに、ゆったりとした雰囲気の彼を目にした。彼の華やかな側面も好きだが、こうしたふとした瞬間に見られる穏やかさの方がもっと好きだと思う。素のままでそこにいる彼がとても大切だと、改めて気づかされる。

そんな気持ちが心を占《し》めていくのに、私はやけに落ち着いていた。それは一拍《いっぱく》遅れて訪れた、胸をつく痛みのせい。

好きでも、大切でも、この人は私のものには……

「迦乃栄、お前今日は幻術《げんじゅつ》かけてねえのか」

「え、うん？　そういえば……ブランが『解術《げじゅつ》しとく』と言っていたな」

ついでのようにさらりと告げられたので、鏡などを見ることもなかったのだが……

言われて頭上を触ると、久しぶりの感触があった。

幻術《げんじゅつ》には目に見えないようにするだけの魔法と、存在全てを隠す魔法がある。ブランが私に施《ほどこ》しているのは後者で、いつもは触っても四角しかないように感じるのだ。

思わずぺたぺたと角を触り続ける私を見て、燈王が小さくため息をつく。

「まぁ、もう隠す必要もねえだろ。変な男が六角目当てで寄ってきたら、俺が全部追い払ってやるよ」

「ありがたいが、燈王には……」

妻となる女がいるだろう。

そう続けようとしたが、自分の口がそれ以上の言葉を紡《つむ》ぐのを拒否した。

曹渡は私が燈王の許嫁《いいなずけ》だという体《てい》で話をしていたが、私達は決してそんな関係ではない。

無言が生まれる。以前とは違う、気まずさのような、そんな空気が感じられた。

「もう言葉足らずで逃げられんのはごめんだから、はっきり言っておく」

「ん……な、何だ？」

互いに腕を伸ばせば触《さわ》れる距離にいたのに、燈王が更に一歩二歩と近づいてくる。

思わずまた立ち上がって距離を取ろうとしたが、彼が視線だけでそれを阻《はば》んだ。

「里長の孫娘と俺は、結婚しない」

「あ、ああ。そう言っていたな」

「俺はあの三人の女共を、絶対娶《めと》らない」

「それも聞いた」

「俺が娶《めと》りたい女は、十八年間変わってない」

「それは……初耳だが」

十八年。私の歳《とし》と同じくらい、長期間好いている女がいる。

その事実に俯《うつむ》きたくなってしまうのを、堪《こら》えた。痛いくらい真剣な燈王のまなざしから、目を背《そむ》けてしまうのはよくないと思ったからだ。

燈王が膝《ひざ》をつき、私にぐっと近づく。さらりと頬に流れた黄金《こがね》と猩々緋《しょうじょうひ》の髪は、変わらず美しい。

だが、その紫紺の瞳に映《うつ》る私の顔は、情けない程弱々しく歪《ゆが》んでいた。

「お前……本当、あり得ないくらい鈍《にぶ》いな……まぁ、迦乃栄らしいが」

「……どういう、ことだ」

「俺が何のために、お前が小さい頃から家に通ってたと思う？　毎回理由こねくり回して物を押しつけて、あれこれ世話を焼いてたのはどうしてか、考えたことはなかったのか」

そんなの、考えたこともない。私にとっては燈王がそうしてくれるのは当たり前になっていた。燈王にはずいぶん助けられているとか、優しくていい人だとか、そこまでしか考えず、ただそれを享受《きょうじゅ》していたのだ。

素直に首を縦に振る。すると燈王は、仕方がないとばかりに苦笑した。それは皮肉っぽくない、優しさしかない笑みで。

「お前が、俺のことを好きになってくれるようにだ」

「わたしが、あなたを……？」

「ああ。俺の唯一が、俺に懐《なつ》いて、俺を好きになって、俺を愛してくれるように。十八年間ずっと、そう思いながら待ってた」

潮風と、波の音が消えた。

穏やかな声音《こわね》が、私を優しく支配する。

ゆいいつ。燈王の、唯一……？

「お前を娶《めと》れるなら、俺は他に何もいらねえ。お前が俺を愛してくれるなら、世界中の何だって差し出してみせる――だから、これも」

声も出せない私の眼前に現れたのは、目が覚める程の煌《きら》めきを放つ白銀の毛皮だった。上に水色と金色の宝石を砕《くだ》いて撒《ま》いたかのごとき神秘的な色の折り合いが、えも言われぬ美しさを醸《かも》し出している。

差し出されたそれがあまりにも優美で繊細《せんさい》で、触れることをためらってしまう。

だが燈王は急《せ》かすことなく、私が手を伸ばすのを待ってくれている。

それに甘えて、差し出されたものをまじまじと見る。本当に美しい。こんな毛皮は、今まで目にしたことがない。見るからに手触りもよさそうで、見事な……長羽織……？

「……え」

燈王の唯一。十八年間、ずっと。俺を愛してくれるように。長羽織――妻問いの貢《みつ》ぎ物。

何を言われて何を見せられているのか、理解がようやく追いついた。

つまり、つまりだ。

「ひ……燈王は、もしかして……私のことを、その、好き、だったり……するの、か？」

みっともなく声が震えてしまったが、何とかそれだけは聞けた。

羽織を受け取らず、どころか両手を引っ込め胸の前でぎゅっと組んでしまった私を見て、燈王がまた苦笑する。

「好きでもない女に、こんな面倒な手使うかよ。お前は俺の唯一だって、言ってんじゃねえか」

「唯一って、どういう……」

「世界でただひとりの美しい存在。俺を生かすことができる存在。俺にとっての唯一は、そういうことだ」

華やかな顔立ちが、まさに花が咲いたかのようにほころぶ。

冗談でもなく、本気で言っているのだと、それだけでわかった。

燈王の言葉は難しい。それに、あまりにも大仰《おおぎょう》だ。彼を生かすのは彼自身だし、私は美しくなんてない。心の中は汚い感情ばかりで、自分でも嫌になる程で……

「わ、私は綺麗な存在ではない。何かを嫌うことも、疎《うと》むこともある。不得手《ふえて》なことも多いし失言もするし人の心の機微《きび》に聡《さと》くないし……とにかく燈王が手放しで褒《ほ》めるような、できた人ではない！」

つい語気を強めてしまった。

それなのに、燈王は決して私のことを責めない。言葉でも、瞳でも。

「何言ってんだ。十八年間見てりゃあ、それくらいとっくに知ってる」

「だろう？　だから私は……」

「それも含めて、不器用で正直なお前が綺麗で、何より愛《いと》しく想うって言ってんだよ」

さらりと告げられたそれは、続けようとした言葉を呑み込ませるのに充分な威力を持っていた。

燈王が、私を愛《いと》しいと想っている。私を、好き？

考えてもみなかったことだ。だが、思い返せば、過去の行動全てから伝わってくるような気がした。

「私は、私は……」

常盤で爪弾《つまはじ》き者であった私に、家族以外で接してくれた、ただひとりの存在。私を助け、支え、導《みちび》き、時に叱り時に笑い合った。

麗《うるわ》しく、強く、優しくて……私の、とても大切なひと。

諦めるなんて、失恋するなんて、認められない程、たいせつな。


――なんだ、私にとっても、彼は唯一ではないか。


好きだと自覚するよりわかりやすく、その言葉は私の胸にすとんと落ちてきた。

燈王に選んでほしい。私だけを好きになってほしい。他人事《ひとごと》のように失恋を受け入れようと思っていた自分は、一体何をしていたのだろう。自覚すればする程、諦められる気が全くしないのに。

それに……諦める必要もないと、彼の言葉でようやくわかった。

「……燈王、私は結婚したかった」

さらけ出すにはあまりにも幼く、恥ずかしい胸の内。

だが彼は言ってくれた。今まで行動で示してくれた分まで、きちんと言葉にしてくれたのだ。それなら、私も声に出して伝えるべきなのだろう。

「よき夫がほしかった。しあわせな結婚がしたかった。だが、里人は麗李亜の味方で、あなたすらも麗李亜の夫になるのだと思っていた」

羽織を持ったままの燈王が、一瞬目を眇《すが》める。

それでも彼は無言のまま、続きを待ってくれた。

「外の世界に出て、ブランとシンユィに助けてもらいながら結婚相手を探した。でも、誰とも結婚しようという気になれなかった。いい人も悪い人もおかしな人もいたけど、付き合うことすらできなかった……私には、理想があったから」

話し進めるうちに、頬が熱を持つ。

今言葉を切れば、きっと言えなくなってしまう。そんな思いから、私は俯《うつむ》きそうになるのを必死で堪《こら》えた。

「他の人から助言をもらわないと、私はその理想がきちんと人の形をしていることにすら気づけなかった。その理想が手に入らないから婚活をしているのだと理解できたのは、ほんの先程のことなんだ」

「ふぅん……で、その理想ってのはどんな奴なんだ？」

私はきっと、皆が言うように不器用で正直なんだと思う。

あまりにわかりやすいのか、先を促《うなが》す燈王の声は意地悪な響きをしている。だけど、それがなぜかくすぐったくも感じられて、私は彼を睨《にら》み付けることも忘れてしまう。

「わ、私の理想は……燈王、あなただった」

握り締め過ぎて、汗ばんだ手のひらを開く。

そっと触れた羽織の感触は、手が震えているせいでよくわからなかった。

「この羽織を着て、あなたの花嫁になりたい。それが私の夢だったようだ」

紫紺の瞳が、金をゆらめかせて甘く溶け出す。

白銀の長羽織が今一度差し出される。常磐での妻問いの時のように、嫌がらせ目的ではない。先程の曹渡のように、何かのきっかけ作りでもない。私のために丁寧に仕立てられた、私だけの花嫁衣装のひとつ。

妻問いの儀はあまり好きになれなかったが……今ここにあるのは、目眩《めまい》がしそうな程しあわせな光景だ。

これを受け取れば、私は……だけど。

「……燈王」

「何だよ、これ以上焦《じ》らすな」

「その……お願いがある」

二度も待ったをかけられ、さすがに燈王が軽く眉根を寄せる。

これから言おうとしていることは、ある意味ひどい内容かもしれない。

だが、思うのだ。私達の時はまだ長い。好きな人に好きだと言ってもらえたからこそ、こういう選択もありではないかと。

「恋人からでは、どうだろうか？」

「……は？」

「今すぐ結婚するのではなく、恋人からはじめてみたいんだ」

常磐では成人後、すぐに結婚だ。もしかしたら成人前に恋仲になる人達もいたのかもしれないが、少なくとも私は知らない。

大人になったばかりの私の世界は、まだまだ狭い。旅だってしばらくは続けていきたい。

そんな風に理由付けをしてはみるものの、私はただ単に、この自覚したばかりの恋をもっとかみ締めていたいだけなのかもしれない。燈王と夫婦になるだけでなく、恋人にもなってみたいのだ。

唖然《あぜん》とした様子の燈王が、意味を理解したのか不機嫌そうな顔をしてしまう。

やはりわがままが過ぎただろうか。呆れられてしまったかもしれない……

「………まぁ、許してやる」

特大のため息を添えつつも、私の意思を受け入れてくれる言葉。同時に白銀の長羽織が、煙草《たばこ》入れらしき空間魔道具にしまわれてしまった。

自分から結婚を先延ばしにしたくせに、もっと見ていたかったと残念に思う。

「こんだけ待ったんだ。あと何年待つことになろうが、お前が俺の嫁になるならそれでいい」

「燈王がよければ、是非なりたい」

「だったら今すぐ嫁に来いよ」

そう言われると何も返せない……

「冗談だって。そんな顔すんな。恋人でもなんでも、お前が俺の傍《そば》にいるなら構わない。俺の唯一の女がかわいいわがまま言ってんだ。それくらい、聞いてやる」

「ひ、燈王……何だか、いつもと違う」

口も態度も悪い燈王は休暇中なのだろうか。

向けられる視線も言葉も甘くて、胸がどくどくと高鳴る。落ち着かない。

俯《うつむ》き気味にそう言ってから、そろりと視線を上げると、燈王は口の片端《かたはし》を持ち上げて私を見つめていて。

ああ、駄目だ。本で読んだり街中で見かけた恋人というものは、きっとこんな感じなのだ。身の置き場がないような、くすぐったいような、でも頬が緩《ゆる》んでしまうような気分にさせられる。私には少し、刺激が強過ぎるのではないか。

「そ、そうだ。燈王、これを受け取ってくれないか」

話を逸《そ》らそうとして、急に思い立った。

私達はもう常磐から離れている。妻問いの形にこだわることはない。だから女の方から何かを渡してもいいのではないかと、そう考えたのだ。

印籠《いんろう》に触れて、目当てのものを手に取る。それを燈王の前に差し出すと、彼は片眉を上げつつも受け取ってくれた。

「……これ、昔お前が山で拾った石じゃねえか」

「覚えていたのか？」

「まぁな。迷子になったことを俺がしこたま叱《しか》ってる間も、ずっと大事に握りしめてたし」

「そ、そこは忘れてほしかった……」

出したのは、手元に残しておいた鉱石《こうせき》のひとつ。細い雫《しずく》のような形をしていて、一見透明な水晶に見えるが、その中に金や赤や青……様々な色の極小魔石《ごくしょうませき》が内包《ないほう》された鉱石《こうせき》だ。換金所で鑑定してもらったところ、庭園魔水晶《ていえんますいしょう》という珍しい種類だと教えられた。

とても美しく不思議な光を放っていて、私が持っている中でもおそらく一番価値が高いそれ。燈王は色合い鮮《あざ》やかな容姿だから、あまり主張が激しい装身具よりも落ち着いたものが似合うと思う。

何よりこの鉱石《こうせき》は、私が一番気に入っている石なのだ。偶然見つけてから十年以上、ずっと大事にしてきたものを、彼に贈りたい。

「これを両手で包んで持って帰ったせいで、帰り道に転びそうになったんだよな、お前」

「……本当に、色々と覚えているな」

「当然だろ。お前に抱えられているこの石にすら、嫉妬《しっと》してたんだから」

思わず赤面してしまうような言葉をさらりと口にし、燈王が水晶へ唇を寄せた。そして触れるか触れないかくらいの優しさで、それに慈《いつく》しむかのような口づけをする。

ひどく恥ずかしく、それでもあまりに美しいその光景に、私はどうすればいいのかわからなくなってしまう。

ぎこちなく視線を逸《そ》らそうとして失敗する私を見て、燈王がくつりと笑った。

「迦乃栄。これ、角飾りにしていいか」

「つっ、角飾り!?」

まさかのお願いに、思わず大声で聞き返してしまった。

だって、角飾りは大切な角につけるものだ。自《みずか》らの『誇《ほこ》り』を飾るのだから、それを贈り合う者は夫婦であってもあまり多くない。

「恋人っつっても、結婚の約束してんなら婚約者だろ？　だから婚約の証《あかし》としてな。まぁ、お前には強制しねえけど……」

「いや、私も身につけたい」

間髪《かんはつ》容《い》れず口にしたそれは、私の本心だった。

私にとって唯一と思える彼が、ためらいもなく角飾りをつけると言ってくれたのだ。

婚約の証《あかし》というのなら、私もそうすべき……いや、違うな。ただ私が、彼からの贈り物で身を飾りたい。それだけだ。

一瞬だけ目を見開いた燈王だったが、すぐにそれを甘く眇《すが》め、煙草《たばこ》入れに手を伸ばす。

「迦乃栄」

「……な、何だ」

「これで作れよ。角飾り」

投げるように渡されたそれを、慌てて両手で受け止める。

そして手のひらをそっと見てみると……

「あ」

私の瞳より大きな真円で、わずかに青と黒を混ぜたような、深い赤――猩々緋《しょうじょうひ》の珠《たま》。

思わず顔を上げれば、なぜか至近距離に燈王の顔があった。

「お前の大切な角を飾るものだ。腕利きに作らせる」

「ひお……」

「できあがるまでは、恋人ってやつでいようぜ」

紡《つむ》ぎかけの言葉は――唇ごと奪われた。

私の婚活の旅は、ここで終わる。だが、旅自体は終わらない。

狭い世界を出て、私を唯一と愛《いと》おしんでくれる彼と、歩んでいく。

幼なじみとして楽しい時を過ごした。穏やかな時も過ごした。だからこれからは恋人として、いや、婚約者か？　とにかく今までと違う関係を築《きず》いていこう。そしていつか、夫婦としても。

そうやって人生を生きるのも、また楽しみが増えるのではないかと思うのだ。

とはいえ、しばらくはふたりではなく四人と一匹の旅になるだろう。今まで私のわがままに付き合ってくれたブランとシンユィに、今度こそ恩を返す番なのだ。

まず私の大切な仲間達のことを、きちんと彼に紹介したい。とても頼りになって、楽しい彼女達のことを。

冒険者登録をして、ブランを楽しませながら、シンユィの半身を探す。毛玉はいつも通り私の肩にいて……。そんな旅をしたいと言ったら、燈王は頷《うなず》いてくれるだろうか。首を横に振られてしまうと非常に困るから……何とか説得してみよう。

せっかく心から好きだと言える人の傍《そば》にいるのだから、日々を大切に生きたいと思う。

たくさんのことを知り、たくさんのことを考え、たくさんの愛を注ぎ――

いつかふたりで、鬼神のもとへ還《かえ》るまで。

この作品に対する皆様のご意見・ご感想をお待ちしております。

おハガキ・お手紙は以下の宛先にお送りください。

【宛先】

〒150-6005 東京都渋谷区恵比寿4-20-3 恵比寿ｶﾞｰﾃﾞﾝﾌﾟﾚｲｽﾀﾜｰ5F
（株）アルファポリス　書籍感想係

メールフォームでのご意見・ご感想は右のＱＲコードから、
あるいは以下のワードで検索をかけてください。

アルファポリス　書籍の感想　検索

ご感想はこちらから

鬼《おに》の乙女《おとめ》は婚活《こんかつ》の旅《たび》に出《で》る

矢島 汐（やしま うしお）

2019年　2月　5日初版発行

編集－仲村生葉・宮田可南子・塙綾子
発行者－梶本雄介
発行所－株式会社アルファポリス
〒150-6005 東京都渋谷区恵比寿4-20-3 恵比寿ｶﾞｰﾃﾞﾝﾌﾟﾚｲｽﾀﾜｰ5F
TEL 03-6277-1601（営業）　03-6277-1602（編集）
URL http://www.alphapolis.co.jp/
発売元－株式会社星雲社
〒112-0005 東京都文京区水道1-3-30
TEL 03-3868-3275
装丁・本文イラスト－風ことら
装丁デザイン－AFTERGLOW
（レーベルフォーマットデザイン－ansyyqdesign）
印刷－中央精版印刷株式会社

価格はカバーに表示されてあります。

落丁乱丁の場合はアルファポリスまでご連絡ください。

送料は小社負担でお取り替えします。


ISBN978-4-434-25586-1 C0093